基金项目：国家社科基金《大清畿辅书征》视[illegible]
18BZW058；河北省高等教育教学改革研究与实践项目：无言有味，性存体匿—《中国古代文学史》课程思政建设研究，2021GjjG088

清代诗歌艺术发展研究

张亚南◎著

吉林出版集团股份有限公司
全国百佳图书出版单位

图书在版编目（CIP）数据

清代诗歌艺术发展研究 / 张亚南著 . -- 长春 : 吉林出版集团股份有限公司 , 2022.11
ISBN 978-7-5731-2757-0

Ⅰ . ①清… Ⅱ . ①张… Ⅲ . ①古典诗歌 – 诗歌研究 – 中国 – 清代 Ⅳ . ① I207.22

中国版本图书馆 CIP 数据核字 (2022) 第 222357 号

清代诗歌艺术发展研究
QINGDAI SHIGE YISHU FAZHAN YANJIU

著　　者　张亚南
责任编辑　宋巧玲
封面设计　李　伟
开　　本　710mm × 1000mm　　1/16
字　　数　220 千
印　　张　11.5
版　　次　2023 年 3 月第 1 版
印　　次　2023 年 3 月第 1 次印刷
印　　刷　天津和萱印刷有限公司

出　　版　吉林出版集团股份有限公司
发　　行　吉林出版集团股份有限公司
地　　址　吉林省长春市福祉大路 5788 号
邮　　编　130000
电　　话　0431-81629968
邮　　箱　11915286@qq.com
书　　号　ISBN 978-7-5731-2757-0
定　　价　69.00 元

作者简介

张亚南　女，1979年6月出生，山东省济宁市人，毕业于山东大学，博士研究生学历，现任燕山大学文法学院副教授。研究方向：中国古代文学专业。主持并完成河北省社科基金项目两项、河北省社科联项目一项、河北省教育厅青年拔尖人才项目一项，参与国家社科项目、省社科项目多项，发表论文十余篇。

前　言

清代是中国封建社会最后一个王朝，是中西文化激烈碰撞的时代。西方资本主义对中国的渗透，使中国封建社会的意识形态产生动摇并开始崩溃。鸦片战争以前，清王朝在政治上相对稳定。在经历了几千年的文化积累之后，文化的发展，内在地要求进行文化总整理工作。清初，统治者为了更有效地控制全国，对知识分子采取了高压与收买的双重政策。这种政策直接地影响到文人的行为和心态。

清代诗歌的流派多种多样。我们按照其对传统理念展现的态度进行区分，可以将其分为“尊唐”和“宗宋”两个派别。诗人在研习和继承传统的基础上展开创新发挥。尊唐派的作品讲求“神似”，条律分明，格调典雅，诗体严明，其中还可以按照所推崇诗作的年代分为初唐、盛唐、晚唐等派系。而宗宋派的创作主张多为反对庸俗、抵制宽滥、以文为诗。除尊唐与宗宋两派外，秉持其他理念的诗人也各有自身抒发情意的形式，并且力求避免这两个主要流派的影响，独立创设新的体裁，不过，仍不能在数量上和影响力上占据主流。总之，清代诗人与明代诗人比较来说，他们的学习方法较为灵活，能够转益多师，融会贯通，从而进行创造和开拓。

本书第一章为清代诗歌概述，主要讲述了清代诗歌的发展历程、成就；第二章讲述了清代前期诗歌艺术发展的情况，具体从钱谦益诗歌、顾炎武诗歌、王士禛诗歌、查慎行诗歌、申涵光诗歌展开论述；第三章为清代中期诗歌艺术发展，分别从沈德潜诗歌、纪昀诗歌、袁枚诗歌、汪端诗歌作进一步分析；第四章为清代晚期诗歌艺术发展，主要从龚自珍诗歌、魏源诗歌、桐城诗派诗歌、许瑶光诗歌展开；第五章是资产阶级改良主义运动时期诗歌艺术发展，又从黄遵宪诗歌及康有为、梁启超等人的诗歌展开说明。

在撰写本书的过程中，作者得到了许多专家学者的帮助和指导，参考了大量的学术文献，在此表达真诚的感谢。本书内容系统全面，论述条理清晰、深入浅出。但由于作者水平有限，书中难免会有疏漏之处，希望广大读者与同行及时指正。

张亚南

2022 年 5 月

目 录

第一章　清代诗歌概述

在全局性的历史角度和历史观念下，清代一般被史学家们视为近代中国逐渐向现代性社会转型的时期，因此，清代的历史也可以按照特定历史时间节点划分为古代史和近代史两部分。但从文学发展和演变的角度来看，清代应为古代文学的收束时期和现代文学的萌芽时期。本章节主要从清代诗歌的发展历程、成就两方面展开论述。

第一节　清代诗歌的发展历程

清代诗歌从初期到中叶，伴随着时代、社会的发展，它本身也有一条比较清晰的发展演变轨迹。

明末清初易代之时，由明入清的诗人按照其个人出身和经历，以及政治主张的不同，可以划分为三种类型：第一种属于封建社会传统君臣观念下的“失节”者，他们或向清朝政府主动投降，或者被迫在清廷统治下出任官职，比如在明末清初的文坛并称“江左三大家”的钱谦益、吴伟业、龚鼎孳就属于此类，以及周亮工、曹溶等等；第二种则是封建观念之下的“殉节”者，这些诗人奋起反抗清朝统治，最后在抗争中牺牲自我，例如陈子龙、夏完淳、瞿式耜、张煌言等；第三种人数最多，这类诗人的立场介于“失节”者和“守节”者之间，既没有屈从于清廷，也没有为明朝而殉节，也就是所谓的“遗民”，例如，清初思想学术领域的三大启蒙思想家顾炎武、黄宗羲、王夫之，以及吴嘉纪、屈大均、陈恭尹、钱澄之、傅山、方文、龚贤、杜浚、邢昉、申涵光、阎尔梅、朱之瑜等等。而这三类诗人的诗歌特征也往往与其个人经历和思想主张紧密联系在一起。通常情况下，无论是主动投诚还是迫于无奈降清，诗人往往都会在其诗作中以不同的形式来表达对失节的忏悔（无论是否出自真心）；殉节诗人则与之相反，他们的诗作大都抒发了对清朝政府的愤慨和抗击外敌不力、河山尽失的悲愤不平；而占绝大部分的遗民诗人既不会忏悔，也不会以死相搏、抗争到底，他们的诗作往往抒发个人坚守民族气节的情怀。但是，这三类诗人的诗歌在情感和内容上也有共同之处，即对家国荣辱、世事无常的感叹。明末清初的诗人无一例外地亲历了改朝换代的历史巨变，也目睹了国破家亡、山河疮痍的残酷情形，见证了战火摧残下流离失所的普通百姓的苦难，所以慨叹朝代兴亡和黎民疾苦的诗歌也由此成为一种具有普遍性和时代性的创作主题。

关于由明入清这三种类型的诗人，也有不少学者从传统的观念出发，将其中“殉节”诗人乃至遗民诗人的诗作划入明代诗歌的范围。但“殉节”诗人以及遗民诗人尽管在政治态度上始终忠于明朝，甚至不惜为恢复明朝故国英勇捐躯，然而客观上毕竟已经生活在清代，他们的诗歌创作活动主要也发生在清代，反映的都是清代社会的内容，因此从科学的意义上来说，将这些诗人全部归到清代，作为清代诗歌最初的重要创作队伍，则更能显示明清易代之时诗歌创作的复杂性与丰富性，同时也更能体现各类由明入清的诗人共同的创作特征。

标准意义上的清代诗人是在由明入清的诗人之后规模性地出现的。这些诗人中有些在归顺清廷之后应举为官，有些就直接出生于清朝政府统治年间。与由明入清诗人不同，清朝本朝诗人往往具有和其统治一致的政治立场。此外，这些诗人所处的清初社会局势稳定，经济和文化都逐渐恢复发展，甚至在康乾两朝出现“盛世”局面。故此，在时间的推移和社会的变迁之中，诗人们的创作大部分也不再体现原先强烈的现实主义风格，乃至一部分诗人开始创作以歌功颂德、点缀升平为主题的诗歌。在清初的诗人当中，并称为“国朝六家”的施闰章、宋琬、朱彝尊、王士禛、查慎行、赵执信的作品最具有代表性。这六位诗人每两人为一组，每组各一南一北，各组之间分别间隔约一个辈分，连起来则刚好贯穿清初顺治、康熙、雍正三朝并个别延伸至乾隆初。其中第一组“南施北宋”，诗歌主要反映与明清易代密切相关的个人身世和民生疾苦，同由明入清诗人颇多相似；到第三组“南查北赵”，这时关系社会民生的内容就相对很少了。而整个清初诗歌思想主题的变化，又大抵同艺术道路的发展变迁相联系。

清初诗歌直接从明代诗歌发展而来。明代诗歌的主流是复古。复古派将“诗必盛唐”作为本派的口号，认为古体诗歌要有汉魏建安风骨，近体诗需得盛唐气象，但显而易见的是，复古派的创作主张仅仅是对前朝诗歌的样式进行模仿，一味追求“形似”，文字间没有诗人自己真性情的体现，更遑论个人艺术特色了。

年深日久，复古派的创作弊端日益凸显，引起文学界有识之士的不满与反对，此时对诗歌创作改弦更张的声音也愈发高涨。事实上诗风改革的趋势早在明朝末期就已经出现，明末社会内忧外患，国家局势动荡不定，这些因素都酝酿着变革的动力。而明清易代作为一场历史性的重大变革，对清初诗人产生了直观的重大影响，迫使这一文学群体直面社会实际，在诗歌中表达自己内心的真情实感，由此，诗歌逐渐恢复了抒写真性情的功能，在表情达意的范畴内从根本上改变了明代诗歌的旧习。至于清代诗歌的艺术创作道路，尽管仍有相当一部分诗人（如陈子龙）恪守“建安风骨”“盛唐气象”的成规，但是文坛中已经出现了更多主张和提倡扩大诗歌取材的诗人。其中较有代表性的诗人就是钱谦益，他的写作也不再局限于学习盛唐，而是拓展至全唐，乃至于从唐诗延伸到宋诗以及其他朝代的诗作。他还提倡在广师前贤的基础上进一步掌握随机而变和融会贯通的技法，最终形成个人独有的艺术风格。例如，吴伟业最有成就的以《圆圆曲》《听女道士卞玉京弹琴歌》等为代表的“梅村体”长篇歌行，就是同时借鉴“初唐四杰”和中唐元稹、白居易这两派歌行，通过融合变化而自成一家，并运用它来描写改朝换代之际的一系列重大历史事件，所以后人誉之为“格律本乎四杰而情韵为深，叙述类乎香山（白居易）而风华为胜。韵协宫商，感均顽艳，一时尤称绝调”①。当时的绝大多数诗人，基本上走的都是这样一条道路。

清初诗人虽然很快摆脱了明代诗歌刻板模仿“盛唐”的局限，走上了广师前贤、变化成家的道路，但由于受诗歌发展惯性的作用，人们最初师法的主要还是唐诗。与此同时，兼学宋诗，或者以宋诗为主，乃至专门取法宋诗的诗人日益增多，最终也成了一种气候。特别是浙江的许多诗人，如黄宗羲、吕留良、吴孟举以及朱彝尊等，都有意识地积极提倡学宋，并且出现了查慎行这样以专门学宋而成为大家的诗人，最后还形成了贯穿整个清代的浙派诗。这样在清初的诗坛上，除了一部分兼师唐宋的诗人以外，还出现了学唐、学宋两股潮流，而且相互之间时有争论，历史上称为“唐宋之争”。在这个过程中，王士禛提出了一种重要的诗学理论“神韵说”，主张诗歌主题朦胧含蓄，吞吐不尽，语言华美圆润，流畅清秀，风格清远冲淡，自然入妙。尽管他所推崇的创作典范从时代来看主要还是属于唐诗的范围，但这种理论的出发点却并非以时代论诗，而显然是基于另一种性质的崭新的审美标准。他本人按照这种理论身体力行，创作出《秋柳》四首、《秦淮杂诗》二十首等一系列的“神韵”诗。这种诗歌在涉及最普遍的家国兴亡这个

---

① 纪昀 . 四库全书总目提要 [M]. 石家庄：河北人民出版社，2000.

主题的时候，情感往往若有若无，艺术上格外富有韵致，因此既符合人们想表达又不能太激烈的心理，同时也能够为清朝统治阶级所接受，客观上顺应了清初社会从乱世走向“盛世”的步伐。而从诗歌发展的角度来看，这种诗学理论与创作实践的出现，也有利于人们从争唐论宋的狭隘视野中脱离出来，引导清代诗歌逐渐走上新的道路。

进入清代中叶，“盛世”的光环依然延续了相当长的一段时间。此时，清朝社会稳定昌盛，这段时期的诗歌内容总体上比较贫乏。但是，诗人们对创作道路的探索却显得更加踊跃。在诗学理论方面，沈德潜提出了一种“格调说”，强调诗歌的“体格声调”，而具体落实到唐诗，专门标举唐诗的“格调”，认为后世“不能竞越三唐之格”，因此其实质与明代复古派的“诗必盛唐”并无太多的区别，对于清代诗歌的发展来说则是一种倒退。翁方纲提出一种“肌理说”，以杜甫《丽人行》所谓“肌理细腻骨肉匀”强调诗歌的“义理”和“文理”，在思想内容方面要求以六经为本，合乎儒家传统的道德规范，在艺术形式方面要求讲究“诗法”，针线“细密”，“穷形尽变”而又合乎“绳墨规矩”，尤其注重创作主体的学术修养，甚至直接在诗歌中灌注学问。[①] 这显然是乾隆年间考据学风盛行在诗歌领域中的一种反映，客观上只会引导诗人远离现实社会。此外还有一些诗人没有明确的理论主张，但创作道路各不相同，自成特色。例如黄任、厉鹗、胡天游、钱载等等，或取法晚唐的李商隐以及西昆派，辞藻华丽；或学习宋代的一些诗人，喜用宋典和替代字；或偏好中唐的韩孟诗派，风格怪异；或承袭北宋的黄庭坚和江西诗派，讲求句法变化，拗折险怪，瘦硬生新。这众多的诗歌与学说，无论好坏，总体上都体现出积极的探索精神。只是这里面有一个十分明显的局限，那就是他们基本上未能离开对古人的被动依赖，始终罩在唐宋诗歌的光环之中。

袁枚的出现改变了这种局面。袁枚以翰林院庶吉士出身授知县，年仅 33 岁即退出官场，与郑燮一样具有比较进步的思想。他在诗歌理论上倡导“性灵说”，强调性情要真，笔性要灵，也就是诗歌必须抒写个人的真性情，符合诗人的“自我”，同时必须充分发挥个人的天分，在创作中努力创新，自成家数。[②] 这同以往的各种诗歌理论相比，明显减去了众多的条条框框。按照这种观点，诗歌创作等于完全进入了自由的境界。从思想内容的角度来说，只要抒写的性情是真实的，哪怕它违背儒家正统思想与传统伦理道德也无关紧要，这实质上就体现了一种反封建的民主精神。从艺术形式的角度来说，原先被人们奉为创作样板的唐宋诗歌，

① 唐芸芸．翁方纲诗学研究 [M]. 北京：中华书局，2018.
② 袁枚．随园诗话 [M]. 武汉：崇文书局，2020.

现在成为人们培养艺术素质的资料，诗人在具体创作的时候绝不受它们的丝毫束缚，从而创造出纯粹源于自身的独特面貌，即写作自由。因此，袁枚的“性灵说”，其本身虽然也是一种有意识的诗学理论，而实质上带来的却是诗歌的一场解放，为诗歌的创作打开了自由之门。当时的许多诗人都受到了这种理论的影响。

袁枚本人的诗歌创作，往往大胆表现男女之情，追求个性自由解放，重视社会下层人民，甚至直接抨击封建制度，在相当程度上体现出反对封建、追求民主的精神。其语言通俗平易，风格幽默诙谐，甚至被人攻击为“油腔滑调”。这种艺术上的特点，看起来似乎与中唐诗人白居易、南宋词人杨万里有某些重合之处，但从根本上来说都属于袁枚的自我独创。诚如袁枚自己所说：“独来独往一枝藤，上下千年力不胜。若问随园诗学某，三唐两宋有谁应？”“孤峰卓立久离尘，四面风云自有神。绝地通天一支笔，请看依傍是何人！”[①] 同时代的赵翼、蒋士铨，两人的诗学观点和创作精神同袁枚大抵相似，三人并称为“江右三大家”，也称“乾隆三大家”。其他许多著名诗人如李调元、张问陶、王昙、舒位、宋湘以及孙原湘、席佩兰夫妇，乃至后来的龚自珍等，他们的诗歌创作各成特色，但从精神实质上来说同样走的也都是绝去依傍、自我创新的道路。因此，以袁枚为首的“性灵派”及其边缘作家，他们并不像传统观念上的诗歌流派那样具有某种共同的风格，而恰恰是各自发挥个人的天分，创造出与众不同的风格。正是基于这样一种创作精神，所以他们的诗歌在总体上彻底摆脱了唐宋诗歌的束缚，真正呈现出清代诗歌自己的风貌。

袁枚稍后的诗人，他们更多的是运用诗歌的形式揭露社会的种种黑暗面，反映自己怀才不遇的悲惨身世。他们直接目睹了农民起义以及鸦片贸易带来的危害，从而在诗作中体现出反对封建、追求民主的思想倾向。如张问陶、王昙、舒位、宋湘、黄景仁、陈沆、潘德舆等等，他们的诗歌都具有这样的特点。而这种思想最后汇集到龚自珍身上，他在此基础上进一步提出了改革的积极主张，从而使清代中叶诗歌的此类主题发展到了顶点。他写于鸦片战争爆发前的大型组诗《己亥杂诗》就是这方面的代表作品。特别是其中第一百二十五首“九州生气恃风雷，万马齐喑究可哀。我劝天公重抖擞，不拘一格降人才”[②]，不但在当时发出了要求改革的强烈呼声，而且屡被后人作为倡导改革的经典来引用。这同清初诗歌相比，不难发现这个时期诗人们的目光已经从原来的改朝换代转移到了整个社会的发展，原先的民族意识也相应地变成了现在的民主精神。而这种鲜明的思想主题，

---

① 袁枚 . 袁枚诗文注译 [M]. 杭州：浙江古籍出版社，2019.
② 龚自珍 . 龚自珍己亥杂诗 [M]. 北京：中华书局，2019.

结合艺术上的绝去依傍、自我创新，共同构成了清代中叶诗歌的主流。

不过，从诗歌的创作道路来看，在袁枚“性灵说”流行以后，还有不少诗人仍然以借鉴古人为主。例如桐城诗派，他们就主张“熔铸唐宋”[①]，这看起来似乎比此前的强分唐宋要通达得多，但其实质还是在古人的圈子里讨生活。乾隆皇帝的“高宗体”，虽然对诗歌史上的“以文为诗”不无发展，但更多的还是继承中唐韩愈和北宋黄庭坚的衣钵。在清代诗人学习宋诗时，黄庭坚格外受到青睐，凡涉足宋诗的，几乎都取法黄庭坚。特别是鸦片战争前夕的程恩泽，他对黄庭坚的学习直接影响到近代。当然，这对于清代中叶以及后来近代诗歌的基本走向来说，客观上并没有造成太大的影响。而如果我们把前述以袁枚、龚自珍等人为代表的这条道路看成是进步的，那么同时期这种仍然以借鉴古人为主的道路，在这个背景下就只能说是保守的了。

目前，被学术界广泛认可的历史观念是中国近代史始于道光二十年（1840）鸦片战争的爆发，其后的清代历史都可算作近代史，而近代文学的时间划分也参考了这个。一般来说，文学界研究人士会对第一次鸦片战争之后的诗歌和通常所说的清代诗歌（包括初期和中叶）进行区别分析，可以说，近代诗歌是一个较为独立的研究对象。汪辟疆《汪辟疆说近代诗》、郭延礼《中国近代文学发展史》、管林和钟贤培主编《中国近代文学发展史》等书关于近代诗歌的具体情况都有深入的论述。

纵观整个清代诗歌，它并不是一个静止不动的平面，而是始终处在不断的发展之中。就其主流而言，它在思想内容方面，经历了从悼念亡国、反映现实，到点缀“盛世”、歌舞升平，再到反对封建、追求民主这样一个复杂的过程。这个过程明显呈现出一个马鞍形。相对来说，这个“马鞍”的后面又远远高过它的前面，有一个质的飞跃。而在艺术形式方面，最初一部分诗人还像明代一样专摹盛唐，但很快就转向广师唐宋，后来又发展到独创清诗。这个过程则显然呈现出一种直线上升，而前后同样也存在着质的飞跃。这两个过程之间，重合居多而乖离为少，意味着清代诗歌的内容与形式联系密切，大致呈现同步前进的态势。由此可见，清代诗歌的总体发展是值得肯定的。

---

① 周中明 . 姚鼐研究 [M]. 北京联合出版公司，2019.

第二节　清代诗歌的发展成就

清代诗歌的发展历程，客观上显示了它自身的成就与特色。

一、清代诗歌内容创作方面取得的成就

（一）内容特征

就其整体面貌而言，清代诗歌在内容方面大都描绘和反映清朝社会各个阶层的日常生活，表达的情感也大都是清人的所感所思。就这种创作特色而言，清诗显然是历史上其他朝代和时期的诗歌都无法取代的。另外，清代诗歌无论是作家还是作品都为数众多，并且十分全面而深刻地描述了社会生活的方方面面，流露出复杂的思想感情。其中有两种精神特别值得注意，一个是清初的爱国精神，再一个就是清代中叶的民主精神。

1.爱国主义精神

用诗歌抒发爱国主义情怀，这在中国具有悠久的历史和光荣的传统。在清代之前，这方面比较突出的主要是战国时代的屈原，南宋的陆游、范成大，金元时期的元好问，以及宋末元初的文天祥、郑思肖、汪元量、林景熙等人。而在清代初期，两朝更替，出现了大量由明入清的诗人，其中不乏为明王朝赴死的“殉节”诗人和不愿归顺清廷的遗民诗人。这些诗人的诗歌中有许多感慨家国荣辱、不屈清朝统治、揭露清兵恶行、展露民族气节的，无一不带有浓烈的爱国主义色彩。即使是投降仕清的“失节”诗人，他们也往往通过悼念明朝故国，悔恨自身出处，委婉曲折地表达对清朝的不满，在一定程度上同样透露出爱国的初衷。甚至于清代本朝诗人的作品也是如此，许多作品仍显现出强烈的爱国主义色彩，尤其是他们早期的作品。由此不难发现，清朝初年的诗歌中，反对清朝统治、抵抗清兵入关等情感表达是一个相当普遍的现象和高度集中的创作主题。纵观清代初期，以怀念故国、反对清廷为主题的诗人和诗歌的数量与范围都达到了空前的境地，这在中国古代诗歌发展史上都很罕见。

2.民主精神

清代中叶，诗歌中更多体现的是反封建的民主精神。袁枚以及同时代诗人的

许多作品，或者将历史上某种对帝王后妃的同情转移到社会下层人民的身上，或者大力宣扬女子才学，提倡妇女教育，反对女子缠足和溺杀女婴，或者热情赞美劳动人民的聪明才智和高尚品格，或者丝毫不掩饰对金钱的喜爱，甚至大胆讽刺封建制度下的君臣关系，等等。这些都是民主精神的具体体现。对于腐朽的科举制度，袁枚稍后的许多优秀诗人，如黄景仁、舒位、王昙等，他们往往从个人的切身感受出发，强烈表达“如我文章遭鬼击”的不满和愤懑，其程度远比蒲松龄的《聊斋志异》和吴敬梓的《儒林外史》等小说要深刻得多。特别是龚自珍，他提倡社会改革，矛头所向竟是最高的封建统治者。他的《夜坐》二首之一所谓“一山突起丘陵妒，万籁无言帝座灵”同样也是直接针对封建皇帝而发。[①]

随着资本主义萌芽，反封建的历史使命也就自然而然地落到了当时诗人的身上。正因为如此，清代中叶的诗歌，较之于清初，具有了全新的特色。它的思想高度是以往任何一个时代的诗歌都未能达到的。

（二）内容创作队伍

1.女性诗人

讨论清代诗歌的内容特征，很自然地会联想到它的创作队伍。这时，涌现了大批的女性诗人。在中国古代漫长的封建社会中，人们习惯于“女子无才便是德”。因此，文学史上清代之前的女性诗人少之又少，寥若晨星。而随着时代的发展，有清一代的女诗人却多得令人惊奇，其总数相当于现存《全唐诗》女性作者人数的十倍！特别是从袁枚开始，他公开招收女弟子，稍后的陈文述义起而效之，两人还先后编纂刻印了《随园女弟子诗选》《碧城仙馆女弟子诗选》；恽珠、汪启淑、蔡殿齐等人，也分别辑刻了《国朝闺秀正始集》《撷芳集》《国朝闺阁诗钞》等多种妇女诗歌总集。这些做法正像《红楼梦》《镜花缘》等小说中所描写的一样，从社会观念和客观实际上促进了清代“才女”的大批涌现，使女性从事诗歌创作活动真正形成了一种风气，成为中国诗歌有史以来一道独特的风景线。尽管由于生活环境的限制，清代女诗人的作品题材一般都比较狭窄，个人成就特别突出的也并不多，但她们作为一个创作的整体，却仍然值得我们重视。并且在她们中间，像清初的朱柔则、倪瑞璿，其诗歌悼念故国沦亡，表现爱国精神。袁枚的女弟子席佩兰，在其夫孙原湘落第的时候赋诗安慰，体现出她视功名如草芥，而视诗歌创作如性命的宽阔胸襟和高雅情趣。同时代的王采薇，其名句“四厢花影怒于潮”

---

① 龚自珍．龚自珍全集 [M]. 杭州：浙江古籍出版社，2014.

(《长离阁集·春夕》)，不但被舒位的《瓶水斋诗集》所引，还被龚自珍的诗歌化用。杭州岳坟的一副名联“青山有幸埋忠骨，白铁无辜铸佞臣”也出自清代女诗人之手。[①] 凡此种种，都从各个侧面显示了清代女诗人的创作实力。

2.少数民族诗人

在清代诗歌的创作队伍中还有一支相当重要的力量，这就是以满族诗人为主体的少数民族诗人。清王朝入主中原以后，很快接受了汉族文化。诗歌这一文学体裁，对于满族以及其他少数民族诗人来说，同样也可以得心应手、运用自如。例如清初的西泠派重要诗人丁澎，他是回族人。以词著称的纳兰性德，同时也擅长诗歌。特别是中叶的乾隆皇帝，不但诗歌数量为中国历代诗人之冠，而且具有鲜明的艺术特征，后人以其庙号称为“高宗体”。其他满族人如岳端，铁保，英和、奎照父子，蒙古族人如法式善，他们也都是著名的诗人。其中的铁保和法式善还曾经为收集与编纂诗集做过许多的工作，取得了不小的成绩。这些少数民族特别是满族诗人的诗歌，往往反映积极乐观的进取精神，充满昂扬向上的雄壮情调。纵观整个清代诗歌，人们总感到缺少一种文学史上所说的“盛唐气象”，或者缺少类似于词学中的那种“豪放”风格，仅有一小部分均体现在这些少数民族特别是满族诗人的作品之中。因此，清代少数民族诗人的诗歌创作，不但从内容上极大地丰富了清代诗歌，而且在艺术上具有自身的特点。

（三）内容创作范围

清代诗歌的内容之丰富，还可以从描写的地域范围之广阔这样一种具体的角度来考察。以边塞诗而论，清代之前主要兴盛于盛唐及中唐。然而唐代的边塞诗其方向集中在西北一角，大抵反映人们主动到边疆建功立业的生活。而清代的边塞诗，其作者则以流人居多；其流放的地点，初期主要在东北，中叶主要在西北。因此，清代的东北边塞和西北边塞，都涌现出大批的诗人与作品。例如清初的吴兆骞，因科场案流放黑龙江宁古塔，前后在塞外生活了二十余年。他的诗歌描写自身的流放生涯和东北地区的风土人情，有着很高的成就。中叶的纪昀和洪亮吉，曾分别流放新疆的乌鲁木齐和伊犁，前者仅一组《乌鲁木齐杂诗》就多达一百六十首[②]，后者刻画天山一带风光的诗歌尤其为人传诵[③]。同时，清代中叶清政府对缅甸开战，在西南地区大规模用兵，许多著名诗人如赵翼、舒位都曾经从军

---

① 梁乙真 . 清代妇女文学史 [M]. 太原：山西人民出版社，2015.
② 周积明 . 纪昀评传 [M]. 南京：南京大学出版社，1994.
③ 周轩，修仲一 . 洪亮吉新疆诗文 [M]. 乌鲁木齐：新疆大学出版社，2006.

西南，他们同样写下了大量的边塞诗，像赵翼的《高黎贡山歌》一直写到中国与缅甸的界山，诚如同时代人所说“生面独开千载下……吟到中华以外天”①。至于东南方向，则如澳门、台湾乃至琉球，也都有不少的清代诗歌传世。甚至像朱之瑜、胡天游、蒋士铨、舒位等人，他们的诗歌还写到了日本、澳大利亚等国家，出现了许多的外国“新事物”。这种盛况显然为历史上其他任何一个时代的诗歌所不及；其中的许多内容，都是前代诗歌从来没有涉及的。

清代诗歌从自己所处的实际出发，在内容方面所取得的总体成就，完全可以用“巨大”来形容，其中的特色自然也是很鲜明的。

二、清代诗歌取得的艺术成就

（一）创作手法

清代诗人采用得最多的艺术手法大致可以分为以下两种：一种是同时效仿前代两种及以上不同风格的诗歌，这类诗歌会对各种风格进行融合和应用，进而别成一家，类似的现象主要发生在清代初期；另一种创作手法则仅仅将前朝的诗歌作为对自身的补充，在真实创作时则完全没有依傍，保持绝对的自由，独成一体，这一形式的作品主要集中在清代中期的文坛中。但是，以上两种艺术手法所借鉴和融合的主要文学体裁都是唐宋时期的诗歌。

1.师法古人，融为一家

关于第一种手段，在后世常常引起人们对清代诗歌的曲解，单纯地将其作为唐宋诗歌的机械性复制品。但实际上，在借鉴和效仿前朝诗作时，清代诗人并不会将具体的对象限制在有限的几种流派中，更不会使创作流于刻板的照搬，而往往会博采各家之长，结合自身的创作观点和客观条件，使不同的写作风格在自己笔下呈现有机的融会贯通，引众家之长，由此形成自身独特的风格。可见，以这样的形式诞生的崭新风格不仅包含着其所临摹对象的基础特征（或当中较为明显的一部分风格因素），又不和原有的任何一家诗风等同。例如吴伟业的“梅村体”歌行，其中长篇叙事的体制效仿中唐元稹、白居易，用典和声律等若干具体的技巧效仿“初唐四杰”，同时他运用这种形式，大量地以民间艺人等富有传奇色彩的人物为线索，来反映明清改朝换代之际的重大历史事件。其最终形成的总体特征与中唐元稹、白居易和“初唐四杰”都不相同，等于在原来的两派歌行之外增

---

① 陈清云 . 赵翼年谱新编 [M]. 上海：上海古籍出版社，2016.

加了一派，所以才赢得了世人的高度赞誉，并且从此以后还取代了原来的两派歌行，被后世许多诗人如陈维崧、吴兆骞、王闿运、樊增祥、王国维乃至当代钱仲联先生等所模仿，产生了难以数计的名篇佳作，形成了诗歌史上一个独特的系列。其他如查慎行兼学北宋苏轼和南宋陆游，黄景仁兼学盛唐李白和晚唐李商隐，以及方文兼学东晋陶渊明、盛唐杜甫和中唐白居易等。这种现象正如钱泳《履园谭诗》评论清代诗歌时所说："实能发泄陶、谢、鲍、庾、王、孟、韦、柳、李、杜、韩、白诸家之英华而自出机杼者，然而亦断无有竟作陶、谢、鲍、庾、王、孟、韦、柳、李、杜、韩、白诸家之集读者。"田同之在《西圃诗说》中论其祖父田雯的时候，说得更具有总结性："自三唐以及两宋，无所不包，千变万化，终自成一家言，亦所谓集大成者。"

当然，在清代诗人中，也有不少人只学习前代的某一家诗人甚至是诗人的某一种具体技巧。但是，他们往往也能够结合自身的实际，发挥个人的特长，将所学对象进行强化或改造，从而形成更加鲜明的特点。例如清代中叶的钱载和黎简，两人创作时都讲求句法变化，大而言之同属于中唐韩愈以及北宋黄庭坚"以文为诗"的一路，但钱载诗歌在进行句法变化的同时，能够注意保持诗歌固有的特征和味道，既拗折险怪、瘦硬生新，又不犯佶屈聱牙、过分散文化的毛病；而黎简则将这种句法变化进一步深入到词法变化上来，在诗歌中大量使用类似于"春村""寒狗""风莺""雨蝶"这样的生造词语，在句法变化这方面可说是到了登峰造极的程度。即使是前面所说兼学两家以上的不同风格，其中也大都包含这样的做法，而很少停留在一成不变的模仿和简单的叠加上。因此，这种从前代诗人入手，通过融合变化或强化改造而形成自家特色的手段，其实也是历史上其他许多时代的诗人所常用的。例如钟嵘《诗品》评论魏晋南北朝的诗人，就经常提到其源出于某某。杜甫论及李白，也说"李侯有佳句，往往似阴铿"(《与李十二白同寻范十隐居》)，"清新庾开府，俊逸鲍参军"《春日忆李白》。[①] 其自述诗歌创作道路，同样承认"颇学阴何苦用心"(《解闷》十二首之七)。只是由于在清代之前，唐宋诗歌的成就已经很高了，所以清代诗人总是以取法唐宋为主，凡唐宋时期稍微有点特色的诗人几乎都能够在清代诗歌中找到影子，于是人们也就认为清代诗歌没有脱离唐宋诗歌的窠臼。而事实上，清代诗歌在学习唐宋诗歌的时候，也正像历史上其他许多时代包括唐宋的诗人师法前贤一样，其发展变化仍然是显而易见的。

---

① 钟嵘 . 诗品 [M]. 上海：上海古籍出版社，2020.

2.独立创新，自成一家

至于清代诗人特别是清代中叶诗人针对以唐宋为主的前代诗歌而绝去依傍、独立创新，这里的创新程度显然比第一种手段更大。如此创作出来的诗歌，尽管客观上也不可能绝对排除与前代诗歌之间的某些耦合现象，但从总体上来看毕竟还是以独创的成分居多，并且事实上也的确不乏完全崭新的风格。这些诗歌的共同趋势，都在朝着个性化、自由化和通俗化的方向发展；而每一位具体诗人之间，则又往往千姿百态，风格各异。像龚自珍的《己亥杂诗》，不但其一题组诗多达三百一十五首史无前例，而且其中有一部分作品不遵守传统的近体诗格律，对至高无上的“天公”不用“乞”“请”“愿”“望”而用“劝”字，这就既与前人不同，也与同时代其他诗人有别，从而呈现出纯粹属于个人的鲜明的艺术特征。

综合上述这两种手段，在清代诗歌中，人们不但可以见到许多看似与前代诗歌类似而其实却并不相同的风格，而且也可以见到许多前代诗歌所没有的风格，总体上显得更加博大精深。正因为如此，所以可以这样说，清代诗歌不仅囊括了以往历代诗歌的多种既有风格，兼得其胜，而且还创造出许多完全崭新的风格，独擅古今。从时代的角度来看，清代诗歌不仅是一个集大成者，而且是一个开天地者，其总体艺术成就是绝不可低估的。

（二）清代诗歌的作家和流派

清代诗歌总体上的成就与特色，正如其他朝代的诗歌一样，是很难对它做出一个十分精确、完整的概括的，尤其是在目前对清代诗歌研究还极其薄弱的条件下。但是，这种成就与特色，又分明体现在各个具体诗人的身上，从而涌现出许许多多的作家和流派。在整个清代诗坛上，个人成就突出、特色鲜明的重要诗家，虽然很难有准确的统计，但其总量也十分庞大。具体如前面提到的“江左三大家”“江右三大家”“国朝六家”，以及“岭南三大家”“三君”“二仲”，此外还有大量没有齐名并称的单个诗人。同时，以这些诗家为核心，在清代诗坛上又形成了大批风格独特的重要流派。这些流派如侧重创作倾向的，主要有神韵派、格调派、肌理派、性灵派等；就地域而言的，则主要有云间派、西泠派、虞山派、娄东派、浙派、桐城派，像浙派中还可以分出狭义的浙派和秀水派。其数量之多，远远超过了唐代和宋代。此外，从地理分布的角度来看，清代诗歌的重要诗家和流派几乎遍及全国各地。这里面最集中的当然是江浙两省，其次为山东、广东、安徽、北京、上海以及湖南、湖北、江西、福建等地。即便是边远地区，如山西有傅山、吴雯，四川有李调元、张问陶，云南有释读彻，加上各种流寓诗人，也同样是名家济济，派别时兴。至于那些不大为人注意的诗人，特别是前述少数民族诗人和妇女诗人，这就更非其他任何一个时代所能及的了。所有这些诗人和流派、集团和群体，在诗歌创作上各显神通，百花争艳，共同为清代诗歌的繁荣昌盛做出了巨大的贡献。清代诗歌的成就与特色，从这里也可以得到客观生动的反映和说明。

诗歌从产生伊始，就留下许多优秀的诗歌传统，这一方面为清代诗人的创作提供了不少的方便，但另一方面却也给他们的创作带来了不少困难。这些困难用赵翼的诗句来说，就是所谓“好诗多被古人先”。因此，他们时常感叹“古来好诗本有数，可奈前人都占去”，“恨不踊身千载上，趁古人未说吾先说”。[①] 假如把这些诗人放在唐宋特别是唐代，这个情形显然就不一样了。由此可见，清代诗人要写出好诗，要创造新格是何等不易。同时，就以清代本朝而论，其“文字狱”之盛行，高压政策之严厉，确属空前。因此，人们出于忌讳，有许多东西不敢去写，写出来也往往不敢保存。例如吴伟业在《彭燕又偶然草序》中引彭宾（字燕又）自述就说:“吾之……以避忌不敢存，故所存止此，以名吾篇也。”[②] 由此推想，清代诗人即使写出了好诗，也有相当一部分以忌讳之故而未能流传下来。然而，就是这样，清代诗歌仍然涌现出许许多多的优秀作品，成就了许许多多的重要诗家和流派。他们植根现实，推陈出新，在思想内容和艺术形式方面都取得了巨大的成就，显示出自己的特色，这就更加难能可贵了。

正因为如此，清代诗歌虽然处在唐宋这两座诗史高峰之后，却能够超越元明，直追唐宋，成为中国诗歌史上的第三座高峰。当然，这也是古代诗歌史上的最后一座高峰。而在另一个方面，清代诗歌则又对它以后的诗歌产生了巨大的影响。清代诗歌中的爱国主义和反对封建、追求民主的进步倾向，在近现代发展成为反帝反封建的潮流。清代诗歌在艺术上追求自由独创和趋向自然通俗的创作精神，孕育出了近代的“新派诗”乃至现代的白话诗。即便是近代以下偏重于学习古人的保守一路诗歌，事实上也同样是从清代诗歌中那种广师前贤、变化成家的做法直接继承而来的。至于清代诗歌的许多作家和流派对近现代诗人所产生的具体影响，那就更加难以估量了。尽管中国近现代的诗歌，在某种程度上也曾受到过外来文化的影响，然而从根本上来看，它的直接渊源却还是在清代诗歌这里。清代诗歌对近现代诗歌来说，无疑起着开风气的作用。由此可见，清代诗歌在整个中国诗歌史上，既是古代诗歌的光辉后殿，也是近现代诗歌的伟大开山。这种地位显然是极其重要，也是十分特殊的。

---

① 陈清云 . 赵翼年谱新编 [M]. 上海：上海古籍出版社，2016.
② 吴伟业 . 吴伟业诗选注 [M]. 上海：上海古籍出版社，1986.

第二章　清代前期诗歌艺术发展

由于清朝入关之后在全国范围内实施严酷的民族压迫政策和中央集权政治，故此全国上下积怨深重，民间反抗斗争风起云涌，地区性的抗清武装斗争直至清政府统治 40 余年后仍在继续。此外还有许多虽不参与武装反抗，但仍不向清政府妥协的明朝遗民。这些移民自始至终保持着不与清廷合作的态度，不参加科举考试，也不肯接受官职，宁愿在人迹罕至的荒野深山之中孤独终老。在这些“守节”的遗民中，也有许多著名的诗人和有声望之士，其诗歌创作中充分表现出他们对时局的态度。本章节内容主要对钱谦益、顾炎武、王士禛、查慎行、申涵光的诗歌进行深入阐述。

第一节　钱谦益诗歌

一、钱谦益的诗学观

钱谦益（1582—1664），字受之，号牧斋，晚号蒙叟、绛云老人、东涧遗老，江苏常熟人。钱谦益是明清易代之际诗坛上的一个重要人物。

徐世昌在《晚晴簃诗汇》中指出：“牧斋才大学博，主持东南坛坫，为明清两大诗派一大关键。”[①] 此话可谓恰如其分。学术界有不少人赞成这一观点，并对此予以论述。但是，由于钱谦益遭遇的复杂性，以及这种复杂性带来的对其一生成就的不同看法和评价，钱氏在文学方面的功绩和贡献长期以来曾受到不少人的质疑。近年来此种情况已经有所纠正，但仍有一些问题有待澄清。

① 徐世昌 . 清诗汇 [M]. 北京：北京出版社，1996.

（一）复杂的身世与难堪的境遇

钱谦益一生复杂而矛盾，正面和负面经历都有。

万历三十八年（1610），钱谦益进士及第，授任翰林院编修，从此开始了四十多年在明朝起伏跌宕的仕宦生涯。他官做到礼部右侍郎、翰林院侍读学士，但仕途并不顺利，曾深深卷入明末的党争，成为东林党魁，多次被革职回乡。甲申年（1644）明王朝覆亡，福王朱由崧于金陵建立南明小朝廷，钱谦益被起用为礼部尚书。为了巩固自己的地位，进而谋取更高的职位，钱谦益不顾东林一派官员的反对，向弘光帝上《矢愚忠以裨中兴疏》，公开吹捧权奸马士英，并推荐阮大铖等一批阉党余孽，进行政治投机，遭到了当时朝野正直之士的鄙视和指斥。不久清兵南下，钱谦益又与赵之龙、王铎等人前往郊外迎降，丧失了民族气节。北迁后，他被清廷任命为礼部右侍郎，成为两朝出仕的“贰臣”。

作为大节有亏的文人，钱谦益在清廷任职仅半年便以病辞归。回乡后，他一方面从事《明史》的编修及《列朝诗集》的编选；另一方面，经常在诗文创作中反思前期的所作所为，表达心中的悔恨及对故国的怀念。[①] 钱谦益并没有将悔恨停留在文字层面，还进一步转化为了“反清复明”的实际行动。他曾于顺治初年资助江阴人黄毓琪组织海上起义军，反抗清廷，并因此被逮捕入狱，关押半年。不久，又通过在南明永历朝任文渊阁大学士兼兵部尚书的学生瞿式耜与永历朝廷取得联系，为南明政权出谋划策、打探情报。顺治七年（1650），桂林失守，瞿式耜壮烈就义，钱谦益还为瞿式耜作长诗哭之。顺治十五年（1658），郑成功、张煌言水师攻入长江，钱谦益积极为他们传送消息，联络策应，此期间还创作了著名的《后秋兴》组诗。郑、张战事失利，船队向沿海撤退，钱谦益以七十八岁高龄冒险乘小舟至沿海军帐，和拜己为师的郑成功见面，对其进行安慰、鼓励，同时表达了自己继续支持抗清的决心。这一切都是钱谦益晚年改变自我形象的举动，不能仅仅将其视为故作姿态，瞒世欺人。

钱谦益本人亦知晓，他晚年的所有举动都不能抵消前期的作为。在八十寿辰前夕，他曾经自述说：“今吾抚前鞭后，重自循省，求其可颂者而无有也。少窃虚誉，长尘华贯，荣进败名，艰危苟免，无一事可及生人，无一言可书册府。濒死不死，偷生得生，绛县之吏，不记其年，杏坛之杖，久悬其胫，此天地间之不祥人，雄虺之所慭遗，鸺鹠之所接席者也。”[②] 这些文字应该说是出自钱谦益肺腑的，实

---

① 丁功宜 . 钱谦益文学思想研究 [M]. 上海：上海古籍出版社，2006.
② 钱谦益 . 钱牧斋全集 [M]. 文明书局，1910.

可谓有是非道德观念之传统文人的痛苦表白。钱谦益正是这样一个进退失据、自相矛盾、大节不能坚守而又不失为有自知之明的文人。面对这样一个复杂的历史人物，我们不能简单地予以否定，而应根据其不同时期的表现有所区别地加以评判和看待。

（二）承前启后的诗学思想

钱谦益在学术上具有多方面的造诣，在史学、经学和文学领域均做出过重要贡献，是学识渊博、见解敏锐的学者。钱谦益出身治史之家，家学渊源，在明朝任职时即参与修史，分撰《神宗实录》。入清前，他已写成《国初群雄事略》，清初又撰写了《明史》二百五十卷。虽因书斋绛云楼失火，《明史》书稿被焚，但他于史学方面的造诣是世所公认的。通过治史所获得的史学家眼光对其从事经学和文学研究及创作均具有重要的价值和意义。

钱谦益在文集中曾多次指出："余少壮汩没俗学，中年从嘉定二三宿儒游，邮传先生（归有光）之讲论，幡然易辙，稍知方向，先生实导其前路。"[①]"仆以孤生谀闻，建立通经汲古之说，以排挤俗学，海内惊噪，以为稀有，而不知其邮传古昔，非敢创获以哗世也。"[②]钱谦益的经学思想概括起来说，就是"通经汲古"。这些思想与清初的许多著名思想家，如顾炎武、黄宗羲等的观点十分接近，由此也可以看出钱谦益作为一代大师卓尔不凡的眼光。此外，钱谦益本人的文学观点、文学创作思想也受到了这些学说的深刻影响。

钱谦益的诗学思想同样极其鲜明地彰显了他的文学观。不同于其他文学家的诗学思想，钱氏诗学观有着独具一格的体系和史家眼光。毫无疑问，钱氏的诗学思想对扭转明末诗风、开创一代清诗新局面发挥了十分重要的作用。

二、钱谦益的诗歌创作

钱谦益的诗歌博采众长，独具特色，七律尤为出色。钱谦益推崇唐诗，也肯定了宋、元诗的积极影响，形成了转益多师、广师唐宋的创作特色。接下来以其师法杜甫和陆游为中心展开。

（一）钱诗学杜

钱谦益最推崇大诗人杜甫，撰有《钱注杜诗》。他在《初学集》卷三十二的《曾

---

① 钱谦益 . 钱牧斋全集 [M]. 文明书局，1910.
② 钱谦益 . 钱牧斋全集 [M]. 文明书局，1910.

房仲诗叙》一文中肯定了杜甫集大成的诗学地位，认为后世诗人无能出杜诗范围："自唐以降，诗家之途辙，总萃于杜氏。大历后以诗名家者，靡不由杜而出。"[①] 所以钱诗注意学习杜甫咏怀感叹、锤字炼句方面的风格与技巧。明朝覆亡以后，钱谦益感时哀世，将反映世运、抒写悲情作为诗歌主题，并在顺治、康熙年间提出了灵心（才气个性）、学问、世运、性情相结合的文学主张，将杜诗的沉郁顿挫与自身的现实境况相结合，真切表达了易代之后的精神痛苦。就这样，钱谦益把"七子派"的复古思想和"公安派"的性灵思想连接起来，实现了对明代诗学理论的有机整合。另外，由于宋代江西诗派（黄庭坚、陈师道、陈与义）与杜甫有密切的师承关系，所以说杜诗是宋代诗歌发展的一个源泉。钱谦益对杜诗的喜爱，大力促进了清诗走上学宋的道路，是清初诗歌处于探索、变化阶段的一种反映。

（二）钱诗学陆游、元好问

钱谦益早年效仿李梦阳、王世贞，中年以后接触归有光的作品，并接受了汤显祖的劝告，从而冲破了"七子派"的藩篱，由宗唐折而入宋、元。在这个过程中，学者程嘉燧起了重要作用。程嘉燧（1565—1643），字孟阳，号松圆、偈庵居士，工诗文书画，与李流芳、唐时升、娄坚并称"嘉定四先生"，著有《松圆集》。在程嘉燧的影响下，钱谦益对陆游、元好问的诗歌产生了兴趣。

第二节　顾炎武诗歌

一、深沉的兴亡主题

晚清学者路岯在《顾亭林先生诗笺注序》中曾引其师、桐城派学者冯鲁川的话评价顾炎武的诗歌成就曰："牧斋、梅村之沉厚，渔洋、竹垞之博雅，宋元以来亦所谓卓然大家者也，然皆诗人之诗也。若继体风骚，扶持名教，言当时不容已之言，作后世不可少之作，当以顾亭林先生为第一。"冯氏之论独具慧眼，他认为若仅从诗艺角度来看，钱牧斋的博大宏厚、吴梅村的哀感顽艳、王士禛的清灵冲淡、朱彝尊的奥博雅驯，此四子皆可谓卓然大家，然而他们的诗歌不过是诗人之诗，若从承继诗骚传统、直面社会现实、抒写兴亡悲思、有裨于诗教的角度来

---

① 郭绍虞 . 中国文学批评史（下）[M]. 北京：商务印书馆，2010.

看，顾炎武的诗歌则当居第一。

顾炎武常以宋刘挚之言自警曰：“士当以器识为先，一命为文人，无足观矣。”① 他一生不以文人自命，其诗不取媚世俗、不追逐虚名，不论是即事抒怀、唱和酬答、山水纪历，还是咏史赋物都贯穿着深沉的兴亡主题，这种沉痛的亡国之悲、淳挚的故国之思正是顾诗的灵魂所在。

顾炎武亲历甲申、乙酉沧桑巨变，目睹嗣母绝食殉国、生母何氏被清兵斫断左臂、同胞兄弟和同乡挚友纷纷罹难，这段亡国痛史铭刻在他的心中。在这段易代兴亡史中，有太多的素材可以抒写，漫天的战火硝烟、饿殍遍野的社会惨景、辗转迁徙的流民、血流遍野的大屠杀都是遗民诗人们常常表现的主题，而顾炎武则结合自己抗清经历中的见闻，仅以江南抗清义军举义情势的变化为视角勾勒出尸横遍野、血流漂杵的历史图卷，对清廷的残忍杀戮发出了控诉。如抗清举义初兴时期的《千里》诗，极尽声色地描绘了当时江南各路义军联络呼应、同仇敌忾的壮伟景象，诗云：“千里吴封大，三州震泽通。戈矛连海外，文檄动江东。”激荡慷慨的英雄豪气喷薄欲出。而写于抗清战败之后的《秋山》二首，则以绵亘的秋山、凄冷的秋雨、鲜血般殷红的秋花起兴，营造了悲凉的氛围，描写了江南义军殊死守城而相继溃败的惨烈以及清军在江阴、昆山、嘉定等地对百姓进行的血腥屠戮，展现了战后萧索荒凉的社会惨景。诗云：“已闻右甄溃，复见左拒残。旌旗埋地中，梯冲舞城端。一朝长平败，伏尸遍冈峦。”“烈风吹山冈，磷火来城市。天狗下巫门，白虹属军垒。可怜壮哉县，一旦生荆杞。”在这两首描写抗清战役的诗作中，顾炎武用饱含深情的诗笔，给那些抛颅洒血、殊死战斗的遗民志士们一个浓墨重彩的特写。诗云：“王子新开邸，将军旧总戎。登坛多忼慨，谁复似臧洪。”“归元贤大夫，断脰良家子。楚人固焚麇，庶几歆旧祀。”他们壮烈的义举鼓舞、激励遗民志士为抗清事业前仆后继、英勇奋战。

顾炎武交友广泛，曾被称为“遗民诗界南北网络的沟通人”，其诗集中自然不乏酬赠之作，但他的诗与一般逢场即兴、阿谀逢迎的应景之作有所不同，他的酬赠对象或为抗清义士，或为遗民故友，或为博雅学者。诗中常常表现出彼此身心相契、砥砺志节的情谊，字里行间寄寓了深沉的故国之思。

顾炎武一生曾登览过许多名山大川，写下了许多壮伟的纪行诗篇，但在这些诗作中，我们几乎看不到任何玩赏山水、流连忘返的情辞，取而代之的是对其地理位置、战略形势、历史兴亡、民生利病的考察记述，字里行间流露着深沉的兴

① 顾炎武 . 亭林诗文集 [M]. 文瑞楼，1908.

亡感慨，有一种吞吐山河之气、俯仰家国之情。

二、学问化倾向

顾炎武平生不以文人自命，视韵语为余事，在他的诗中几乎没有阿谀逢迎的应酬之作，凡所诗咏皆是心声流露。顾炎武自幼熟读经史，博古通今，其渊雅丰赡的学养反映到诗歌创作中，便形成了情辞凝练古雅、隶事用典熨帖恰当的风貌，是以学问入诗之典范。

（一）凝练典雅的语言风格

顾炎武善于选材，能够在有限的篇幅中以富有代表性的事件和人物来展现盛衰兴亡和历史变迁。例如他与好友朱四辅分别十年之后在江南重逢，这十年间，江南经历了国变，早已满目疮痍。二人辗转奔波、辛苦营生，能在战火硝烟中逃出命来，也自有许多沧桑回忆，彼此有太多话要说，但是诗人却只写了两件事。诗云：

愁看京口三军溃，痛说扬州十日围。（《酬朱监纪四辅》）

且看江南各路义军联络抗清，京口一战而三军溃败，再说清军攻陷扬州，屠城十日，多少黎民百姓惨遭杀戮，血流漂杵，尸横遍野。诗中所举的“京口溃师”和“扬州屠城”这两件事，是在这十年的沧桑巨变中最具代表性和震撼力的事件，是江南国变之际血泪痛史的缩影。

又如《太平》诗云：

天门采石尚嶙峋，一代兴亡此地亲。
云拥白龙来戍垒，日随青盖落江津。
常王戈甲先登阵，花将须眉骂贼身。
犹是南京股肱郡，凭高怀往独伤神。

首联“兴亡”乃全诗的主旨，诗人亲临太平（今安徽当涂），看到东、西梁山夹江对峙犹如天门，采石矶突兀江中，形势险峻。在这块历代兵家必争的战略要地上，有明一代的兴亡故事一齐涌上心头。颔联扣“亡”，诗人想到乙酉国变之时，福主逃奔当涂，兵民闭城不纳，遂奔芜湖，被叛将逼迫降清，终使半壁江山再度沦坠。颈联扣“兴”，追思大明开国史事：元至正十五年（1355），太祖朱元璋渡江抵采石矶，大将常遇春奋戈弃舟先登，敌军披靡，遂拔采石；至正二十年（1360），割据军阀陈友谅夹攻太平，守将花云被执，大骂贼首，忠义不屈，英勇殉国。尾联抒写登临感慨，江山如故，物是人非，如今的太平依旧是拱卫南京的股肱之郡，然而已为清廷所据，诗人只有在无限的故国追思中黯然神伤。全诗章法严密，承“兴亡”二字挥洒诗笔，八句大开大合，将亡国、开国之际发生在太平的战事相比照，虽不置一语评论，然君王之贤愚、守将之忠奸已溢于言表，在盛衰对比中，勾起人无限感慨。

顾炎武还常在诗中留白，使诗意含蓄蕴藉，引人联想，营造言有尽而意无穷的艺术效果。“留白”是中国传统书画中运笔、布景的术语，是指在有限的图卷中巧妙地布局，使景物之外的空白自然地烘托意境，给人留下艺术想象的空间，达到以无胜有的效果。比如南宋马远的《寒江独钓图》，画面上只有一只小舟、一位渔翁垂钓，画家并没有描摹江水，但却巧妙利用留白使人感觉烟波浩渺、满幅皆水。顾诗中也常有类似的运笔，比如《重谒孝陵》诗云：

旧识中官及老僧，相看多怪往来曾。
问君何事三千里，春谒长陵秋孝陵。

《重谒孝陵》这首诗作于顺治十七年（1660），就在这年春天，顾炎武拜谒天寿山十三陵并写下了《再谒天寿山十三陵》一诗。是年秋，顾氏南归，至南京再谒孝陵。旧识的守陵太监不禁询问：为何你要南北三千里劳苦奔波，一年之中春谒长陵、秋谒孝陵呢？诗人没有作答，诗意在问话中戛然而止，留给读者无限回味。

（二）熨帖恰当的隶事用典

初读顾诗，人们会有一种晦涩深奥、曲折难解的感觉，可一旦理解了句中的典故，便会茅塞顿开，为诗人深厚的学力和含蕴深邃的诗思而叹服。陈衍曾评曰：“古今诗家用事切当者，前推东坡，后有亭林。”① 认为顾诗在用典方面可与苏轼比肩，足见其造诣之高。具体来看，顾诗用典的特色主要表现在以下几个方面：

第一，顾炎武用典不仅总能精当贴切地寓意本事，且典故与本事之间的相通点常常不止一处。读者的学识积淀不同，对顾诗的理解层次也不一样。当人们深入研读品味诗作，将其典故的几层寓意全部发掘出来时，必然会为他渊深的腹笥和高妙的诗艺所折服。例如《寄薛开府寀君与杨主事同隐邓尉山并被获或曰僧也免之遂归常州》：“神物定不辱，精英夜飞去。只有延陵心，尚挂姑苏树。”在这几句诗中，顾炎武连用了两则关于宝剑的典故：“精英夜飞去”典出自《越绝书》：“阖闾无道，湛卢之剑去之入水。”诗人以宝剑飞去来比喻薛寀临难不死、免祸归去。“尚挂姑苏树”典出自《史记·吴太伯世家》：“季札之初使，北过徐君。徐

① 陈衍 . 近代诗抄 [M]. 上海：商务印书馆，1912.

君好季札剑，口弗敢言。季札心知之，为使上国，未献。还，至徐，徐君已死，于是乃解其宝剑，系之徐君冢树而去。”诗人以延陵季子挂剑徐君之墓比喻薛寀不忘故友杨廷枢，并且薛寀籍贯武进，而武进即为古延陵地，所以以延陵季子当之，一语双关。又如《酬朱监纪四辅》：“碧血未消今战垒，白头相见旧征衣。东京朱祐年犹少，莫向尊前叹式微。”朱祐典出自《后汉书》，其人尚儒术，曾追随光武帝出征河北，屡建奇功，汉室复兴后，封鬲侯。诗人用朱祐事，一则与朱四辅姓氏相合，二则意欲借朱祐功业事迹勉励遗民好友朱四辅激昂斗志、坚定信念。再如《赠刘教谕永锡》：“栖迟十载五湖湄，久识元城刘器之。”刘器之典出自《宋史·刘安世传》，刘安世，字器之，魏县人，其人仪状魁硕，号“铁汉”。正色立朝，面折廷争，旁伺者悚汗，目之曰“殿上虎”，卒谥忠定。刘永锡与刘安世同姓，也同样“仪状魁硕”，且亦为魏县籍，所以诗人特以刘器之称之。

第二，顾诗用典常能全面地照顾到本事的各个侧面，能将诗意准确完整地表达出来。例如《汾州祭吴炎潘柽章二节士》：“一代文章亡左马，千秋仁义在吴潘。”吴炎、潘柽章二人曾立志修撰《明史记》，后因庄氏史狱牵连遇害，诗人故以左丘明、司马迁这两位身残志坚、发愤著书的史学家来赞誉吴潘二子的史学才华。此外，诗人还巧妙化用《宋书·潘综传》王韶之《赠潘综、吴奎举孝廉诗》（其三）中“仁义伊在？惟吴惟潘。心积纯孝，事著艰难。投死如归，淑问若兰”来赞美二子品行节义。若以此比照顾氏《书吴潘二子事》文所载二子事迹，“当鞫讯时，或有改辞以求脱者，吴子独慷慨大骂，官不能堪，至拳踢仆地。潘子以有母故，不骂亦不辩。其平居孝友笃厚，以古人自处，则两人同也”，便会发现本事与典故之间贴合无间。朱则杰曾赞叹说：“不仅行迹类似，字面略同，而且就连姓氏也都恰相吻合，天衣无缝。如此精切，真可谓神矣！”又如《郝将军太极滇人也天启中守沾益余于叙功疏识其姓名今为医客于吴之上津桥言及旧事感而有赠》：“入楚廉颇犹未老，过秦扁鹊更能工。”据诗题可知郝太极为明朝旧将，曾驻守沾益（今云南曲靖北），在平定边族水蔺叛乱中立过战功，国难后，弃官客寓吴中，以行医为生。因此，顾诗用“廉颇未老”比喻郝将军烈士暮年、壮心不已，犹思抗清复国报效朝廷；用“扁鹊入秦”比喻郝将军医术高超，有悬壶济世之心。两则典故照顾到了酬赠对象身份的前后变化，精当贴切。再如，《黄侍中祠》：“古木夜交贞女冢，光风春返大夫魂。”句中两则典故分别出自《搜神记》和《十洲记》。《搜神记》载：“宋康王舍人韩凭，娶妻何氏，美，康王夺之。凭怨，乃自杀，妻自投台死。王怒，使里人埋之，冢相望也。宿昔之间，便有大梓木生于二冢之端，旬日而大盈抱，屈体相就，根交于下，枝错于上。”《十洲记》载：“（聚窟）洲上有大山……山多大树，与枫木相类，而花叶香闻数百里，名为返魂树……死者在地，闻香气乃却活，不复亡也。”诗人在题下自序中介绍黄侍中生平事迹曰：“侍中名观，洪武二十四年（1391）殿试第一。建文末，奉诏募兵安庆，闻南京不守，自沉于江。其妻翁氏及二女为官所簿录，将给配相奴，亦赴水死。”[①] 可见诗中用典同时照顾到了黄侍中忠义殉国和黄氏妻子的贞义殉节，并寄寓了诗人对忠臣复生的盼望，将诗意传达得淋漓尽致。

第三，顾诗用典密集，但能够为表达诗情服务，典故之间彼此呼应、共指主题，并无冗赘堆砌之感，常有神来之笔。如《十九年元旦》：“平明遥指五云看，十九年来一寸丹。合见文公还晋国，应随苏武入长安。驱除欲淬新硎剑，拜舞思弹旧赐冠。更忆尧封千万里，普天今日望王官。”[②] 这首诗作于康熙二年（1663），距离甲申（1644）京师沦陷、崇祯殉国已经十九年了。诗人复国之愿虽然尚未实现，但他对故国的一片丹心始终没有改变，特借三则与十九年相关的典故来寄托志愿。“合见文公还晋国”，典出自《史记 · 晋世家》，晋公子重耳为避骊姬谗害，四十三岁出亡，经历了十九年的艰辛磨难，六十二岁返归晋国，建立霸业，是为晋文公。“应随苏武入长安”，典出自《汉书 · 苏武传》，西汉时期，汉武帝派大臣苏武等为使者出使西域同匈奴单于修好，由于汉朝降将鍭侯王的反叛，单于大怒，扣押了苏武等人，劝其投降。苏武宁死不屈，坚决不降，被迫沦为匈奴的奴隶在茫茫草原上放羊，十九年后才回到汉朝。“驱除欲淬新硎剑”，典出自《庄子 · 养生主》：“今臣之刀十九年矣，所解数千牛矣，而刀刃若新发于硎。”顾炎武独具匠心地用这三则典故呼应“十九年元旦”诗题，并寄托了坚贞守志、驱除鞑虏、恢复故国的愿望。典故衔接自然流畅，密集的用典非但没有窒碍情感表达，反而使其更加含蕴丰富，耐人品味。

第四，顾诗用典隐晦、意味深长，仿佛战争时期的隐语瘦词，其中往往别有玄机。例如《推官二子执后欲为之经营而未得也而二子死矣》其一：“生来一诺比黄金，那肯风尘负此心。不是白登诗未解，菲才端自愧卢谌。”“白登诗未解”句用《晋书》刘琨事典，史载刘琨曾赠诗给别驾卢谌，诗云：“白登幸曲逆，鸿门赖留侯。”刘琨以曲逆侯陈平出良策救白登之围、留侯张良举妙计破鸿门之宴的事迹期许卢谌，希望他也能出奇应变，但可惜卢谌没能领会深意，只以寻常的词来酬和刘琨。顾炎武在这里用了这则典故，其中隐含了很多讯息：二侄被捕之后，曾托人带信给顾炎武，书辞虽然隐晦，但看得出是希望自己用计营救。顾炎武虽

---

① 周可真 . 顾炎武年谱 [M]. 苏州：苏州大学出版社，1998.
② 顾炎武 . 顾炎武全集 [M]. 上海：上海古籍出版社，2012.

然读懂了信，但却无计可施，手无寸铁的他只能眼睁睁地看着二侄被斩。他借这则典故表达了意欲营救族侄而不得，终使之罹难的悲惋心情。又如《金山》："东风吹江水，一夕向西流。金山忽动摇，塔铃语不休。""塔铃"典故出自《晋书·佛图澄传》："段末波攻石勒，众甚盛。勒惧，问澄，澄曰：昨日寺铃鸣云，明旦食时，当擒段末波。刘曜攻洛阳，勒将救之，以访澄，澄曰：相轮铃音云，支秀替戾冈，仆谷劬秃当。此言军出捉得曜也。"诗人在典故中寄托了对南明师出必胜的信心和期望。再如《出郭》其一："出郭初投饭店，入城复到茶庵。秦客王稽至此，待我三亭之南。"诗用王稽载范雎入秦的典出自《史记·范雎列传》。范雎本魏人，因得罪魏相魏齐获罪，魏人郑安平救而匿之，更名曰"张禄"。时秦昭王使谒者王稽使魏，问安平曰："魏有贤人可与俱西游者乎？"安平因介张禄于稽，曰："其人贤者，有仇，不敢昼见。"稽曰："夜与俱来。"既见，知为贤者，约曰："先生待我于三亭之南。"遂辞魏，过载范雎入秦。此典寓意深隐，王蘧常案曰："王稽云云，当有所托。疑南明当有使至。"①

三、沉雄悲壮的诗风

顾炎武遭遇明清易代的沧桑巨变，嗣母王氏绝食殉国，遗命其"无为异国臣子，无负世世国恩，无忘先祖遗训"。顾炎武一生奉守遗训，坚贞不移。他曾从军于苏，亲历江南义军的抗清战役，在惨烈的战斗中目睹了清兵对士卒、百姓的残忍屠戮和亲人挚友的相继殉难。自甲申国变（1644）至康熙二十一年（1682），顾炎武游历南北，为沟通联络抗清志士、潜谋恢复而奔走经营，备尝艰辛却矢志不渝。随着南明政权覆灭、清廷国祚渐稳，许多遗民经不起功名利禄的诱惑纷纷出仕，顾炎武感慨"当时多少金兰友，此际心期未许同"。面对朝臣和地方权要的举荐、拉拢，顾炎武以死自誓："果有此举，不为介推之逃，则为屈原之死。"(《记与孝感熊先生语》）顾炎武一生奉守"博学于文，行己有耻"（《与友人论学书》）的信念，他反对虚伪矫饰的言辞，强调诗写真情，因此他的诗歌真实地反映了他艰辛坎坷的人生际遇和坚贞守志、誓死不屈的遗民品格，自有一种风霜般沉郁沧桑、松柏般遒劲坚毅的风格特色，堪称古今遗民诗的典范之作。下文就从意象、诗境、情辞和文人品格几个方面，具体分析顾炎武沉雄悲壮诗风形成的原因及艺术表现。

---

① 顾炎武．顾炎武全集 [M]. 上海：上海古籍出版社，2012.

（一）俯仰古今，吞吐山河

顾炎武是一位具有大胸怀、大气象的文人。他幼承祖父言传身教，不以帖括为业，其学纵贯经史，习熟历代典章之故，关心当世时事朝政，常“感四国之多虞，耻经生之寡术”（《天下郡国利病书序》），立志以实学报效朝廷，学识根基深厚且志向高远；中年历经丧乱，却不甘困守一隅、隐居终老。他一生足迹遍至各地，在对各地地理形胜和民生利病的考察中丰富了阅历见识，心胸境界亦随之提升。顾炎武谈治学之本曰：“君子之为学也，非利己而已也，有明道淑人之心，有拨乱反正之事，知天下之势之何以流极而至于此，则思起而有以救之。”（《与潘次耕札》）谈士子立身大义、救世之责曰：“自正始以来，而大义之不明，遍于天下……知保天下，然后知保其国。保国者，其君其臣肉食者谋之；保天下者，匹夫之贱与有责焉耳矣。”（《正始》）论立言之旨曰：“文之不可绝于天地间者，曰明道也，纪政事也，察民隐也，乐道人之善也。若此者，有益于天下，有益于将来。”[①]（《文须有益于天下》）纵观顾炎武一生学行思想，我们不难发现，其立身、治学、为文都是站在宏阔高远的角度发论，表现出了非凡的器识和阔达的襟怀，而这种器识、襟怀反映在诗歌创作中，就自然形成了一种俯仰古今、吞吐山河的气象，奠定了其诗沉雄悲壮的基调。

首先，顾炎武偏爱宏阔高远、气势雄浑的意象词汇，如他描写天体常用“天地”“青天”“北斗”“三辰”“日月”；描写地理常用“山河”“四海”“九州岛”“三江”“五湖”；描写时序常用“千秋”“千年”；描写距离常用“千里”“万里”。这些意象词汇构成了一幅幅壮伟的画面，表现了作者阔大的襟怀。

其次，顾炎武擅长在苍茫辽阔的背景中描绘英雄志士遗经自守的坚毅形象，例如“风尘怀抚剑，天地一征鞍”（《拟唐人五言八韵·祖豫州闻鸡》）、“天地存肝胆，江山阅鬓华”（《酬王处士九日见怀之作》）、“却愁时不会，天地一流萍”（《井陉》），表达自己心系社稷苍生的情怀抱负和恢复无望、老大无成的怅惋失落，例如“生无一锥土，常有四海心”（《秋雨》），在时空的强烈对比中，表现出激荡人心的艺术感染力。

最后，顾炎武常在诗歌创作中作大跨度的时空跳跃，常常上下千年、纵横万里，诗歌境界阔大、气象恢宏。以《京师作》为例，诗人写皇都之壮伟，既有对皇城建制的描摹，“制掩汉唐闳，德俪商周王。巍峨大明门，如翚峙南向。其阳肇圜丘，列圣凝灵贶。其内廓乾清，至尊俨旒纩。缭以皇城垣，靓深拟天上。其

① 唐敬杲，司马朝军．顾炎武文 [M]. 武汉：崇文书局，2014.

旁列两街，省寺郁相望”。又有对京城周边地理形胜的介绍，“西来太行条，连天矚崖嶂。东尽巫闾支，界海看滉瀁”。还能在与其他皇都的对比中，突显京城弘壮规模，“穹然对两京，自古无与抗。酆宫逊显敞，未央失宏壮”。诗人记皇都之历史，则既历述本朝盛衰经过，“居中守在支，临秋国为防。人物并浩穰，风流馀慨忼。百货集广馗，九金归府藏。通州船万艘，便门车千两。绵延祀四六，三灵哀板荡。紫塞吟悲笳，黄图布氊帐。狱囚圻父臣，郊死凶门将。悲号煤山缢，泣血思陵葬”。也追溯皇城营建历史，“呜呼古燕京，金元递开创。初兴靖难师，遂驻时巡仗”。还寄寓自己的亡国之悲，“愁同箕子过，悴比湘累放。纵横数遗事，太息观今向。空怀赤伏书，虚想云台仗。不睹二祖兴，茕茕念安傍”。在这篇短短三百余字的五言古诗中，顾炎武极尽声色地描写了北京皇城的地理形胜、建制规模、人情风土、经济交通和近三百年的盛衰历史，并在其中寄寓自己的兴亡感慨，其学力丰沛、笔力千钧、视野阔大、气韵雄浑直堪与张衡《二京》、班固《两都》等京都大赋媲美。

（二）情辞真挚，激荡千古

顾炎武反对虚情矫饰，特别推崇那些情辞真切的诗歌。他曾在《日知录·文辞欺人》一文中说:“《黍离》之大夫，始而摇摇，中而如噎，既而如醉，无可奈何，而付之苍天者，真也。汨罗之宗臣，言之重，辞之复，心烦意乱，而其词不能以次者，真也。栗里之征士，淡然若忘于世，而感愤之怀有时不能自止，而微见其情者，真也。”顾炎武认为《黍离》、屈辞、陶诗被后世传诵的魅力在于这些作品反映了诗人创作时真实的情感状态，即使经历千载，当人们遭遇亡国之痛、流离之苦的时候也会想起这些诗句，被那溢于言表的感愤之情拨动心弦。基于这一认识，顾炎武将“求真”作为自己的创作理念。品读顾诗，我们常为字里行间浸透的那种坚心自守、矢志恢复的遗民精神所打动，真挚动人的情辞增添了顾诗的悲壮色彩。

顾炎武的诗中描写了许多抗清英烈和遗民志士，真实地再现了他们的事迹、品行和思想，一个个血肉丰满、真气淋漓的形象至今读来仍令人震撼。

（三）忠肝义胆，气骨峥嵘

所谓“文如其人”，是指诗文作品的风格是文人气质禀赋、精神境界的外在表现。文人的胸怀气度是否宏阔、视野识见是否高远、心术品行是否纯正、才华学识是否渊雅，都会或多或少地反映到文学作品中来。顾炎武的忠肝义胆、气骨峥嵘，正是顾诗沉雄悲壮诗风的根底所在。

首先，顾炎武以诗记录了自己的生活经历和心路历程。透过他的诗，我们可以感受到他一生中为抗清复国事业而做的努力。在江南抗清形势日渐消沉的情形下，顾炎武曾以衔木填海的精卫自誓，诗云：

万事有不平，尔何空自苦。长将一寸身，衔木到终古？
我愿平东海，身沉心不改。大海无平期，我心无绝时。
呜呼！君不见，西山衔木众鸟多，鹊来燕去自成窠。

——《精卫》

这首诗作于顺治四年（1647）岁末，此时江南各路义军相继战败，吴胜兆叛事败露，清廷借此对三吴名士进行剿杀，一时株连甚广，顾炎武好友杨廷枢、陈子龙、族兄顾咸正和两位族侄顾天遴、顾天逵皆在这一年中相继罹难，江南笼罩在一片肃杀的氛围中。风声鹤唳、草木皆兵，抗清形势萎靡不振，南明国运飘摇欲坠。正所谓“大厦将倾，一木难支”，此时顾炎武的境遇、心情恰似衔木填海的精卫鸟，虽然敌我力量悬殊，但仍决心与清廷战斗到底，纵使献出生命也在所不惜。尽管遗民中有很多人见明朝大势已去，经不起功名利禄的诱惑，纷纷出仕清廷，但顾氏的抗清之志却坚贞不移。诗中“我愿平东海，身沉心不改。大海无平期，我心无绝时”，正是他的抗清誓言。

其次，顾炎武从小受嗣母言传身教，慕英烈、重操守，国难后奉守嗣母遗命，在易代之际的社会动荡中能够秉持大节，在他的诗中我们可以深切体会到他坚贞自守、如松柏般傲然苍劲的遗民品格。

顾炎武一生奉守嗣母“无为异国臣子”之遗命，慎出处、重操守。顾诗中常表现出刚毅坚贞的遗民精神，如其诗云：“或有金马客，问余可共登？为言顾彦先，惟办刀与绳。”（《寄次耕时被荐在燕中》）面对清廷权贵的利禄诱惑，顾炎武以死相拒，诗句铿锵有力、掷地有声。顾炎武认为不论清朝的统治多么坚稳，只要人间遗民精神尚存，恢复故国就仍有希望，诗云：“人寰尚有遗民在，大节难随九鼎沦。”（《陈生芳绩两尊人先后即世适皆以三月十九日追痛之作词旨哀恻依韵奉和》其二）“犹看正朔存，未信江山改。”（《路舍人家见隆武四年历》）“莫道河山今便改，国于天地镇长存。”（《黄侍中祠》）因此，他勉励遗民志士珍重名节：“草木得坚成，吾人珍晚节。亮哉岁寒心，不变霜与雪。”（《德州讲易毕奉柬诸君》）他将贞义端然的一生视为对祖先最好的交代：“地下相烦告公姥，遗民犹有一人存。”（《悼亡》其四）

最后，顾炎武是一位有着非凡器识的文人，对遗民意义的理解超越时人。他认为坚贞自守的高洁品格只是遗民精神的一个方面，其更重要的意义在于，在极端艰辛的境地之中能竭尽心志地为复国大业而努力。顾炎武诗云："人臣遇变时，亡或愈于死。夏祚方中微，靡奔一人尔。二斟有遗迹，当日兵所起。世人不达权，但拜孤山祀。"（《潍县》其二）顾炎武将殷商遗臣夷、齐和夏臣靡身处亡国之际的不同选择作对比，表达了自己的理想和抱负。他认为相比夷、齐殉国死节，靡的逃亡虽然称不上壮烈，但他敢于背负复仇大任并最终匡扶社稷、挽救国运，这样的选择更有意义。

顾炎武认为大丈夫志在四方，岂可为了保全小节而舍弃大义，轻易将性命置于危险的境地。顾炎武心中的大义是在广阔的中原大地结识英杰之士，共同追随、辅佐南明君主，恢复大业。身处乱世敢于背负匡扶社稷的大任，在极端艰难的境地中仍怀抱着用世的愿望，通达权变、卧薪尝胆、伺机而动，这是顾炎武对遗民提出的更高的要求，也是其一生奉守的处世准则。正因为如此，顾诗比那些单纯宣扬遗民忠义精神、坚贞品格的诗作更多了一份沉毅坚实、苍深劲健的力量。

顾炎武为人节义端然，疾恶如仇，器识敦厚，道义凛然，其诗气骨峥嵘，有金石之声。大跨度的时空跳跃使顾诗有一种俯仰古今、吞吐山河的宏阔气象。诗歌自胸中流出，真情贯注、不事雕琢，自有一种动人心弦、激荡千古的艺术感染力。

第三节　王士禛诗歌

在清朝诗人当中，最能体现新一代诗家特色、成就突出而影响又最广泛的非王士禛莫属。王士禛的诗作风行一时，得后辈和同代诗人一致推崇，他中年后又得到康熙帝的赏识。其有"神韵说"作为理论支撑，影响广被，俨然为康熙朝的诗坛领袖。也正因如此，他遭到不同的评判，甚至造成了文学史上的一件公案。

一、家族背景与人生态度

王士禛（1634—1711），字子真，一字贻上，号阮亭，又号渔洋山人，山东济南新城（今淄博桓台）人。雍正时因犯御讳，曾改士正，乾隆朝又诏改士祯。

新城王氏是世代簪缨之族，地位显赫。王士禛的高祖王重光于明嘉靖朝历官贵州按察史参议，曾祖王之垣历任户部左侍郎，伯祖王象乾历任兵部尚书，祖父王象晋历任浙江右布政使，叔祖王象春历任南京吏部考功司郎中。王氏一族同时也是诗人辈出的家族，明代有诗集传世者十余人，其中王象春、王象艮、王象明三人诗名尤著。崇祯十五年（1642），新城遭受清兵攻击，王氏家族群起守卫家园，结果遭到残酷杀戮。王家共有三十余人罹难，其中包括王士禛的两位叔父。当时王士禛八岁，他亲身经历了这场浩劫。

入清之后，王士禛的祖父王象晋自号“明农隐士”，闭门不出。父亲王与敕作为兄弟中唯一的幸存者，以老父年迈需照顾为由拒绝清廷钦选授职，返家务农。

王士禛兄弟四人，即王士禄、王士禧、王士祜和他本人。作为新朝成长起来的一代，他们全部选择了仕进。其中王士禄于顺治十二年（1655）中进士，历任吏部考功司员外郎；王士祜于康熙九年（1670）中进士，候选中行评博；王士禧为廪贡生，考授州同知。王士禛自己则于顺治十五年（1658）中进士，首任扬州府推官，入京后，历任礼部仪制司员外郎和户部福建司郎中等职。康熙十七年（1678），皇帝在懋勤殿亲自召见王士禛，次日诏令：王士禛“诗文兼优”，由户部郎中转为翰林院侍读。这成为王士禛仕途上的转折点。就在同年同月，康熙帝还下谕吏部，立即筹办博学鸿词科，令各地推荐在野文学人才，进行特别考试。两件事同时发生，昭示着清王朝在平定“三藩之乱”以后，转由文化入手笼络人心，加强文化控制的新动向。此后王士禛又担任过国子监祭酒、左都御史等职，一直做到刑部尚书，至七十一岁时才卸职归乡。

王士禛的仕途是比较顺遂的，他可以称得上是恪尽职守、廉洁自律的官员。扬州任上，王士禛废除了府衙宴游作乐的恶习；户部任上，又曾对官员自分“样钱”的惯例，“立禁革之，终事不遣一人至钱同局”。王士禛甚至在参与审理郑成功进攻长江的所谓“通海案”中，顶着“罗织问官，监司以下死者甚重”的风险，“皆于良善力为保全，奸宄率置反坐”。对于这一切，后人的评价往往分成两类，一是王士禛宦途通达，自恃恩宠，“恝然忘其本矣”；二是“满怀一番报国为民之情”，忠勤尽职，堪称为官典范。其实这两种看法都不符合王士禛为官的实际。

王士禛确有清廉的一面，但只是忠于职守而已。四十五年的官宦生涯，他既没有像高祖王重光那样鞠躬尽瘁、死于任所，也没有像伯祖王象乾、叔祖王象春那样抗上直言、奋不顾身。实际上他和当朝政治保持了一定距离。王士禛把大量精力更多地投在了其他方面，在扬州期间，他花很多时间和遗民作家们交游，像冒襄、邵潜、林茂之、吴嘉纪、纪映钟等人都是他的好友。“红桥修禊”“水绘园修禊”一时传为佳话。其次就是购书、读书和写作，在扬州期间王士禛便声称：“四年只饮长江水，数卷图书万首诗。”入京后，他更将“三十年俸钱，所入悉以购书”，后来在家乡建成了池北书库。京城任官并未激起他的从政热情，反而更令其埋头读书。每次退朝归来，便“退食谢客，焚香扫地，下帘读书”。这个情况康熙帝也知道，曾说过：“（王士禛）居家除读书外，别无他事。”（《圣祖实录》）创作方面，除享有盛名的诗、词以外，还撰写了众多的杂著，包括《池北偶谈》《居易录》《香祖笔记》《古欢录》《蜀道驿程记》《秦蜀驿程后记》《陇蜀余闻》《皇华纪闻》等著作。阅读与写作占据了王士禛大部分的时间和精力，使他不可能在政治上有所作为。

与王氏家族的前辈们相比，王士禛的人生态度其实已经有了一定的转变，那就是忠于职守，洁身自好，所谓“垂组影缨，寄焉而已”。这样来看待王士禛，方能理解其创作以及倡导神韵诗论的深层意义。假如不是如此，那么王士禛一生的所作所为就会失去内在的统一性，而标榜神韵的举措也会变为其获取声名的一种手段，这与历史事实以及王士禛的人生信念是相悖的。

通过读书、创作与身外的世界保持距离，并因此获得人格的独立，这才是认识王士禛的关键。

二、一生数变的创作历程

王士禛一生著述甚丰，刻集也多。就其诗歌来说，十五岁时便刻有《落笺堂集》一卷，以后又与长兄王士禄刊有《琅琊二子合刻》。顺治年间还刻过《彭王倡和集》《白门集》《过江集》《入吴集》《白门外集》《銮江集》等本子，后将它们编入《阮亭诗选》。康熙八年（1669），另刻《渔洋诗集》，将前刻作品予以筛选。其后又刻有《渔洋续集》《蚕尾集》《蚕尾续集》《蚕尾后集》。垂暮之年，将前刻诗文集删并为《带经堂集》九十二卷。此外，还曾亲自精选近一千七百首诗为《精华录》，此集流传最广。2007年初，齐鲁书社出版了由袁世硕主编整理的《王士禛全集》，收录迄今为止所有现存的王士禛作品。此是历史上收集王士禛作品最为完备的著作，其中诗作约五千首。

对自己一生的诗歌创作，王士禛曾经有过一段自述：

吾老矣，还念平生，论诗凡屡变；而交游中，亦如日之随影，忽不知其转移也。少年初筮仕时，唯务博综该洽，以求兼长。文章江左，烟月扬州，人海花场，比肩接迹。入吾室者，俱操唐音；韵胜于才，推为祭酒。然而空存昔梦，何堪涉想？中岁越三唐而事两宋，良由物情厌故，笔意喜生，耳目为之顿新，心思于焉避熟。明知长庆以后，已有滥觞，而淳熙以前，俱奉为正的。当其燕市逢人，征途揖客，争相提倡，远近翕然宗之。既而清利流为空疏，新灵寖以佶屈，顾瞻世道，惄焉心忧。于是以太音希声，药淫哇锢习，《唐贤三昧》之选，所谓乃造平淡时也。然而境亦从兹老矣。

这段话中，王士禛将一生的创作划分为三个阶段，少年以前为第一阶段，中岁为第二阶段，晚年为第三阶段。根据现存的作品来验证，所谓“中岁”，当为康熙四年（1665）。此前，王士禛在扬州任推官，所谓“文章江左，烟月扬州”“入吾室者，俱操唐音”，即为该时。入京之后，王士禛的诗风发生了变化，最明显的是在康熙十二年（1673）入蜀主持乡试以后，所谓“越三唐而事两宋”，即为该时。晚年时期当为康熙二十四年（1685）父丧家居以后，此时王士禛五十二岁，所谓“乃造平淡时也”。

王士禛幼年起学作诗，曾受到长兄王士禄的导引，“时西樵为诸生，嗜为诗，见山人诗甚喜，取刘顼阳（字一相）所编《唐诗宿》中王、孟、常建、王昌龄、刘眘虚、韦应物、柳宗元数家诗，使手抄之”。应该说，王士禛喜好唐诗，并倡导神韵诗风，与王士禄有一定的关系。不过，根据《琅琊二子合刻》来看，王士禛早年的确具有“博综该洽”的倾向，不但古体学习汉、魏、晋、南北朝，近体也不止上面提到的数家，包括晚唐的“香奁体”也属效仿之列（中进士后，他还和王士禄、彭孙遹合刻过《彭王倡和集》，集中全是“香奁体”）。相比较而言，王士禛乐府诗的仿作痕迹最重，这也是明人留下的习惯，诗集里开头拟古乐府，是明人积习，取“取法乎上”之意，但是又不能一概而论。钱仲联指出：“就其（王士禛）所拟古题来看，是有反清意思在的。”还进一步举证说：“《渔洋精华录》以《对酒》诗始。魏武以《对酒》歌太平，但清朝此时并不太平。借古诗歌颂太平，实际上歌颂明太祖统一，读者不可为表面文章所惑。”“《白纻词》三首，借江南歌谣，一面写满洲入关，一面写南朝福王之荒淫。”“《拟白马篇》，含义虽不明显，但在顺治时，不存在满族出关事，故诗旨恐还是指抗清事。”如此等等。这类早期的乐府诗，从形式上讲，还属于模拟之作，但从内容来看，其中有些完全可能带有作者寓意。

顺治十四年（1657）秋，王士禛与几位山东诗友在济南的大明湖畔创立了一个诗社。也正是在这一时期，王士禛完成了他最为著名的作品《秋柳》四章。其后，他便凭借这组诗在清初诗坛成为炙手可热的名家。

《秋柳》四章取七言律诗的形式，大量借用了南朝乐府的词汇和意象，涉及金陵一带众多的典故，而金陵恰为南明王朝的所在地，因此有相当一部分读者认为，那是在影射南明史事。后来又有文人出了不少笺注本，为它们一一证实，影响较大的有伊应鼎的《渔洋山人精华录会心偶笔》、屈复的《王渔洋秋柳诗解》

和李兆元的《渔洋山人秋柳诗笺》等。它们在见解方面大同小异，而且彼此借鉴。不过，也有不同的看法，比如陈允衡在《国雅初集》中就评论说："和者甚多，以元倡为白雪。凡次韵诗多强合之苦，元、白、皮、陆已犯此病。书家云：'偶然欲书。'大抵咏物亦从偶然得之乃妙，彼极力刻画者皆俗笔也。"

以后，乾隆朝的管世铭在《追忆旧事》中又予以反驳："诗无达诂最宜详，咏物怀人取断章。穿凿一篇《秋柳》注，几因耳食祸渔洋。"王士禛本人对此也曾表过态，他说："南城陈伯玑允衡善论诗，昔在广陵评予诗，譬之昔人云偶然欲书，此语最得诗人三昧。"看来，他是赞同陈允衡的说法的。

那么，究竟应该如何来理解这四首诗呢？

《秋柳》四章最大的特点其实在于联想性和组合性，联想与组合的中心则在柳树。有人说，首篇开头"秋来何处最销魂？残照西风白下门"，直接提到金陵城的白门，显然是为旧都金陵而神伤，其实不然。因为作者接下来又提到了隋堤、长安、玉门、明湖等多处地点，它们无一不和秋柳有关，也无一不是对首句"何处"的回应。所以，"秋来何处最销魂"一句在展开过程中，实际上已经化为"秋来无处不销魂"了。

《秋柳》四章抒写了诗人对明清易代的慨叹和对饱受战乱纷争之苦的百姓的怜悯，整部作品悲歌家国不再、世事难料。此种情绪是同时代人共同拥有的，所以很快便获得了强烈的共鸣，和者甚众。作为新一代诗坛的领军人物，青年诗人王士禛正是用这种特殊的抒情方式传达出了时代的声音，进而步入诗坛的中心。

从此组诗起，王士禛确立了自己的艺术风格和创作方式，那就是通过与自然景物的交流来领悟和表达人生感受；表达方式是"偶然欲书"式的，不停留在具体的历史事件上，也不探究那些个别的得失和是非，而是将曾经发生的历史事件作为一个整体来感受，并与大自然的盛衰兴废结合在一起，体验那美好不在的永恒哀痛。这一切与前代诗家确已有所不同，可以说开创了一种新的创作模式。而王士禛对前人的效仿，包括乐府诗在内，至此也宣告结束，到达了自主创作的阶段。

赴任扬州期间是王士禛一生创作的黄金时期。这一时期的作品大体上具有三个特点：一是描写自然景物的比重很大，几乎遍及所有题材；二是有很突出的抒情意味，其内涵多在言外之意，此即所谓"韵胜于才"；三是不尚学问，多由直寻。这期间的创作实际上是《秋柳》四章的充分展开，而其中最突出的是怀古诗和纪游诗两类作品。

这里引两首怀古诗于下：

邗沟南望是金城，更指隋堤百感生。
撩乱飞花春日晚，凄迷江曲候潮平。
弩台两过连莎影，水殿秋来起雁声。
犹为君王镇憔悴，大堤如雪不胜情。

——《赋得隋堤柳》

岷涛万里望中收，振策危矶最上头。
吴楚青苍分极浦，江山平远入新秋。
永嘉南渡人皆尽，建业西风水自流。
洒酒重悲天堑险，浴凫飞鹭满汀州。

——《晚雨复登燕子矶绝顶》

王士禛所作的怀古诗往往显露出沉重的忧伤和寂寥气息，这一点比较类似吴伟业歌行体诗歌中的表达。吴伟业是通过抒写南明时事来阐明自己的心志，而王士禛依托的意象则主要是对久远历史的缅怀和对自然景物的勾画，诗中着力塑造惆怅幽远、凄凉肃穆的氛围。在这种气氛的烘托下，王士禛的着笔则显得愈发虚空，这也即前人所言“空中传神”。

再来鉴赏王士禛的纪游诗。这类作品总数很多，也体现出独特的艺术风格。详见下列几首：

年来肠断秣陵舟，梦绕秦淮水上楼。
十日雨丝风片里，浓春艳景似残秋。

——《秦淮杂诗》之一

吴头楚尾路如何？烟雨秋深暗白波。
晚趁寒潮渡江去，满林黄叶雁声多。

——《江上》之二

扬子秋残暮雨时，笛声雁影共迷离。
重来三月青山道，一片风帆万柳丝。

——《江上望青山忆旧》

红桥飞跨水当中，一字阑干九曲红。
日午画舫桥下过，衣香人影太匆匆。

——《冶春绝句》之三

翠羽明珰尚俨然，湖云祠树碧于烟。
行人系缆月初堕，门外野风开白莲。

——《再过露筋祠》

王士禛的山水纪游诗中，七言绝句可谓最上品。这些诗歌都有一个共通点，就是十分重视对作者个人感受的描述，而不看重表现景观本身。虽然诗人的描绘对象确是其眼中所见之真实，但所观的景象又往往呈现朦胧变幻的意象，山峦湖川在白月、雾霭、雾雨、水汽等的笼罩下，总是处在似真似幻的转化中，在观者面前呈现出难以捉摸的陌生感，仿佛使人遁入超脱人世之外的遥远世界。红叶尽染，雾霭升腾，雁声阵阵，落木萧萧，连绵秋雨笼楚江，在那朦胧处仿佛存在一个既清高肃杀又暗含温情、使人心向往之的境地。较现实而言，这是一种更加人性化也更符合作者本人心境的意象。诗人在作品中力图塑造的也正是这样的艺术情境。

王士禛在扬州期间所作诗歌的渊源大多来自唐诗，《四库全书总目·精华录提要》中有这样一段叙述："然所称者盛唐，而古体惟宗王、孟，上及于谢朓而止。""近体多近钱郎，上及乎李颀而止。"这是符合作者创作实际的。此外，评论界还有视王士禛为"明七子"一脉的看法，王士禛和"明七子"的关系也是文学史上的一桩公案，清初吴乔还有"清秀李于麟"之说，影响尤大。其实王士禛的诗风和乡贤李攀龙的诗风迥然不同，上举作品已证明了这一点。他们都学唐诗，走的却并非一路。假如我们认为王士禛和"明七子"之间的确存在一定的关联，那么这种关联就应该体现在"七子"中非主流的一脉之中，也就是边贡、徐祯卿、薛蕙、谢榛等人的文学理论中。王士禛自己说过："明诗本有古澹一派，如徐昌国、高苏门、杨梦山、华鸿山辈，自王、李专言格调，清音中绝。"[①] 的确，王士禛从他们的身上受到过启发，艺术上实有借鉴之处，不过他的个性特点要较明古澹派诗家更为突出。至于李梦阳、何景明、李攀龙、王世贞等人，王士禛与他们在风格上更非一路，也不代表"七子派"的主要倾向。

从"明七子"到王士禛，宗法唐诗，一直在创作题材、艺术观念、审美态度等方面发生着重要转变。这一变化不仅对于明清之际的诗坛，而且对整个有清一代的诗歌创作均意义深远。

入京以后，王士禛的创作发生了较大变化。用他自己的话说，即"越三唐而事两宋"。早在顺治末年，王士禛于扬州时，就曾向钱谦益请教诗学。钱谦益为其诗集作序，于中传授了"转益多师"的理念。受其影响，康熙二年（1663），王士禛作《论诗绝句》组诗，提出"耳食纷纷说开宝，几人眼见宋元诗"的看法。以此为铺垫，入京后，随着生活环境的改变、创作风气的转移，王士禛的诗风迥然一变。

---

① 王士禛 . 池北偶谈 [M]. 济南：齐鲁书社，2007.

自体裁上看，京城阶段五言、七言古风的占比逐渐超过绝句，并最终将其取代，成为最具代表性的诗歌体裁。原先律情并举、多姿摇曳的青春气息已经消退，取而代之的是气吞山河、慷慨赋歌的长篇大作。这里举一首作品以示：

蟆颐山色腴不枯，玻璨江水如醍醐。眉州城郭劫灰后，水膝漠漠成榛芜。邮亭下马询老卒，苏公故第城西隅。旋来束带荐蘋藻，辰良何必烦神巫。往者此地铁脚乱，高门大宅皆焚如。此祠岿然谁所作，维公大节惊顽愚。双柏轮囷溜霜雨，廷立冠剑古丈夫。长公遗像龙眠笔，马券剥落涪翁书。残碑插笏尚林立，紫藤碧藓缠龟趺。祠西一水最萧瑟，经霜菡萏犹扶疏。甘蕉十丈覆檐霤，落花乱迸红珊瑚。当年结构不草草，要令咫尺成江湖。故园如此不归老，与人家国徒区区。琼儋雷藤历九死，口甘熏鼠随猿狙。头纲八饼有何意，桄榔万里非吾庐。两公神灵未磨灭，应翳白凤游清都。游戏下界亦聊尔，鲲鹏岂必抢枋榆。眉州玻璨天马驹，酹公三酹公归乎。

——《眉州谒三苏公祠》

《眉州谒三苏公祠》作于苏轼的家乡眉州，诗中叙事、议论、抒情交错而行，句法、章法趋于散文化，明显效仿苏轼风格，完全属于宋诗的审美范畴。另外，像《龙洞背》《登高望山绝顶望峨眉三江作歌》《井陉关歌》《望华山》《柴关岭》《龙门阁》等作品，气魄雄放，笔重势张。

王士禛晚年的作品有向前期回归的倾向。首先是自然山水之作增多，占据了主要地位；其次是律体诗数量上升，以五言、七言绝句，尤其是五言绝句为多，古风则减少到微不足道的地步；最后是创作方式从刻意营造、逞才斗气重新走向“偶然欲书”，回归自然。不过，这个时期的作品与早期的“绝代销魂”相比，也有所不同，总体上以闲淡平远为特色，所谓“境亦从兹老矣”。此种闲淡乃是历尽繁华后走向老年的象征。

这里举两首作品以示：

萧然风满楼，山雨亦随到。
一夜听风篁，何似苏门啸。

——《啸园》

上有翡翠巢，下有沧浪水。
十里尽修篁，滩声绿荫里。

——《丰水》

王士禛自少年时代起即崇尚王维、孟浩然，可是直到晚年，我们才在他的创作中真正看到接近王维风格的作品。这些作品由于过于接近前人，反不如前期的七言绝句来得个性鲜明。

王士禛一生创作的三个阶段可以说各有特色，且经历了较大幅度的变化。在取法范围上，王士禛兼收汉、魏、晋、唐、宋、金、元、明，眼界明显宽于前代诗家，于康熙年间影响广泛，因此领袖一代，主盟诗坛。应该说，最具个性特色并彰显时代精神的乃是其前期的创作，那时的作品即人们所称赏的神韵诗，这些作品是王士禛真正能够垂青诗史的依据所在。

三、“神韵说”的审美意蕴

“神韵”是王士禛诗论的核心，他在《池北偶谈》卷十八“神韵”条曰：“‘神韵’二字，予向论诗，首为学人拈出。”“神韵说”的主要内容是追求诗歌的“韵外之致”，反对重修饰、空发议论的风气，反对艳丽诗风。“韵外之致”大抵出于严羽“妙悟”“兴趣”之说，以“不著一字，尽得风流”为诗的最高境界。王士禛作诗也追求神韵，以王、孟、韦、柳等人为典范，诗境缥缈淡远，意味空灵含蓄。此外，他还以王维、孟浩然作品为主编选了学诗范本《唐贤三昧集》，集中反映了其标举“神韵”的诗学主张。王士禛的“神韵说”及诗歌都彰显着一种追求返璞归真的精神。

（一）意境

1.传神

“神”的表述是意境生成的关键与基础。可以将“入神”这一表达理解为“借助有限的物境体现无限的神境”，物借神意，以至玄妙之境界。

在《池北偶谈》一书中，王士禛曾以古诗为例：“陆鲁望《白莲》诗‘无情有恨何人见，月白风清欲堕时’，语自传神，不可移易。《苕溪渔隐》乃云‘移作白牡丹易可’，谬矣。”以上论述中包含一则颇有见地的美学理论，即诗人在传递神情时，需要将“物”和“神”合二为一，令二者在诗文间浑然一体、相得无间。“月白风清欲堕时”一句，正是对“白莲”神态、情态的灵动再现，诗句中同样蕴含着诗人难以发之于言辞、“无情有恨”的幽深情思，乃至抵达“神以物游”“物我两忘”（刘勰）的诗歌创作巅峰。此外，从这些描述中也可以总结出“意境”的审美品格，也就是审美的主体必须符合特定的审美对象并与之产生感应，这样才能将诗人的情怀充分地展现在文字之间。

“境”的塑造离不开“神”的传递，这一点可以见于中国古代与绘画相关的理论。如唐末画家张彦远曾指出："意存笔先，画尽意在，所以全神气也。"张彦远将"立意"作为绘画的立足点与着手点。以超脱画面之外的"意"组建作品的"境"，而"全神气"则支撑起了整幅画的意境，这就是人们所说的"境在而神出，神亡而境失"。

2.化物

虽然"意境"的本质是文字或图画中的"情景交融"，但它并不能完全脱离具体的物质性特征。那么，究竟应当如何理解"状物"和"造境"之间存在的关系呢？对此，王士禛并未进行专门的辨析，不过读者仍可以从他在分析状物诗时作的论述中看出其在这一领域的倾向和思考。

在《渔洋诗话》中，王士禛对古往今来的咏梅诗进行了细致的赏析和论述："梅诗无过坡公'竹外一枝斜更好'七字，及'雪后园林才半时，水边篱落忽横枝'。高季迪'雪满山中高士卧，月明林下美人来'亦是俗语。若晚唐'认桃无绿叶，辨杏有青枝'直足喷饭。"他对苏轼和林逋的诗作给予了高度的赞赏，而不认可高启和石延年的措辞。虽然"高士""美人"都可比喻梅花的出尘雅致，但类似的形容过于直白，且修饰的意味又过重，反而在语言的表露间失去了梅花的真实本质。其中"认桃无绿树，辨杏有青枝"尤其落俗，仅求形似，而全无神韵。这时我们就必须探讨："竹外一枝斜更好"一句的妙处究竟体现在何处？恐怕正在于其写意的用笔，因为它并未单纯描写梅的外在，而是着力体现梅的"风骨"。句中"斜"字用得尤为传神，精炼准确地再现了梅花傲然独绽、不落俗群的特征与情态。诗中所绘乃是物之精神，所求乃是意之臻境，含蓄蕴藉浮想于言外。苏轼曾这样表述他的写作观点："赋诗必此诗，定知非诗人"，直白地展现所写之物就会失去诗歌应有的意境和空间。

画坛大师董其昌曾言："大都诗以山川为境，山川亦以诗为境。"这是一则相当具有普遍价值的审美理念。具体内涵是，"诗"和"山川"是浑然一体的两个方面，二者相辅相成，和谐的神遇蕴生了诗歌中的"境"。这是古今中外的艺术创作者都欣然接纳的观点，如瑞士思想家阿米尔也曾说过："一片自然风景是一个心灵的境界。"诗人只有在将自身独有的审美意识凝聚在风景描绘中时，才能真正为读者展现心灵的画卷。这也就是说，如果将风景作为一种审美对象并对人的审美知觉直接产生影响，就能够寓有情之神态于无情之物状，在诗句中营造诗人个人的心灵境界。所以，在将物情转换为意境的过程中产生的诗的"意境"正是诗歌美学的内在本质。

3.求悟

诗歌的意境的本质特点是一种由主客体之间的关联而构成的象征性的世界，而非仅仅作为一种单纯的、由无法琢磨的“象”和有法可依的“神”的简单叠加。意境中所蕴含的微妙意趣是很难用言语来描绘和表露的。因此，诗人同样会对其所追求的意境实施某种理念层面的探求。诗人严羽则以禅理比拟诗理，提出了“妙悟说”，追求“透彻之悟”的写作心态。王士禛基于严羽的理论，在自己的“神韵说”中引入了“妙悟”这一概念，将其作为诗歌意境的构成要素之一。

自宋代开始，诗境便经常用来阐述艺术画中的“禅境”。王士禛在《分甘余话》中，将李白的《夜泊牛渚怀古》和孟浩然的《晚泊浔阳望香炉峰》两首唐诗作为案例，分析诗中“不著一字，尽得风流”的幽玄志趣：“诗至此色相俱空，正如羚羊挂角，无迹可求，画家所谓逸品是也。”这样的论点和严羽的理念并无二致。在《沧浪诗话》中，严羽曾做过一番相当详细的论述：“故其妙处透彻玲珑，不可凑泊，如空中之音，相中之色，水中之月，镜中之象，言有尽而意无穷。”可见，严羽追求的诗歌境界是一种空灵而意蕴悠长的回味。但是在所谓的“色相俱空”的境界中，对于作为标志性要素的“空”来说，最为重要的正是在“得意忘言”的体会中遁入“生于象外”的境地。以孟浩然《晚泊浔阳望香炉峰》一诗中的诗句为例，“东林不可见，日暮空闻钟”，其中“闻钟”是一则听觉形象，正好能够同“不可视”的视觉形象联系在一起，让读者仿佛真正听到响彻林间的晚钟，从而产生对“东林”的无限遐想，从这种意境中我们便可体会到那种不设一语、仍回味无穷的“虚境”，和中国传统绘画理念对“无画者皆成境”的追求不谋而合。

这种“悟”的境界，就是“神韵说”所孜孜以求的。“不黏不脱，不即不离”是禅家之言。王士禛用禅言论诗虽有故作高妙之态，但在某种意义上道出了意境的真谛。艺术结构是一种“情感形式”，要用“直接感受”去把握；艺术形式是明确表达情感的符号，并传达难以捉摸又为人熟悉的感觉。不论是“直接感受”还是“顿悟”，实际上讲的都是艺术的直觉。诗歌往往采取的是直接感知的审美思维方式，并不借重于理性思维。试想，如果凭理性作诗，先有一个理念，再去找合适的表现形式，是根本无法构筑出清远意境的。凭着这种“玄”的审美直觉能力，诗人在物我两忘的不经意间可能就会造出隽永的诗境。当然，王士禛说的“妙谛微言，与世尊拈花、迦叶微笑等无差别”的构境方式，却有些玄而又玄了，容易导致诗歌创作的神秘主义倾向。

（二）创作

具体的诗歌创作过程同样会体现“神韵”这一意义上的审美意蕴。在分析和整合王士禛在诗歌创意与创作方面的零散论点时，就可以发现，诗人从构思诗歌到创作诗歌这一过程呈现出一种具有动态的审美机制的整体架构，这种架构可以概括为：自得于内→兴会神到→伫兴而就→妙在象外。这一过程对任何诗歌创作而言都是一种相对完整并且通用的动态架构，可以视作审美意蕴形成的有机部分。其中“自得于内”是审美的感受，“兴会神到”也是审美的感受，“伫兴而就”是审美直觉的外在表露，“妙在象外”是审美行为所产生的效应。

“自得于内”这一阶段的内涵是，精神体验在诗歌创作者的内心逐渐积淀、孕育。这一理念将诗人的个人世界视作一种高远空灵的境界，要借助如参禅一般的静坐形式来感悟诗意中朦胧莫测、难以发之于言语的妙处。从类似的观念中，我们可以感受到以王士禛为代表的神韵诗派诗人共同的审美诉求和向往。严羽曾言“夫诗有别材，非关书也；诗有别趣，非关理也”[①]。这句话从表面来看，用意难以捉摸，为何连书本和理论所表达的理性思维的作用都否定呢？难道在创作时甚至不需要鉴别前人的审美实践吗？其实，严羽这一表达的根本依据在于诗歌独有的审美特性，他真正提倡的是诗人的情感体验应当在随性的形式下被直接唤起，不需要过于烦琐的理性干预过程。因为对于处在感悟和创作中的诗人而言，真正触动其内心的并非理性思维的分析，而恰恰是一种在深层次潜意识中发挥作用、理性无法感知的神思。诗人个人收集到的内在化体验正好构成诗歌意境材料。王士禛便深得此理的精粹，在《居易录》中引用了一句云门禅师的名言：“后世学者，渔猎文字语言，正如吹网欲满，非愚即狂。吾辈作诗文最忌稗贩，所谓汝口不用反记吾语者也。”可见其提倡的创作理念正是“自得于内”。此外，也号召诗人在作品中融入和体现独有的创作个性，不赞成那些专门模仿他人做事风格和形式的所谓“稗贩”，追求超脱章法规范的拘碍，在自由的境界中发挥想象力和创造力。

不仅情感触动，诗人内心对于审美经验的沉淀也包括在“自得于内”所涉及的范畴中。《渔洋诗话》当中，王士禛谈道：“江行看晚霞，最是妙境。余尝阻风小孤二日，看晚霞，极妍尽态，顿忘留滞之苦。”由此可以感受到，他非常重视诗人对外在自然景观的直接体验。本句提到他远眺变化多姿的晚霞，从中品味提炼“物境”的美妙意趣，而逐渐积淀起在感官中渗透交融的审美经验。只要能在欣赏过程中形成凝神静望的自如状态，诗句自然可以由心而发，吟出“余霞散成

① 严羽．沧浪诗话评注 [M]. 北京：北京联合出版公司，2015.

绮，澄江静如练”的意境，营造自我色彩极其厚重的崭新诗境。所以，通过对外物的体验和感悟，诗人能够将隐藏在心底的审美体验内化为诗歌创作的情怀，而不能单纯地在内心寻找写作灵感。

“兴会神到”的内涵是，诗人处在诗歌创作的构思阶段，一旦受到外界事物的触发，就可能忽然萌发一种“灵光一现”的心理现象，与所谓的“灵性”相似。王士禛有言：“大抵古人诗画，只取兴会神到，若刻舟缘木求之，失其指矣。”① 这反映了“兴会神到”的限定范围：只涉及感性的直观体验。幽思冥想的时刻对诗人而言，是把握创作机遇的最佳时机，要想捕捉稍纵即逝的灵感，就要用“灵”作媒介，借“神”和灵感相会，在创作中实现诗兴盎然、水到渠成。由此可见，王士禛极力反对刻板地死守教条、一味地模仿他人诗作中的手法和情感、没有个人感悟和个性的写作方式，认为真正优秀的作品绝不会在刻意的模仿中诞生，因为机械地模仿是同“神韵”背道而驰的行为。王士禛的友人萧亭曾就此进行过更为详细的论述，他说：“触物兴怀，情来神会，机栝跃如，如兔起鹘落，少纵即逝矣。”这里所提及的“触物兴怀，情来神会”和“兴会神到”的内涵是一致的，几个词的含义都是“灵感”，即诗人受到触发而产生的创作意念。

“兴会神到”所描述的也是诗人的一种创作构思心态。灵感是一种十分主观的现象，其发生的本质带有偶然性，诗人可能常在无意识或不经意间获得灵感。但是，在写作的前期阶段，诗人也往往容易因为缺乏鲜明的、具有激发效果的动机而陷入“眼前有景赋不得”的难题当中，唯有观察的对象引发了诗人的情感触动和精神思考，才能使其进入茅塞顿开的境界，迸发创作的热情与灵感，在感触的驱使下创作诗句。感性体验在诗歌乃至全体艺术形式的创作中所发挥的作用已经在古今中外的审美实践中得到了充分的体现和验证。审美意象是审美感受的外在体现，诗人只有成功实现这二者之间的转化，才能够发现真正的、表达自我的契机，这就是“兴会神到”的深层次意蕴。在“兴会神到”理念的驱使之下，诗人应当充分发挥自身作为创作主体的审美功能，将其同由外界事物触发的感受联系在一起，形成一种自觉创作的心灵状态，达到“神会于物，因心而得”的境界，而这其中并没有过分隐晦、难以表达的要素。

“伫兴而就”的理念和“兴会神到”有相似和重合之处，但两者之间同样存在一些微妙的区别。“伫兴”的意思是诗人需要以凝神观照的方式等待“兴”的降临，一旦进入“兴会神到”的境地，便可以以一往无前的气魄展开率性的写作。

① 王士禛 . 池北偶谈 [M]. 北京：学苑出版社，1999.

可以说，“伫兴而就”的关键在于描述从作品构思到作品创作两个阶段之间的自然过渡。在《渔洋诗话》中，王士禛提道：“萧子显云：‘登高极目，临水送归。早雁初莺，花开叶落。有来斯应，每不能已，须其自来，不似力构。’王士源序孟浩然诗云：‘每有制作，伫兴而就。’余平生服膺此言，故未尝为人强作，亦不耐为和韵诗也。”其中提到的“须其自来，不似力构”和“每有制作，伫兴而就”，都是在描述诗人随着诗兴展开创作，在灵感降临时一气呵成完成作品。这种写作方式相当忌讳“为赋新词强说愁”，仅仅借助诗人的想象和推测进行无根源的构撰。讲求兴来则就，兴尽则止，保持由心而生、自然随性的创作心态。王士禛曾批评刻意创作的手法：“令人连篇累牍，牵率应酬，皆非偶然欲书也。”其中“偶然欲书”主要批判的是一部分诗人过于迁就外在形式因素，如诗歌的格式等，甚至有凑字数、凑段落、勉强成篇的情况在写作中出现。

如果究其本质，“伫兴而就”应当被归于审美知觉的范畴。“顿悟”属于审美观照形式在直觉领域的体现。具有足够境界的诗人能够借助“一时伫兴之言”而达到“兴到神来，自然入妙，不可凑泊”的审美层次，乃至在诗作中实现“一字不可妄改”的、具有高度完整性的艺术美。从中我们可以感受到一种自然倾泻的、作为艺术精华的诗情，这种艺术形式所蕴含的诗韵情味是无穷的，并且远远超出语言和逻辑能够创造的有限意义。这也反映了古代文人对“韵外之致”“味外之旨”的塑造，因此能令欣赏者在品味的过程中感受到充分的审美体验。当然，这种审美体验所固有的局限性也是不可否认的，它过分追求直观感性的领悟，而不注重作品内在的逻辑性和规律性，因此有时也会使欣赏者产生对诗歌含义理解和把握的困难，由此产生审美上的不流畅感和隔阂感。但是，对实际生活的感悟和审美经验的沉淀是包含在审美知觉之中的。根据相关文献记载，王士禛对竹子有着痴迷程度的喜爱，每当经过栽有竹子的人家，必定驻足观望，凝神观赏竹子的情态与神韵。也正是因为这种钟情，王士禛才能在欣赏和创作中充分把握竹子的韵味，借助诗歌彰显“形神兼备”的艺术感受，将文字的表现力发挥到最大程度。

审美意境构造的最后一个阶段是“妙在象外”。由诗歌的神韵来体现一种独特的审美感受——“自然入妙”。

由此可知，“神韵说”对诗歌的写作过程进行了较为系统全面的描述，能够极大程度地充实我国的古代诗歌理论，并直接推动重视“顿悟”的直觉理论，是值得今日学者和创作者加以吸纳和借鉴的。

第四节　查慎行诗歌

查慎行（1650—1727），字悔余，原名查嗣琏，字夏重，后因长生殿案改今名，浙江海宁人。号他山，又号查田。因喜欢苏轼《龟山》中“僧卧一庵初白头”蕴含的诗意，晚年在家乡袁花龙尾山查家桥修筑初白庵居住，自号初白老人。

查氏排在当地颇多大族的首位，家族十分兴盛。明朝初，查氏一支到浙江海宁之花溪（今海宁袁花镇）龙山东南定居。查氏世代学习儒学，家族中代有人才科举中榜。到了清朝，海宁查氏科举成绩达到新的高峰，一共考中十五名进士，康熙朝更是一下涌现十名进士，其中五人还是翰林，世人都称颂查氏“一门十进士，叔侄五翰林”。康熙皇帝还在查氏宗祠门楹上亲自题写“唐宋以来巨族，江南有数人家”。

查慎行的诗歌将他一生的主要经历和心路历程展现了出来，而且展现了当时的政治军事、经济社会状况，丰富的文化信息以及绚丽多彩的风土人情。除此之外，查慎行诗歌的审美价值也很高，在当时独树一帜。本节主要阐述查慎行诗歌的艺术特色，主要包括讲创新、工白描、重考古、善议论等四个方面。

一、诗歌求创新

查慎行追求的目标和强调的重点是反对人云亦云，鼓励和提倡诗歌创新。如《龚蘅圃属题摄山秋望图》严厉地批评了当时千人一面的金陵怀古诗：“孙吴事业荒，南渡衣冠孱。词客吊兴亡，动云清泪潸。探怀发深趣，此事天宁悭。如何雷同声，万口若是班。”

《酬别许旸谷》批评了当时“方今侪辈盛称诗，万口雷同和浮响。或模汉魏或唐宋，分道扬镳胡不广。何曾入室溯流源，未免窥樊借依傍”的现象，虽然“我持此论嗤者众”，但是查慎行对自己的观点一直都在坚持。《题项霜田读书秋树根图》作于康熙三十四年（1695），一针见血地批评了当时普遍存在的“文成有韵或吞剥，事出无据徒扯挦。熟从牙后拾王李，纤入毛孔求钟谭”雷同现象，即使很多人持不以为然的态度，“雷同不满识者笑，人尽能此燕无函。兰苕翡翠稍秀异，什伯略可数二三。时情只取供近玩，崇雅删郑谁能谙。我持此论众大怪，相戒勿听无稽谈”，但是查慎行还是坚信自己终会与知音相遇，“谓余颇可附同调”。

查慎行主张诗歌创作模式应该摆脱随波逐流，有破必有立，所以他在《与韬荒兄竟陵分手兄至荆州余往监利滞留且一月矣作诗以寄》中写道，“陈言务扫荡，妙解生创辟”，即主张创新，不因循守旧。

吟咏和描绘前人未曾吟咏和描绘的事物是创新的一个途径，如《茨菰见唐人诗如白香山云渠荒新叶长慈姑朱放云茨菰叶烂别西湾刘梦得云菰叶风开绿剪刀未有及其花者余盆池偶种一窠立秋后忽发细蕊每节丛生花开纯白色如玉蝶梅差小颇有清香因作一首以补诗家之缺》：

旧叶复新叶，碧茎忽抽芽。
谁将绿剪刀，剪出白玉花。
水边有秋意，凉蝶来西家。

正是因为前人常通过吟咏茨菰叶来吟咏茨菰，很少有人为吟咏茨菰花创作诗歌，所以为了“补诗家之缺”，查慎行创作了这首诗。

假如想要吟咏的事物古人都已吟咏过，那么也可以开发古人吟咏较少的领域来进行诗歌创作，如《蜡梅宋以前未有赋者东坡山谷后山少游始见于吟咏率皆古体而不入律王平甫陆务观尤延之杨诚斋各有五七言律诗方虚谷瀛奎律髓选附梅花类中雪窗披览颇不惬意适友人折赠此花信手拈笔非敢与前贤较工拙也》：

阅尽嘉平腊，来为最晚芳。
冰心含浅紫，雪瓣吐娇黄。
后菊偏同色，先梅别有香。
百花多酿蜜，容尔占蜂房。

我国诗歌在唐朝和两宋时期得到长足发展，人情物理、世间万物都早已成为诗歌创作和吟咏的素材，诗歌创作如果把目光仅聚焦于寻找前人未写或少写之处，恐怕很难有所成就。面对这样的创作现实，另辟蹊径才能创造一番不一样的天地。查慎行在《涿州过渡》中提出了他的创新主张，即诗歌创作必须适应时代特点：

胡良河荫青葱柳，督亢陂连宛转城。
但觉林中无暑气，不知风外有蝉声。
唤回尘梦秋初到，误堕吟鞭马一惊。
自笑年来诗境熟，每从熟处欲求生。

只有细心观察，认真感悟，勤勉并坚持付出，才能在“年来诗境熟”的现状中找到出路，达到“每从熟处欲求生”的境界。查慎行一生中曾多次去同一个地方，如曾三次访问九江太守朱儞，在多次游览同一地点并为之创作诗歌时，却没有让我们感觉到诗歌内容的重复。查慎行在京师多年，也是经常游览景点吟咏赋诗，如关于一茎庵的诗歌就创作了多篇，还有很多诸如此类的例子，如多次吟及的涿州、祁门、宿迁、白沟旅舍等，但是每一首诗歌都能让我们感受到不同的美感。“熟处求生”的创作技巧是这其中重要的原因。关于查慎行如何实现熟处求生，下面我们以有关赵北口的诗篇和有关西阡看梅的多首诗歌为例来说明：

查慎行来往于京师和家乡必定经过赵北口，其共有九首有关赵北口的诗歌收录在《敬业堂诗集》中。

其一,《赵北口》(卷十《独吟集》)：

燕南赵北际，地是古易州。
两淀亘一堤，堤长若桥浮。
前年驱车过，泞淖没我輈。
雨脚飒飒垂，心怀失足忧。
至今旅枕梦，涩缩不敢投。
兹来喜春霁，日色和且柔。
晨餐具鲜鲫，门有晒网舟。
飞沙隔岸来，风削堕浪头。
俯见夹岸柳，枝枝倒清流。
人生各有营，偶过难久留。
愧此千顷绿，一双雪毛鸥。

根据诗歌所描写的内容，这首《赵北口》是查慎行游览赵北口时所作，本诗歌收录在《敬业堂诗集》中，也是其中第一首有关赵北口的诗歌。诗歌开门见山，第一句便承接和照应了题目，寥寥数语便揭示了赵北口的位置信息。下两句“两淀亘一堤，堤长若桥浮”从总体上描述赵北口，将赵北口的白洋淀、黑洋淀及横跨两淀之上的大堤介绍给读者。“前年驱车过，泞淖没我輈。雨脚飒飒垂，心怀失足忧。至今旅枕梦，涩缩不敢投”，这几句诗一转笔锋，描述诗人以前经过赵北口时的一次惊险旅程的回忆。紧接着诗人的思绪又被带回到眼前，眼前的美景完全不同于那段至今令诗人心有余悸的经历，春意盎然，飞舞的浪花、低垂的柳条、荡漾的碧波，整个大自然的美丽画卷展现在诗人眼前。但即使眼前的美景如此令人流连忘返，诗人还是要面对“人生各有营，偶过难久留”的无奈，为了苦苦追求的人生理想，也只能匆匆离开这本就难以久留的美好。结尾描写风景来收束全诗，“愧此千顷绿，一双雪毛鸥”又与开头相照应，让读者感受到言有尽而意不绝的美感。全诗一波三折，展示了诗人的心理变化，在回忆过往时又通过对眼前美景的描绘将诗人恋恋不舍的情怀展现出来。

其二,《过赵北口晨餐得鱼戏和西溟》(卷十一《题壁集》)：

森森波光漾碧虚，中央一带是民居。
绿杨影里罾竿起，弹铗人归食有鱼。

康熙二十九年（1690）二月，在“长生殿事件”的牵连下，查慎行被迫离开京城，与姜宸英一起赶赴徐乾学的洞庭书局。途中，当又一次看到赵北口的风景时，他创作了这首《过赵北口晨餐得鱼戏和西溟》。首句“森森”使用叠字将赵北口湖面绵延千里的壮美景观传神地描绘出来，而湖面的波光荡漾之美更是用一个“漾”字便完美地表达出来。“中央一带是民居”既描绘了眼前实景，百姓、民居构成了一幅美好祥和的画卷，同时也铺垫了第三句中的“罾竿起”。到了使用典故的尾句，毛遂的“弹铗归去食无鱼”在查慎行笔下得到了改编，便成了“弹铗人归食有鱼”，意蕴丰富。“弹铗人归”是指此时的查、姜二人都面临着科举未中、无甚功名的苦闷，但是至少“我们”还能做到“食有鱼”，算是苦闷与失望之外的一点儿安慰，自嘲和揶揄的意味通过诗句展现出来，和朋友间互相安慰、互相鼓励的情谊也隐藏在其中，令人感到一些暖意，不至于太过悲观，这里反用典故又照应了题目中的“戏”字。

几乎每一位诗人都有追求诗歌创新的目标，但却只有寥寥个别诗人才能做到这一点。在这样的诗歌现实下，查慎行提出了与之符合的“熟处求生”的主张，并且将这一点完美地落实在作品中，可见其创作功力之深厚。

二、白描手法

在创作的《自题癸未以后诗稿》第四首中，查慎行将自己的另一种诗歌主张提出：“拙速工迟任客夸，等闲吟遍上林花。平生怕拾杨刘唾，甘让西昆号作家。”他明确表示自己要区别于杨亿、刘筠等所代表的西昆体风格来进行诗歌创作。

翁方纲在创作的《石州诗话》卷七中论述了西昆体的由来：“宋初杨大年、钱惟演诸人馆阁之作，曰《西昆酬唱集》，其诗效温、李体，故曰西昆。西昆者，宋初翰苑也。是宋初馆阁效温、李体，乃有西昆之目，而晚唐温、李时，初无西昆之目也。”据此可以得知，西昆体模仿晚唐李商隐、温庭筠的诗歌风格，在北宋初期兴起。喜好和擅长运用典故是温、李二人诗歌的一个主要特点，这一点也正是李商隐的诗歌最鲜明的特色。如胡应麟《诗薮》内篇卷四称“用事之僻，始见商隐诸篇”，宋代黄彻《溪诗话》卷十则谓“李商隐诗好积故实……篇中用事者十七八”。受到这一点的影响，西昆派的代表诗人杨亿、刘筠、钱惟演等人也习惯和爱好使用典故，“杨亿、刘筠作诗务积故实”（魏泰《临汉隐居诗话》）。而欧阳修《六一诗话》则称杨、刘等西昆体诗人“先生老辈患其多用故事，至于语

僻难晓”，在用典上，西昆诗人的绮刻难懂甚至更甚于李义山。

查慎行要“甘让西昆号作家”，就是要“诗成亦用白描法，免得人讥獭祭鱼”(《东木与楚望叠鱼字凡七章连翩传示再拈二首以答来意》)，“诗成直述目所睹，老矣焉能事文饰”(《自题庐山纪游集后》)，提倡改变典故堆砌、生吞活剥等过度用典的现象，让诗歌消除诗气凝塞的弊端。

查慎行主张将绮辞丽句摒弃，追求诗歌达到洗尽铅华、平淡自然的效果，为此非常推崇白描手法。他在《雨中发尝熟回望虞山》这首诗中，将自己的取舍借自然景物的变化所呈现的不同面貌表达出来：

钱生（玉友）约看吾谷枫，轻装短棹来匆匆。
夕阳城西岚气紫，正值万树交青红。
天工似嫌秋太浓，变态一洗归空濛。
湖波蒸云作朝雨，用意不在丹黄中。
大痴殁后无传派，此段溪山复谁画。
老夫新句亦平平，要与诗家除粉绘。

“变态一洗归空濛”，查慎行在诗歌中对诗歌创作要有天然之美进行了多次强调，如《秋花》(卷四十六《望岁集》)：“雨后秋花到眼明，闲中扶杖绕阶行。画工那识天然趣，傅粉调朱事写生”，去除粉绘的目的就是表现天然之美，达成对淡远高洁境界的自觉追求。

查慎行非常注意将自己的这一诗歌主张运用在日常的诗歌创作中，例如作品《七夕同德尹润木作禁用故实》(卷十三《劝酬集》)。从这首诗的题目我们就能够发现他的身体力行，全诗如下：

眼中七度如梳月，又带桐阴入小楼。
懊恼一天星似火，闰年今夕未交秋。

作为从传说中起源的节日，“七夕”本身就与故实关系密切、难解难分，而查慎行这首与两个弟弟七夕看月时所创作的诗歌抛弃用典，而用白描手法贯穿全诗，有着极高的难度，足以被称为运用白描手法的典范之作。首句通过比喻的修辞手法用梳子来形容月亮的样子，从下一句的“带”字又能看出拟人修辞的使用，第三句“星似火”把星星比作火焰，比喻虽然少见却与本诗十分贴切，原因在最后一句道明：在今年这个闰年，七夕佳节的天气依然很热。人、月、树、楼、星等繁多的意象铺陈在四句诗中，丰富而充满韵味，通篇白描没有典故，却具有很好的效果。

查慎行主要在自己的山水诗、亲友诗中追求“工白描、去藻饰”的艺术特色。

查慎行在很多诗歌中对山川景物的描摹都喜欢使用白描手法，因此创作了很多具有很高艺术成就的诗篇。

《雨后渡拦江矶》（卷一《慎旃集上》）：

片雨南来压短篷，回看天北吐长虹。
风才过处云头黑，雾忽消时日脚红。
远岸浮沈沙柳外，危矶出没浪花中。
扁舟一叶无根蒂，笑掷吾生付柁工。

拦江矶的景色在全诗“片”“压”“才”“忽”等字的运用下显得瞬息万变，名词“远岸、危矶”与由意义相反的单字组成的复合词“浮沈、出没”等相照应，描绘出惊险奇特的拦江矶，“掷”字的使用揭示了诗人的感受，将拦江矶周围景色的奇险诡谲反衬出来。

《将至清平县马上作》（卷四《遗归集》）：

石秀山渐佳，城荒日将暮。
遥见孤烟生，犹知有人住。

石、山、城、夕阳、孤烟、人等六个意象全部都包含在这首短短二十个字的五言绝句中，诗中使用“渐”“将”两个虚字，将转换的空间与不断推移的时间表达出来，“遥见”与“犹知”一远一近，远近结合，相映成趣，生动地描绘了延伸向远方的视角和回味到眼前的思绪。全诗通过虚字“渐”“将”“遥见”“犹知”的使用显得气韵灵动，不板滞。而实字“秀”“佳”“荒”“暮”等的使用又将景物的特点生动形象地表现出来，“生”字让人感受到希望，好像看到生机蕴含其中缓缓而来，而收拢全诗的“住”字则给人带来安定感。读者仿佛能透过诗句真正看到如在眼前的美景，得到极为愉悦的审美体验。

虽然缺少典故的使用，但通过极为娴熟和出色的白描手法的应用，再加上字里行间使用的虚字，这首山水诗将景色的变化形象地描绘出来，全诗都显得灵动而自然。读者的知觉、听觉、视觉等感官在比喻、拟人等多种修辞手段的使用中得到了充分调动。全诗描形摹物，妥帖生动，让读者得到了美的享受。

查慎行也创作了很多只用白描、没有典故的亲友诗，诗中情深义重，感情真挚。

《送女词》（卷二十七《过夏集》）第一首：

嫁女事琐屑，老翁非所知。
母在当汝怜，母没行告谁。
遥遥三千里，闺阁从此离。

兄嫂送及门，慰情多好辞。
劝之勿令哭，我泪反交颐。

康熙二十九年（1690），查慎行把次女远嫁九江，并创作了这首诗。第一句“嫁女事琐屑，老翁非所知”便与题目相对应，“非所知”是因为在妻子去世后，之前妻子操持的事务都落在了自己的肩上，这两句虽未明言却已暗含妻亡，所以“母在当汝怜，母没行告谁”自然就开始描述与妻子有关的事情，女儿在母亲去世后远嫁，“兄嫂送及门，慰情多好辞”。最后一句“劝之勿令哭，我泪反交颐”，劝女儿擦干眼泪、停止哭泣的自己却老泪横流，诗人抓住这个极为真实动人的细节，让诗歌感情真挚，非常感人。

查慎行的这类诗歌都擅用白描，有简短的题目，也很少有序和小注等。查慎行以景入画，多用清丽雅洁的风格描写江南风景，用奇丽险绝的风格描写西南及塞外风景。抒发真情的诗歌则至情至性，温柔敦厚。这类以白描见长的诗歌属于典型的诗人之诗。

三、重考证

查慎行的一生是奔波的一生，每次在赶路途中以及游山玩水之时，如果对名胜古迹或地名物名记载产生了疑惑或是有不同的看法，就习惯引经据史或亲自前去加以考证，辨其真伪，并创作成诗歌，最后形成考证诗。

《过西岭数里许土冈微起道傍新立木榜署古新甫山五年前经此未尝有也》（卷十《独吟集》）：

南眺东蒙峰，北瞻泰岱巅。
相望三百里，徂徕处其间。
新甫特土壤，居然亦名山。
石老柏不生，荒榛互绵延。
文人好夸大，后世事或然。
曼硕告寝成，煌煌郊庙篇。
移风继周颂，孔子经手删。
不应闷宫什，失实载简编。
鲁邦严岫多，高峙争孱颜。
今闻非昔指，彼此揣度悬。
年往事易讹，况加附会牵。
我欲正此谬，诗成恐难传。

查慎行在康熙二十八年（1689）从故乡浙江海宁出发返回京师，却发现新泰距离西岭几里外的地方有一个标示地名为古新甫山的木牌，但是在二十三年前他初次进京的时候，此地并没有所谓的古山之称，真是荒谬。正是“文人好夸大”才催生和助长了这种荒谬，后人对文人的说辞往往不经过考证便全盘接受。然后诗中还将史书上几个失实的记载列举出来，证明历史上记载的名山与此地的所谓古新甫山并不是同一座，在缺少真凭实据的基础上，由猜测而竖立的这块木牌根本没有可信度。查慎行在诗的最后将自己创作此诗的原因明确表明了出来：“年往事易讹，况加附会牵。我欲正此谬。”

康熙三十年（1691）的正月十六，查慎行同张昆诒、卢素公到吴中昆山游览，发现并证明了准提阁壁间是后人补刻的石刻三公诗，而不是所谓的“故物”，写了这首《昆山一名玉峰周围二里许似累石而成者唐张祐孟郊有诗与盖屿所画山图同留慧聚寺中向有石刻宋皇祐中王半山以舒州倅至县相水利登山阅二公诗次韵和之时称四绝淳熙中寺毁于火自唐以来名流题咏及扬惠之所塑毗沙门天王像（或云张爱儿所作）李后主所书榜额一扫无余今准提阁壁间石刻三公诗乃后人补刻非故物也正月十六日同张昆诒卢素公登山感怀往迹为详考本末并系以诗》（卷十三《劝酬集》）：

吴中园圃爱假山，家家画稿模荆关。
此山本真翻似假，怪石叠起孤城间。
奇峰尤在西南颊，缥缈玲珑还戌削。
游人仰视一线天，信有孤云生两角。
几辈留题盛昔贤，曾闻摹勒载名篇。
昆冈烈火精蓝尽，何物能为金石坚。
人间假合夫何有，差是令名堪不朽。
我诗写意直取真，嗤点还须防众口。

如此之长的诗歌题目，不仅将四绝名称的由来、现存石刻非古物的依据一同交代了，还一起说明了登临的时间以及一起登临的同伴等，为读者说明的细节甚至比诗歌本身要丰富得多，诗歌最后一句“我诗写意直取真”又一次阐明要留真相在人间正是自己这样做的原因。

查慎行创作了这些题目较长的考证诗，其中一部分还配上了序和小注，同时充满形象性的诗句本身也较为生动可爱。查慎行这类考证诗在他的作品中所占的比例较小，然而我们必须注意到的是，查慎行开始创作这类诗歌时正是康熙时期，朴学尚未盛行，他的创作是先于风气而动的创举。这类诗属于典型的学人诗，后来翁方纲等人受到了这类诗歌的很大影响。

四、重字的使用

用字重复的现象在古人诗歌中由来已久，如李商隐《春日寄怀》:“纵使有花兼有月，可堪无酒又无人”；又如韩愈《遣兴》:“莫忧世事兼身事，须著人间比梦间”。诗歌在这些重字的使用下富有趣味，成为脍炙人口的作品。很多重复词语被查慎行应用在诗篇中，这就是同字相犯现象，也是他主动追求的通过巧妙的重词叠出达到的艺术效果。

《京口和韬荒兄》(卷一《慎旃集上》):

江树江云睥睨斜，戍楼吹角又吹笳。
舳舻转粟三千里，灯火沿流一万家。
北府山川余霸气，南徐风土杂惊沙。
伤心蔓草斜阳岸，独对遥天数落鸦。

《人日武陵西郊阅武》(卷二《慎旃集中》) 第二首:

如荼如火望中分，鼓角铙钲一路闻。
黑齿旧疆仍结垒，绿旗别队自将军。
辕门谁上平蛮策，朝议先颁谕蜀文。
输与书生工算弈，疏帘残局转斜曛。

不光是近体诗，查慎行创作的古体诗中也有重词叠出现象，但古体诗所占的比例较小。使用重字的诗句，重字位置往往不固定，有的是在句首使用重字，如《春夜同外舅陆先生陈夔献吕彤文许时庵朱悔人魏禹平王令贻王赤抒吴震一张损持家荆州兄集朱大司空斋分韵》(卷八《人海集》) 第一首的“春灯春夕宴，一到一回欢”；有些诗句在句中使用重字，如《少司马杨公见和前诗有登台把酒之句追忆落帽台旧游已入年矣再次前韵奉讲》(卷七《假馆集下》) 第一首的“瘴花瘴草重阳候，秋雨秋风绝徼行”；而有些诗句在句末使用重字，如《德尹诗有一龛恢恢之句用其意再作一首》(卷十六《并辔集》) 的“添个蒲团相对坐，也如行脚也参禅”。有些重复仅仅重复单字，如“自含烟雨自遮楼”中“自”的重复；有些重复是重复组成复合性词语的一个部分，如“别语无多别恨新”中的复合性词语“别语”“别恨”的“别”字的重复；有时是重复整个复合性词语，如“一朵云扶一朵莲”中“一朵”的重复。有些重复并不对称，如“半江烟雾半江月，一只夜深归客船”，前后两句并不对称，前一个单句使用的重词是“半江”，而在后一个单句中却没有出现重复现象。有些重字的使用则是对称的，如“一层一喘息，屡上屡回旋”中的“一”与“屡”。有些诗的首句和尾句会出现一种相对特殊的对称重字，在结构上构成了一种对称，如“一村桃间一村柳，日气射花红扑鞍。此事今年真过分，江南江北两回看”首句中重复“一村”这个词语，末句重复“江南江北”中的“江”字。

综合来说，在诗句中使用重字起到了强调的作用，让诗句体现出了循环反复的含蓄美，使创作达到良好的艺术效果。但在不同的诗句中，重字达到的效果也是不同的，比如某些诗句使用雷同的形式因素，这种重字的应用可以使诗歌所表现的空间和时间更为广阔。古人大多不赞成同字相犯，如毛先舒《诗辩坻》卷三所谓：“张乔‘波影逐游人，自是游人老’，叠句可憎。”又如王寿昌《小清华园诗谈》卷下：“字意重沓……然则虽似无害而实不可援以为例者。”但是查慎行把同字相犯运用在诗歌中，却加强了诗歌的美感，延伸了诗歌的时间和空间，使诗歌最终呈现出一种婉转徘徊、言有尽而意无穷的艺术效果。

第五节　申涵光诗歌

一、申涵光的诗歌艺术成就

（一）申涵光的诗歌艺术风格

申涵光坚持“凡诗之道，以和为正”，但这里的“和”与儒家温柔敦厚的传统诗教所理解的“和”并不相同。他曾在《贾黄公诗引》中作出这样的论述：“温柔敦厚，诗教也。然吾观古今为诗者，大抵愤世嫉俗，多慷慨不平之音。自屈原而后，或忧谗畏讥，或悲贫叹老，敦厚诚有之，所云温柔者，未数数见也。子长云：‘三百篇，圣贤发愤之所为作。’然则愤而不失其正，固无妨于温柔敦厚也欤。”在这样的指导思想下，不管是抒发何种情感、叙述何种题材的作品，申涵光都没有刻意去描绘花前月下、儿女情长的主题，而是在追求“无妨于温柔敦厚”，将心中的思考和感悟在不脱离怨而不怒、哀而不伤的前提下借由笔端表达出来。

申涵光的诗歌风格根据诗歌题材的不同，大致可以分为凄清孤寂和恬淡自然两种风格。

1.凄清孤寂的诗歌风格

申涵光所处的环境使他形成了凄清孤寂的诗风。申涵光长年在乡间隐居，生活十分安闲自适，在安宁的生活环境中表现出对生活心满意足、别无所求的态度。他游赏山水，寄情自然，并且在诗中有所表现："床头有酒案有书，不富不贵安足悲"（《短歌行》）、"此生安伏枕，未敢怨途穷"（《闭户》）。

但其实，无法与他人直接倾诉的担忧一直隐藏在申涵光的心里。他有政治上无法实现的抱负，同时作为家中长子，必须承担起发展家业、帮助教育即将长大成人的弟弟等一系列责任。与此同时，常常有人慕名前来拜访他，虽然不贪恋名声，甚至为此感到烦扰和不悦，但仍然需要接待客人并与之周旋。他的安身之所并非完全与世隔绝的世外桃源，虽然对种种违背本心的不平之事感到目不忍睹、耳不忍闻，但为了防止因为不慎之言导致大祸临头，也只能吞声饮恨。

杜诗有云："细推物理须行乐，何用浮荣绊此身？"但诗人内心的愁绪也无法随着与亲朋好友把酒言欢、游山玩水遣怀的轻松快意完全地消解融化。

当心中的郁结无法自控表露在诗句中时，诗歌便表现出了凄清孤寂的风格，离群索居时尤其如此。例如《夜坐》：

积雨晦深巷，高梧滴清响。
浩然天地间，秋风生馀想。
夙宿寡疑虑，万事如在掌。
多难志气衰，岁月空俯仰。
含辛对落叶，朋游半宿莽。
常愧古人言，识道年已长。
出门望四方，道路多魍魉。
白雁叫霜空，孤灯照书幌。

雨夜中，诗人独自坐着，在静心冥想中回忆着往事，往事历历在目，好似就在昨天。心间涌上过去的欢乐与悲喜：昔贤已逝，随尘俱去；今人谁继？入眼无多。而今早已是"曲终人不见"了。"含辛对落叶，朋游半宿莽"，当下之景用所谓的"访旧半为鬼"来描述倒也合适。然而时光如白驹过隙，屋外历经风雨的梧桐树依然高大挺拔，诗人自己却在不知不觉间慢慢老去，徒添几分颓唐。"道路多魍魉"的现实实在令人心寒，就好像梧桐树叶随着渐浓的秋意逐渐掉落，自己的赤诚之心也在时间的冲刷下不再火热，慢慢地冷却下来，朋友知音日渐稀少，孑然一身最为孤寂。灯下独坐的诗人听着南归大雁那一声声的哀叫，只感到万般凄凉。

悲秋是中国文人作品中最常见的主题之一。如果申涵光敏感的神经是因季节的关系而被触动，那么诗人心中的愁绪到了花繁似锦、树木葱茏的春日，是否能够有所释怀呢？诗人也曾创作过描写春愁的《忆山居》一诗，外物环境的不同，也并没能减少内心的愁苦。

世态今如此，人生亦何慕？
严风恕草木，春到南郊树。
步屧入平沙，凫鹭眩屡顾。
忽见西山来，微茫隔烟雾。
宿昔避世心，浮云展幽素。
朝看渔樵行，暮随猿鸟聚。
道力苦未坚，人群被羁住。
遥指断山口，知是草堂路。
举世喜多端，朱门无缓步。
我性实疏顽，常恐世人怒。
耕种难后时，清溪浅可渡。
山鸟待归人，百年亦朝露。

明朝灭亡、清军入关后，明朝虽然有遗民能够坚守底线保持气节，但大多穷困潦倒，甚至无法维持生活，一边是极度匮乏的物质条件，一边是精神层面的迷茫。曾经阮籍醉酒后狂放不羁，独自驾车出游，途穷痛哭而返。而面对类似的苦闷，诗人并没有像这样明显地爆发和宣泄自己的情感，只是轻描淡写地在诗的末尾点出“我性实疏顽，常恐世人怒”。此诗使用触景生情的手法，起初表达伤春之感，然后扩展到了家国之痛，表达了自己的志向：虽然身遭困厄却也不愿随波逐流。之后缘情布景，一幅色彩稍显黯淡的山居图便展现出来。

除了回忆往事以外，诗人在咏物写景时也是如此，例如《雪》：

卧觉布被冷，饥乌叫我宅。
儿童扫雪还，床前列双屐。
朔风天地冻，鸟兽亦辟易。
我无世故撄，高卧复谁责？
有酒佐读书，在家耐喧迫。
向午日复光，起看林树白。

诗中通过描写生活细节，展现了诗人愁闷和彷徨的心情。“有酒佐读书”，的确悠闲自由。诗句描绘的乡间生活看上去安闲恬静，却不同于“行到水穷处，坐看云起时”那种在广大寥廓的青山绿水之中真心退隐的心境。诗人为自己营造了一个可以躲藏的天地，使自己超然物外的孤傲清高和那种淡淡的哀伤能够得到寄托。

而与此同时，诗人一直很难在自然之中得到完全的陶醉与解脱，即便是借助自然美景与诗书琴酒来自娱。诗人徜徉在绿水青山中就像一个过客，无法真正融入周遭景物，孤独地被剥离在人世之外。因此，我们总能感受到无法倾诉、无人分享的委屈和落寞从诗人诗句的字里行间散发出来。

诗人的心态也是他形成凄清孤寂诗风的重要原因。每逢年节岁令，申涵光总是表现出一种愁苦的心态。主要原因有两点：其一是因为过去能让人开怀一笑忘记烦忧的事物在年齿渐增的阴影下已经不再有曾经的趣味；其二是因为当下心头的烦闷远不是眼前的欢乐足以消除的，虽然可以强颜欢笑，但那与“抽刀断水水更流，举杯消愁愁更愁”的效果又有何异呢？例如《元夕》：

百战山河异，春灯旧俗存。
鱼龙张紫焰，钟鼓动黄昏。
到处能看月，今宵亦闭门。
欢娱思夙昔，呜咽罢开樽。

上元节的时候，本应该是路上张灯结彩，无数行人赏灯，“东风夜放花千树”的场景，但在多年动乱的影响下，人们虽然没有忘记今夕为何夕，仍然记得挂灯赏灯，但心情却不可能同于往昔。凄清冷落之景使难得的佳节失去了色彩，百感交集的诗人面对此情此景，悲从中来，徒劳地以酒消愁，渴望着忘却世事。

佳节的一大乐事便是与朋友把酒言欢，笑赏良辰美景，但总是心事重重的诗人显然与此格格不入。“冉冉百年吾自醉，莫言人世有风尘”（《晚过宁元著》），只希望通过一醉不醒来将世事忘却，正如杜甫所言“狂歌过于胜，得醉即为家”一样，醉得不省人事，即便只能得到短暂的解脱，但也宁可在这一晚抛却心里头千重万重的烦恼。长醉不醒的目的是在短暂的时间内麻痹自我，但当无法调和的矛盾横亘在内心时，凭酒消愁、以醉解愁也成了一种奢望。

2.恬淡自然的艺术风格

陶渊明是申涵光十分推崇的诗人。申涵光认为“古来隐士，山栖海遁、冥鸿高举者，指不胜曲，独陶靖节照耀今古，则以靖节之诗，为今古独绝故也”。在那个时代，明朝遗民中有很多崇拜、学习陶渊明者，如继承了陶渊明“猛志固常在”一面的顾炎武等人。“万事有不平，尔何空自苦。长将一寸身，衔木到终古？

我愿平东海，身沉心不改。大海无平期，我心无绝时。呜呼！君不见，西山衔木众鸟多，鹊来燕去自成窠。”在顾炎武的诗集中经常见到类似的作品。而申涵光则对陶渊明的平淡自然更为青睐：“读陶靖节诗，萧然高寄，不必知其姓氏。计其人，必澹荣利，游心物外者。计其形貌，必须眉散朗，落落无崖岸，决为隐士无疑矣。”申涵光仰慕陶渊明的人格，进而发展为效仿其恬淡自然的诗风。

申涵光的山水田园诗中，有很多表现恬淡自然诗风的作品。例如《暮春晚热邻友来坐花下》：

早极春城热，朋来坐夕梧。
解衣摊石几，爇酒远风垆。
竹覆看花暗，星流到月无。
戍楼喧鼓角，夜半有啼乌。

“解衣摊石几”，是因为在当时的天气十分炎热，夜晚解衣乘凉也十分正常，但申涵光一向进止有度，待人接物态度恭谨，能够如此不拘小节，在饮酒谈心时无视客套，说明已经把对方当作至交好友。接下来的两句点明了暮春昼长夜短的时间，相谈甚欢的客人与主人，从初时的竹影摇曳、花影朦胧不知不觉间到了明月东升。最后两句描写喧哗的戍楼，反衬出静谧的山居夜晚。恬淡自然的风格得到了充分的体现。

诗人之所以摆脱了一直环绕心头的忧愁与烦恼，是因为他的心境在真正贴近自然的时候得到了青山绿水的滋润。诗人创作的《泛舟》，正好诠释了这种心境。

箫鼓鸣榔去，遥村起夕烟。
舟行红蓼上，人醉白鸥边。
野兴难羁束，秋云正渺然。
放歌天地阔，溪月近人圆。

诗中借景抒情，融情入景：箫鼓相伴鸣榔，又是“人醉白鸥边”，加上互相映衬的红蓼白鸥，达到了一种极致的静与美。黄庭坚有诗云“万里归船弄长笛，此心吾与白鸥盟”，这里也是用白鸥暗指隐居生活。诗人乘舟穿行在这静美的图画中，高歌遣怀，寻幽探胜，真正做到了趁醉听箫鼓，来吟赏烟霞，让人感觉似乎在跟随诗人夜中行走，细细赏玩。诗人完全沉浸在柔和的夜色中，欣赏着周边美景，不再是自己踽踽独行。作者缝月裁云，刻意求工。诗中的情感在深入人心的诗句中十分动人。

诗人游赏兴致高涨，虽然不是游览风景名胜，只是一次普普通通的月夜出游，但清新明快的诗歌风格也带给人别样的美感。

（二）申涵光诗歌的艺术表现手法

1.白描手法的运用

白描手法使用的文字往往十分简练，却能够刻画出鲜明生动的形象，使作者的思想清晰地表达出来。申涵光常在叙事诗中使用白描手法，用来描写民生疾苦。作品《插稻谣》，便将农民劳苦耕作以及地方富豪欺凌农人的场景记述了下来。

六月无雨，迎神击鼓。插稻时，水如缕。高颡大鬒谁家者，奴下肥马坐沟涂。不闻流水潺潺声，但闻鞭扑声高呼。妇子狂走，伏身苇蒲。父耶兄耶，彼高颡者去耶？累岁年丰，无馁。僮婢长大，难以驱使。稻畦干，稻苗死。贫人哭，富人喜。

白描手法的使用使得整首诗看似感情平淡，但是“奴下肥马坐沟涂”寥寥几字就将富家恶奴盛气凌人的丑态展现出来。诗中记述农民的文字十分精简，并没有大段陈述，然而农家的凄惶无助却充分地展现出来。“妇子狂走，伏身苇蒲”，向父兄求助是儿童遇到危险时最自然的反应，但此时儿童的父兄正在受人欺辱而无法反抗，他也只能藏身在芦苇之中以躲避灾难。此诗呈现出一幅哀民图景，刻画绝佳。申涵光善于截取平日所见所闻所感的各种事物中最有典型性特征的画面入诗。而读者在欣赏完整首诗之后，能够充分认识到农民耕作的劳苦，对于他们备受欺凌这一事实也能尽收眼底，一目了然。

申涵光擅长在诗歌中使用白描手法，常常用心体察生活中的细节，认真推敲诗句的选词，许多看似随意写出的诗句，实则体现了他高超的艺术功力。即使申涵光有意炼字，却使读者读来感到自然流畅。例如《阴》：

野静秋池白，孤城日日阴。
每当闻雁后，便作向山心。
雨急催寒树，风高落暮砧。
亲朋阻泥滑，兀坐自长吟。

清、冷是整首诗给人的感觉。这是人在自然环境中的真实感觉，也是作者心绪外射的结果。“每当闻雁后”，揭示了此时的季节时令。选择使用“静”“阴”“寒”“暮”等字词，将人的主观情感注入客观景物之中。在这样沉闷寂寞的氛围下，伴随着清冷的周遭环境，王维可以享受“安禅制毒龙”这样一份难得的静谧，而诗人却由于亲朋不至，只能独自一人长吟遣怀。整首诗用浅淡的语言将厚重的情感表达出来。

虽然申涵光诗歌所运用的白描手法还没有达到臻于化境的程度，但可以肯定，这种手法为他的作品增添了不少的亮色。

2.典故和意象的使用

清人赵翼曾在《瓯北诗话》中说："诗写性情，原不专恃数典。然古事已成典故，则一典已自有一意，作诗者供彼之意，写我之情，自然倍觉深厚。"

典故的使用在申涵光的诗集中也有很多。一般来说，如果使用典故贴切得当，诗歌自然就会增色不少。申涵光往往很少使用晦涩难懂、包含诸多费解之处的典故，使诗句明白如话。例如"雪满尚书履，风高獬豸冠"(《九月再雪寄怀西山张司马白侍御》)，诗中点明张镜心高官致仕前明，又称赞张镜心明了是非曲直，能坚守节操，如传说之中的神兽獬豸一般。再比如形容挚友张盖的"锦水有人留杜甫，素屏何处觅张颠"，是因为张盖擅长书法，学习杜甫作诗。而张盖平时便被人称作狂士，"张颠"在此处既符合狂士之名，也是在赞美张盖书法可以媲美书法名家张旭。

申涵光在诗中应用典故很多时候都不着痕迹。例如"白云林外满，朱绂几人归"(《饮表兄李志清水村亭子》)，白云既暗用陶弘景的《诏问山中何所有赋诗以答》"山中何所有，岭上多白云。只可自怡悦，不堪持寄君"这一典故，又是眼前实景，与自己遗民的身份相切合。例如《遣兴》(其四)：

沙岸长林白，鸡豚委巷深。
幽偏遗薄俗，昏旦倚天心。
终日看飞鸟，有时弹素琴。
芦笳吹塞雪，何处雁书沈？

"终日看飞鸟，有时弹素琴"两句既描述了实际的隐居生活，又直接化用嵇康的名句"目送归鸿，手挥五弦"，对高士的仰慕蕴含其中。诗歌《不得舍弟消息》也与此类似。

故里莺花满敝庐，春风不见蓟门书。
暂醒午梦愁无奈，津市南头看打鱼。

诗中"津市南头看打鱼"一句，在描绘眼前实景的同时，又暗用典故《饮马长城窟行》中"客从远方来，遗我双鲤鱼。呼儿烹鲤鱼，中有尺素书"，对于胞弟的思念也因此得以抒发。

申涵光在诗中一般都使用常见的典故，几乎不使用僻典，并且他在运用典故遣词造句时十分用心，能够将这些常见典故运用得不着痕迹。

申涵光在诗歌中对于某些意象的使用频率很高，如飞雁、钓竿、鸣蝉、白鸥等。钓竿一般代指隐士，渔夫也常常垂钓江上。申涵光频繁写到垂钓，是为了描写自己的乡居生活，同时也应该有其他的寄托。《史记·屈原贾生列传》中，渔父曾经告诉屈原“沧浪之水清兮，可以濯我缨。沧浪之水浊兮，可以濯我足”，还有杜甫《佳人》一诗“在山泉水清，出山泉水浊”，如果考虑到申涵光的身份是前朝遗民，那么应该不难理解他为何频繁使用这一意象。

在为人处世的态度方面，申涵光并没有自视“举世皆浊我独清，众人皆醉我独醒”，而是保持着相对更为通达的态度，就像渔父一样，以拒绝不仕官为前提，凭借更加务实的方式，积极接触外界，在清廷官员与遗民之间进退从容。而联想到垂钓江上的形象，柳宗元《江雪》之中的钓雪老翁也与此类似，一人孤舟蓑笠在寒江之上，刻意与尘世保持距离，也正好契合遗民的心态。如：

石壁留书幌，松阴落钓竿。(《寄怀淄川丞李台辰》

十年衰柳畔，把钓历霜风。(《野兴》)

梁园新授简，无乃罢垂纶。(《寄贾静子》)

塞树先摇落，将无忆钓竿。(《秋夜怀两弟入都》))

衰年行易过，生事有鱼竿。(《喜殷伯岩自宁夏归》)

西风昨夜垂杨折，游子何时理钓竿？(《步伯岩韵》)

蝉餐风饮露，象征着高洁。申涵光高洁傲岸，以鸣蝉自喻，表明自己身为遗民不愿出仕的气节。短命的蝉在夏秋交替时节“玄蝉止复续”体现出的悲凉，正好契合遗民人数在时间的流逝下逐渐变少这一事实。如：

仰愧栖风蝉，俯羡悦草鹿。(《岁晏》)

玄蝉止复续，蟋蟀随人鸣。(《秋兴》)

避世嗟蝉叶，浮名悟鹿蕉。(《遣兴》)

树影交亭影，蝉鸣乱夕阳。(《饮表兄李志清水村亭子》)

帘疏通雨气，风急乱蝉声。(《苦雨》)

风来蝉抱叶，烟隔鸟呼群。(《雨罢有怀张上若周茗柯贺怀庵》)

芙蕖、飞雁、白鸥等意象也在申涵光的诗歌中频繁出现。申涵光选择这些生活中实际所见、同时具有高洁清雅特点的事物作为自己诗歌中的意象，表明了自己的心志和隐逸情怀。

二、申涵光诗歌的影响

（一）开创“河朔诗派”

申涵光开创“河朔诗派”在诗歌史上具有一定的影响。王士禛《渔洋诗话》说：“申凫盟涵光称诗广平，开河朔诗派，其友鸡泽殷岳伯岩、永年张盖覆舆、曲周刘逢源津逮、邯郸赵湛秋水，皆逸民也。”杨际昌《国朝诗话》中提道：“永年申和孟涵光，节愍公佳允子，与逸民殷岳、张盖、刘逢源友，开河朔诗派。”

一个诗派的出现需要长时间的酝酿。申涵光等人开创河朔诗派面临着巨大的困难，在河朔诗派出现前广平地区的诗歌氛围并不热烈，甚至可以说是冷清。申涵光自己描述：“时郡人无称诗者，闻咏哦声，则增饰傅会以为笑。”① 由此可见，广平地区的诗歌缺少深厚的积淀，根本无法比拟诗歌传统根深蒂固、诗歌高度流行的江南等地区。在这片贫瘠的诗歌土壤上，申涵光与河朔诗派的代表人物经过努力，创造出了繁荣一时的诗歌局面。

申涵光作为其中的领导者，他在这个过程中居功至伟。王士禛曾说：“永年申和孟（涵光），节愍公长子，有文章志行，以诗名河朔间。”② 魏裔介说：“近日河朔山林隐士，以诗名者，首推申凫盟。”③ 可以说，河朔诗派之所以能够形成并在清初诗坛具有一定的影响力，申涵光个人的诗歌理论与创作实践能力发挥了无法替代的作用。

（二）鼓励、提携友朋后进

申涵光一直在提携、鼓励诗派成员，使诗派的影响力不断扩大。如殷岳，“少时不作诗”，而“予与犹龙强之作”，至“睢宁以后，成集矣”。申涵光曾经鼓励殷岳：“君才能大不能小，能重不能轻，于律非宜。”他认为殷岳是一位纵横恣肆的诗人，并不适合写律诗，给他提出了弃律诗改作古诗的建议，而“宗山以为然，即焚其稿，专力古诗”。顺治元年（1644），申涵光与殷岳相会，在江南为父请墓志、文表的途中，二人以诗歌唱和不绝。“予以先端愍公墓文，走华亭、秀水，与宗山同舟，冒风雪，拥败絮，孤篷底咏哦相劳苦。”由此看来，正是申涵光的鼓励与引导，殷岳才走上古诗创作之路，取得“渊淳奥博，浅入不易上口，莽莽然肖其为人”的成就。申涵光与张盖的友谊在当时还被传为佳话，二人不仅常常在诗

① 申涵光 . 聪山集 [M]. 上海：商务印书馆，1936.
② 王士禛 . 池北偶谈 [M]. 济南：齐鲁书社，2007.
③ 魏裔介 . 兼济堂文集 [M]. 石家庄：河北人民出版社，2017.

歌创作上往来，在张盖去世后，申涵光还整理、出版了他的作品《柿叶庵诗选》。

申涵光提携帮助的对象除了与自己关系密切的朋友之外，还包括一些有才能的诗学后辈。康熙八年（1669），田雯担任秘书院中书舍人，跟从申涵光学诗。《清诗纪事》记载："田纶霞司农尝从学诗。"《蒙斋年谱》也记载："从申凫盟先生学诗，官舍人时始学为诗。与先生，上下议论，乃得源流溯源，分门启牖。三百汉魏，思考异于全编；六朝唐宋，岂研精于逸简？久之，舍筏而渡，觉胶柱为之迂。因兹敝帚可珍，非筌蹄之堪用。"由此见得，申涵光对田雯的启发与引导，正是田雯后来以诗歌名世的重要原因。

在申涵光与好友张盖等人共同的努力下，河朔诗派不断壮大。申涵光又借助诗歌常常与社会名流和清廷士大夫交流来往，使诗派的影响力不断扩大，最终成为清初诗坛不可或缺的一部分。对此，谢国桢曾高度评价："其（申涵光）于诗，尤足为北方文学之表率。"①

① 谢国桢．孙夏峰李二曲学谱 [M]. 上海：商务印书馆，1934.

第三章　清代中期诗歌艺术发展

在清朝的严密统治之下，清初顾炎武、黄宗羲、王夫之等人的爱国思想和进步学风到了乾嘉时期已荡然无存。汉学家的考据之风盛极一时，把现实的政治、经济问题引进了故纸堆，诗风、文风离开清初现实主义道路向着拟古和形式主义发展。从康熙晚年到乾隆中叶，诗坛上先后出现了各有才华、诗词风格各异的名家，对当时诗词界曾产生过重要影响。本章分别介绍沈德潜、纪昀、袁枚、汪端的诗歌。

第一节　沈德潜诗歌

一、沈德潜简介

沈德潜（1673—1769），字确士，号归愚，籍贯江苏长洲（今苏州）。其一生经历康熙、雍正、乾隆三代，直到以六十七岁高龄中进士为止，大部分时间都在场屋中度过。沈德潜高龄晚达，缺少在政治上的建树，乾隆评价他“不过是旅进旅退，毫无建白，并未为国丝毫出力”。但是，他除去为官期间与乾隆帝酬唱作答外，在选诗、论诗、写诗上几乎倾注了一生的心血和精力。沈德潜早年师从著名诗论家叶燮，后来又向王士禛行弟子之礼。名师的教导和自己的专心钻研使得沈德潜诗学造诣超出众人，加之乾隆的非常之遇，使他的诗学思想在清代中期拥有极高的地位。就历史影响看，其诗学思想对后世的影响十分深远。他的诗学成就包括创作和批评两个部分。其创作有《归愚诗钞》五十八卷和《归愚诗钞余集》二十卷，前者由乾隆作序，后者由其学生梁国治作序。其诗学批评则包括论诗专著《说诗晬语》与诗歌选本《唐诗别裁集》《古诗源》《明诗别裁集》《国朝诗别裁集》《宋金三家诗选》。另据《说诗晬语》卷上第四十三条注云："有《〈诗〉说》《〈离骚〉说》另出，此录其大旨二十七则。"可知沈德潜还有对《诗经》和《离骚》的专门论述。据胡可先《杜甫诗学引论》可知，他还有一本专门评论杜诗的作品——《杜诗偶评》。

二、沈德潜的诗歌史观

（一）返经复古的价值诉求

古典诗歌的前后相续，除了诗家的创作外，另一个主要的力量就是历代批评家的批评。诗歌创作与诗评诗话写作双线并行、互为推进，是中国诗史的独特景观，使中国诗学得以授受相随，源远流长。除了这二者外，关键还得靠有价值的诗歌选本。选本一方面可以将篇幅短小的诗歌集结起来，另一方面又可以直观地表达前一代的诗学沉思。如果说诗话是面对诗歌史的理性沉思，那么选本则是以直观的方式传达出这些沉思的有效载体。这样一来，选本既可以为创作提供典范，又可以间接影响到后代的创作观念，诗学的精脉得以传延。在中国古典诗歌史上，倘若汉魏之前没有《诗经》和《楚辞》，唐诗之前没有《文选》，宋诗之前没有唐人所出的唐诗选本，很难想象中国的诗史将会是怎样一种景象。毕竟在很长一段时间里，中国诗人都没有结集留诗的习惯。沈德潜之所以重新建构诗歌史，精心编选诗歌选本，实际上就是延续了这一传统。他一方面以直观的方式为创作提供借鉴的典范，打破人们封闭的诗歌观念，直接推动诗歌创作；另一方面改变一般人的审美经验和旨趣。归结起来即通过对诗歌史的重塑保证诗歌在正统的诗学发展之路上继续前行，使得诗学精神得以延续。在清代较早提出"返经循本"，呼吁"穷源溯流"的当属钱谦益。钱氏在《徐元叹诗序》已经提出"先河后海，穷源溯流，而后伪体始穷，别裁之能事毕"，指明诗史重建的重要性。在《娄江十子诗序》中，他将这一思想表达为"返经循本"。

其谓：

古之为学者，莫先于学诗。诗也者，古人之所以为学也，非以诗为所有事而学之也。……辨其体，则有六义；考其源，则有四始、五际、六情，故曰："温柔敦厚，诗教也。"古人之学诗者如是，今之为诗者，不知诗学，而徒以雕绘声律、剽剥字句者为诗，才益驳，心益粗，见益卑，胆益横，此其病中于人心，乘于劫运，非有返经之君子循其本而救之，则终于胥溺而已矣。

钱谦益这一想法，在他的"平生第一知己"王士禛那里未能化为现实，直到沈德潜才得到落实。沈德潜明显继承了他的思想。其在《古诗源》的序言中写道：

诗至有唐为极盛，然诗之盛非诗之源也。今夫观水者至观海而止矣，然由海而溯之，近于海为九河，其上为洚水，为孟津，又其上由积石以至昆仑之源。《记》曰："祭川者先河后海。"重其源也。唐以前之诗，昆仑以降之水也。汉京魏氏，去风雅未远，无异辞矣。即齐梁之绮缛，陈隋之轻艳，风标品格，未必不逊于唐，然缘此遂谓非唐诗所由出，将四海之水非孟津以下所由注，有是理哉？有明之初，承宋元、遗习，自李献吉以唐诗振天下，靡然从风，前后七子互相羽翼，彬彬称盛。然其敝也，株守太过，冠裳土偶，学者咎之，由守乎唐而不能上穷其源。故分门立户者，得从而为之辞。则唐诗者，宋、元之上流，而古诗又唐人之发源也。……予之成是编也，于古逸存其概，于汉京得其详，于魏晋猎其华，而亦不废夫宋齐后之作者。既以编诗，亦以论世，使览者穷本知变，以渐窥风雅之遗意，犹观海者由逆河上之，以溯昆仑之源，于诗教未必无少助也夫！

在他看来，古诗一脉相连，诗歌史的发展并不因为中间的低谷期而截然分成多个片段，唐诗尽管是诗歌发展史上的高峰，但这一高峰的出现不是偶然，而是有前代的发展作为基础，将整个诗歌联系起来的是诗歌中所包含的精神。明代前后七子以复古求新变的思路不错，也取得了不少成绩，对于这一点沈德潜是持赞赏态度的。但是七子仅仅以唐诗为诗的典范实际上切断了诗歌前后的源流相续关系，这样一来，不仅压缩了人们的诗学视野，而且让人误解了诗歌变化的历史，他们的创作由此陷入困境。更要紧的是，诗歌史被拦腰斩断，诗学的精神也因此不能相传。沈德潜通过连接被切断的诗歌史，使人们由源头上体悟诗歌的风雅精神，从精神上完成诗学向传统的回归。

在沈德潜之前也有许多选本问世，他们的意图多样，但在沈德潜看来，这些诗选归根到底只是给创作者提供可资借鉴的范本而已，即这些选家只是出于创作和技术上的考虑，并不能从根本上解决诗学问题。技术上的考虑在于扩张创作的视野，但若不能由根本上把握住诗的精神，诗歌虽然会获得暂时的发展，但是并不能长期绵延下去，诗人的创作难免会陷于模拟因袭的怪圈。在提及明代以来的诗歌选本时，沈德潜指出：

顾自有明以来，选古人之诗者，意见各殊。嘉、隆而后，主复古者拘于方隅，主标新者口而先矩，入主出奴，二百年间，迄无定论。而时贤之竞尚华辞者，复取前人所编口纤浮艳之习，扬其余烬，以易斯人之耳目，此又与于歧趋之甚。

据孙琴安考察，明代的嘉靖、隆庆、万历年间是我国唐诗选本的第二个高潮期，康熙年间是第三次高潮。仅在第二次高潮中，从李攀龙的《唐诗选》始到施重光等人的唐诗选本止，短短一百年左右的时间里就涌现了百余种选本。沈德潜的选本《唐诗别裁集》（初订本）恰好产生于第三个高潮期，此前的唐诗选本名目繁多，这些选本或单选一体一格，或选部分作家，或侧重初盛，或侧重中晚，有的干脆直接给前人的选本作笺注以注代选。沈德潜所说“竟尚华辞者”是指冯舒、冯班兄弟，所谓“前人所编秾纤浮艳之习”即指韦縠的《才调集》。为了消除《唐诗选》在清代的影响和浙派厉鹗宗宋所带来的弊端，冯氏兄弟将韦縠的《才调集》加以评阅批点作为宣扬诗学的工具，以达到改革诗风的目的。是书一出影响极大，汪文珍云：“近日诗家尚韦縠《才调集》，争购海虞二冯先生阅本，为学者指南，转相抚写，往往以不得致为憾。”在沈德潜看来，切断诗歌史已经危及诗学的良性发展，容易使诗学精神难以为继，而以浮艳的选本作为诗人创作的典范更是有悖诗学的根本，故而说它是“与于歧趋之甚”。

沈德潜重建诗歌史有两个目的：一是打通被七子隔断的诗歌史，开阔人们一度被封闭的诗歌视野；二是给诗歌创作者提供一系列可供学习的创作典范。两者的共同目的在于保证风雅精神源远流长，前者通过重建保证诗学精脉在历史上的连续性，又因为重建后的诗歌史是当代作家创作的典范，故而诗学精神又可以在今人手里发扬光大。沈德潜诗歌史建构的目的仍然是为了诗学精神的落实，体现了他向传统回归的意识。

（二）一以贯之的诗学精神

文学史包括两个层面：一是诗歌本身实际发生的历史，即诗歌自身发展的事实，它以客观的方式存在于人类史中，比如文学发生的时代、作品存在的事实、作家的创作情况以及产生的影响等；二是文学史家在自己观念的导引下根据诗歌的发生、发展建构的诗歌史，它是文学史家的文学史观与文学史对象间相互作用的产物。实际上，任何一位文学史家都不可能保证自己所建构的文学史拥有纯然客观性，成型的文学史都是文学史家的观念与实际的历史相互作用的结果，是事实判断与价值选择共同作用的结果。因为受历史视域的限制，文学史家都不能超出他所处的时代，所以，在对文学事实的了解和对文学价值的判断上都会打上时代的印记。沈德潜的诗歌史构建同样体现了这一点。他的诗歌史观同他对诗歌本体的认识一样，也是由两个核心构成，一是经学史观，二是诗歌史观。整个诗歌史是经学史与诗歌史交相融合的结果。他的诗歌史建构的得与失都可以从这里找到答案。

当代学者认为，中国传统的阐释学有三个系统：一是道德主义，二是自然主义，三是历史主义。道德主义的阐释学给出的学术史观即经学史观，它的根本目的在于“求善”。历史主义的阐释学源于中国发达的史观文化，它的目的在于“求真”。自然主义的阐释以庄禅思想为根基，但是由于他们对语言的态度，他们并未得出明确的学术史观。沈德潜诗学思想根本的出发点是儒学思想，故而他的诗歌史建构也是在经学史观的框架下展开的。经学观念对其诗歌史的建构有以下三个方面的影响：一是一以贯之的德性标准，二是剥极必复的历史轨迹，三是追源溯流的建构思路与返本开新的诗学梦想。

在儒家价值视域中，人的一切行为都应当以“仁道”为准则，为事之忠、为子之孝、为友之信、交往之诚都是一颗本心的发现。这一精神在诗学领域得到同样的表达。对于诗人而言，写诗实际上是以诗的方式展示内心的情志，外在的体格实际上是诗人内在品格的感性显现。在提到温柔敦厚说时，他的老师叶燮说：

或曰：“温柔敦厚，《诗》教也。汉魏去古未远，此意犹存，后此者不及也。”“不知‘温柔敦厚’，其意也，所以为体也，措之于用，则不同；辞者，其文也，所以为用也，返之于体，则不异。汉魏之辞，有汉魏之‘温柔敦厚’，唐、宋、元之辞，有唐、宋、元之‘温柔敦厚’。”①

沈德潜传承了这一观点，于是他在选本的编撰中一直贯穿“先审其宗旨，继论体裁，继论音节，继论神韵”的选诗程序。他说：

唐人诗虽各出机杼，实宪章八代。如李陵《录别》，开《阳关三叠》之先声；王粲《七哀》，为《垂老别》《无家别》之祖武；子昂原本于阮公；左司嗣音夫彭泽。揆厥由来，精神符合。读唐诗而不更求其所从出，犹登山不造五岳，观水不穷昆仑也。选唐人诗外，旧有《古诗源》选本，更当寻味焉。②

在沈德潜看来，古典诗歌在唐代“体制大备”，无论是诗歌的外在形式还是诗歌的精神面貌都可谓盛极一时，但是“诗之盛非诗之源也”。唐诗和八代诗史“精神符合”，是诗歌中内含的诗学精神将诗歌史连缀成一个整体。当然，诗学精神一贯相连并不意味着诗史的均衡发展。比如关于五言古诗，他评论说：

五言古体，发源于西京，流衍于魏晋，颓靡于梁陈，至唐显庆、龙朔间，不振极矣。陈伯玉力扫俳优，直追曩哲，读《感遇》等章，何啻在黄初间也。张曲江、李供奉继起，风裁各异，原本阮公。唐体中能复古者，以三家为最。③

就五言诗的发源，沈德潜称：“风骚既息，汉人代兴，五言为标准矣。”但是

① 郭绍虞 . 原诗 [M]. 北京：人民文学出版社，1979.
② 沈德潜 . 唐诗别裁集 [M]. 上海：上海古籍出版社，1979.
③ 沈德潜 . 古诗源 [M]. 哈尔滨：哈尔滨出版社，2011.

在他看来，以后的诗歌发展并不是一帆风顺的，他讲："诗至于宋，体制渐变，声色大开。"又说："宋人诗，日流于弱，古之终而律之始也，无鲍谢二公，恐风雅无色。"他认为，刘宋一代是古诗向近体转化的时期，诗人开始从诗的"体制"和"声色"这些外在的方面探索诗歌的审美特征，由于人们过于追求外在的形式，使得诗歌的内外平衡被打破，所以自《诗经》开创的均衡的诗歌风貌就发生了改变。不过，他认为这一风格的变化是时代原因，而非个体所能扭转。在评南平王刘铄的《白纻曲》时说："晋曲似拙，然气味极厚，此但觉其鲜秀矣。风气升降，作者不能自主。"到了齐时，其谓："齐人寥寥，谢玄晖独有一代，以灵心妙悟，觉笔墨之中、笔墨之外，别有一般深情名理。元长王融诸人，未齐肩背。"在他看来，谢朓诗歌为齐诗最高水平，但是与谢灵运相比，尽管谢朓的诗"清俊"，而谢灵运的诗"板拙"，但谢朓的"诗品终在康乐下"，原因是其"能清不能厚也"。倘是由审美上讲，谢朓的"清俊"比谢灵运的"板拙"进步，但从诗歌的内在深度上讲，谢灵运诗"山水闲适，时遇理趣"，又绝非谢朓可比。《古诗源》选谢灵运二十五首，谢朓三十三首，从量上看谢朓居多，但在谢朓《和王著作融八公山诗》后沈德潜评曰："小谢诗俱极流利，而此篇及和伏武昌作，典重质实，俱宗仰康乐。"由此可见，由宋至齐，诗艺上是进步了，但诗歌中所包含的文化深度与人生之思却逐渐变薄了。他评梁诗道："诗至萧梁，君臣上下，惟以艳情为娱，失温柔敦厚之旨，汉魏遗轨，荡然扫地矣。"又评陈诗谓："诗至于陈，专工琢句，古诗一线绝矣。"如果单从他对古诗发展的描述上看，诗歌史确实是渐渐偏离了诗歌原有的精神，似乎诗歌的发展就是以诗学精神的消解为代价。诗歌中所包含的厚重人文内涵是每况愈下。实际上，沈德潜的诗歌史观并不如此悲观，即便是在他所谓"风格日卑"的梁代，还有沈约"能存古诗一脉"。

在古诗向近体、八代向唐诗转换的历史过程中，诗的精神日渐颓靡，但颓靡中又包含了转盛的玄机。除了有诗人尚能维系"古诗一脉"不绝外，六朝人对诗歌外在形式的探讨中也隐含着诗学振兴的讯息，用沈德潜的话讲就叫"剥极必复"。此一说法见于《说诗晬语》，其谓：

隋炀帝艳情篇什，同符后主，而边塞诸作，铿然独异，剥极将复之候也。杨处道清思健笔，词气清苍。后此射洪、曲江，起衰中立，此为之胜，广矣。

"剥极必复"是沈德潜对诗歌史发展轨迹的概括，其理论渊源是叶燮。叶燮以天道比附诗道，自上而下论述了诗歌盛衰更迭的轨迹。叶燮"尚变"且推崇宋诗，故而将诗歌正变盛衰的历史演绎到宋为止。沈德潜则是将唐诗作为自己诗歌史的中心，将杜诗作为整个诗歌史的顶峰。比如，他把五言古诗的发展分为两个阶段，这两个阶段的分界在杜甫，此前诗歌“大率优柔善入，婉而多风”，到了杜甫则变为“篇幅恢张，纵横挥霍”。而他又将杜甫前的诗歌分为两个传统，一是以阮籍为传统，二是以陶渊明为传统。五言律诗，尽管说它的兴盛在唐，但是“阴铿、何逊、庾信、徐陵已开其体”，六朝人在体制声律等形式上的探索为此打下基础。这样原本被明代以来所支离的诗歌史就连成了一个整体。

当然，沈德潜对诗歌史的重建绝不止于八代与唐。沈德潜一生的梦想是恢复诗教精神，彰显诗歌的功能。倘若他只将诗歌史的重建工作进行到唐代，那就可能意味着一以贯之的精神在宋、元、明三代已经消亡。既然诗学精神的脉络已失，那么所有的重建就只能是空想了。所以在《说诗晬语》（卷下）中，他又梳理了宋、元、明三代诗歌的发展。尽管沈德潜“一生宗趣在唐”，对缺乏“渊涵渟滀之趣”的宋诗整体评价不高，但他对宋诗中的大家的成就也都做了比较公正的评价。比如对苏轼，他讲：“苏子瞻胸有洪炉，金银铅锡，皆归镕铸；其笔之超旷，等于天马脱羁，飞仙游戏，穷极变幻，而适如意中所欲出，韩文公后，又开辟一境界也。”此句肯定了苏轼的创造性。即便是在元代，沈德潜指出还有《谷音》一卷，保留了“皆不落尘溷，清铿可诵”的好诗。

在沈德潜看来，明代诗歌发展是以前后七子为主脉，他们延续了诗教的精神。而公安三袁与竟陵派则偏离了这一方向，有违诗学传统。他认为三袁诙谐，钟、谭僻涩，被钱谦益一直推重的程孟阳则纤佻，这三派是“古民之三疾”。一直到陈子龙出现，才“垦辟榛芜，上窥正始”，诗教的精神这才接上气。在他眼里，七子是诗教传统的传承者，他们是诗学正统。

由上所述可见，沈德潜诗歌史的建构是以诗教精神贯穿始终的。在诗教原则下，整个诗歌史按照他的意图形成一部具有伦理色彩的历史，以盛衰更迭的变化轨迹展示于人们面前。这样一来，被以往诗学论争分割的诗歌史在诗教这一宗旨的统摄下完成了综合，正统诗学观念体制规范、审美理想都借这一建构最终确立起来了。

（三）以诗体为本体的诗歌史框架

诗歌史的建构不能排除建构者的价值判断，具体的诗歌史总是价值取舍与事实判断相互结合的结果，因为建构者无法超出自己的时代，只能在既定的价值观的主导下，对有限的历史进行建构。沈德潜的诗歌史建构同样如此。沈德潜以诗学精神绳续整个诗史的努力以及由精神品格上追溯诗歌的本源，是想从内在恢复诗学精神。但沈德潜并没有忽略诗歌本身的发展规律，这体现在其诗歌史建构中就是以“体”为核心的诗歌史框架。前者构成了其诗歌史的隐含线索，后者则构成其诗歌史观的外在线索。而后者对我们今天的文学史建设意义也最大。《古诗源》的编选除了使读者“穷本知变，以渐窥风雅之遗意”外，还有一个目的是“穷诗之源”。前一个目的是通过价值标准的贯穿实现的，后一个目的则是由其对诗歌史事实的把握来实现的。就古诗的发展历史而言，沈德潜于诗歌史中展现了以下几点：

首先，在诗歌史的格局方面，沈德潜讲：“《康衢》《击壤》，肇开声诗。上自陶唐，下暨秦代，韵语可采者，或取正史，或裁诸子，杂录古逸，冠于汉京，穷诗之源也，诗纪备详。”《古诗源》第一卷择录了大量的歌谣、铭言，保留了诗歌发源时的面貌。汉代以后的诗选则是以文人创作为主，以民谣为辅，用直观的方式反映了古诗发展由集体创作到个人创作的历史事实。汉诗选由七十首古诗，三十四首乐府歌辞，二十五首杂谣三个部分构成。在古诗中，作者的分布较为松散，蔡邕入选最多，也只有四首。还包括三卷魏诗选，一卷曹氏集团诗选，一卷其他文士诗和杂谣诗选，相比于汉朝，单个作家明显入选了更多的诗歌，杂谣则只有两首。

其次，在选诗的时候，沈德潜十分关注诗歌体制的历史变化。学者王士禛先于沈德潜创作过一个古诗选本，但这本古诗选本禁止三四言及长短杂句入选，因此沈德潜认为王士禛的选本“因五言七言分立界限”，难以显现古诗面貌。所以，在这部古诗选本中，沈德潜为了使诗歌发展史中诗体由杂多到诗体定型的过程得到比较全面的反映，选入了四言、五言、七言及杂言诗。

最后，沈德潜在诗选中十分重视诗歌风格的变迁过程。例如，沈德潜选择了三曹诗歌中的八首曹操诗并评价“孟德诗犹是汉音。子桓以下，纯乎魏响”，称其诗“沉雄俊爽，时露霸气”。选了七首曹丕诗并评价：“子桓诗有文士气，一变乃父悲壮之音矣。要其便娟婉约，能移人情。”三曹作品中，他先选取了二十九首曹植诗，其谓：“子建诗五色相宣，八音朗畅，使才而不矜才，用博而不逞博，苏、李以下，故推为大家。”曹氏父子在建安文学中创造出了巨大的成就，也得到后世的称道，钟嵘在《诗品》中集中品评了他们，认为曹植“其源出《国风》”，称赞曹丕“其源出李陵，颇有仲宣之体”，评价曹操“曹公古直，甚有悲凉之句”。虽然钟嵘对诗歌的源流十分注重，但他这种“探本溯源”的批评实践并没有试图找寻三曹诗歌与前代诗歌的联系。而是在衡量三曹诗歌时，先设立一个作为标准的经典，并且以《诗经》之《风》《雅》为尺度。与之相比，沈德潜以曹操的作品作为分界线分隔开汉诗与魏晋诗歌，而曹植则是继苏、李之后的又一高峰。沈德潜不仅在评选中标明了三曹之间不同的诗歌风貌，而且在诗歌史中考察三曹以及他们的作品，最终认为三曹作为中介促进和构成了汉诗向魏晋的转变。

沈德潜还编选了《唐诗别裁集》。“诗至有唐，菁华极盛，体制大备”，在唐朝，无论是形下的体制声律还是形上的风格面貌，中国诗歌都达到了发展的高峰。沈德潜的唐诗之选成功继承了明代文人在唐诗学上的成就。他构造的诗歌史整体上看十分完整，交代了唐朝的诗歌发展历史，分开来看则又是一部文体史。

关于唐代五、七言古诗的发展，在五言律诗中，王绩《野望》是沈德潜认定的唐五言律之首。其评刘希夷《晚春》，“六朝风致，一语百媚”；评陈子昂诗，“前此风格初成，精华未备，子昂崛起，坚光奥响，遂开少陵之先”；评刘长卿诗，“选言取胜，元气不完，体格卑而声调亦降矣。刘文房工于铸意，巧不伤雅，犹有前辈体段”。他认为在陈子昂改革风气的影响下，初唐五律原有的六朝绮艳之习得到了变化，在中唐时期律诗气格下降。

由于说教诗在沈德潜的诗学思想中占据核心地位，尽管他的雄心是建构诗歌史，但他所建构的诗歌史却更是一部价值史。沈德潜的诗歌史是从实用的角度出发，用伦理标准和审美标准重构诗歌历史，所以他把伦理道德放在第一位来建构诗歌史，诗歌本体的历史作为价值史的附属而存在。这样一来，他的诗歌史格局与诗歌史本身的局限性就暴露出来。很多诗歌由于道德伦理目的的限制，与诗教的宗旨并不相符，而被摒除在外，所以沈德潜对整个诗歌史的格局不可能全面把握。但沈德潜关注到了变化的诗歌格局与不断演化的诗歌体质、风格，他在对诗歌发展演变的历史轨迹的描述中抓住了诗歌发展原本的历史，对于今天的文学史建设而言，做出了一定的贡献。

三、沈德潜诗歌的美感倾向

沈德潜在清代文坛以倡导“格调说”著称。“格”“调”作为古代诗论术语，在唐代产生。“格”是指诗意，“调”则指风格，“格调”兼具诗的内容与形式。明人论诗多标举“格调”。如李东阳《麓堂诗话》先云“眼主格，耳主声”，继则云“试取所未见诗，即能识其时代格调”。“格”指诗的格式而可见，“调”即“声”，指诗的声而可听，都属于诗的形式因素。沈德潜“格调说”正是直接吸取明代李东阳重“格调”的思想，虽论诗并未直接采用“格调”这一概念，但其重视诗之“格调”的思想却散见于《说诗晬语》。

沈德潜的“格调说”主张“仰溯风雅”，以“三代之格”“优柔渐渍”而重现诗之大用。他极为看重诗歌的社会教化作用：“诗之为道，可以理性情，善伦物，感鬼神，设教邦国，应对诸侯，用如此其重也。”[①]情与意是诗歌内容的重点。他称“诗贵性情”，主张诗歌表达真性情，想让读者通过诗歌了解诗人，一定要把诗人的个性表现在诗歌中。他说：“性情面目，人人各具。读太白诗，如见其脱屣千乘；读少陵诗，如见其忧国伤时；其世不我容，爱才若渴者，昌黎之诗也；其嬉笑怒骂，风流儒雅者，东坡之诗也。即下而贾岛、李洞辈，拈其一章一句，无不有贾岛、李洞者存。倘词可馈贫，工同鞶帨，而性情面目，隐而不见，何以使尚友古人者读其书想见其为人乎？”沈德潜又明确指出“诗贵寄意”“意在笔先”：“写竹者必有成竹在胸，谓意在笔先，然后着墨也。惨淡经营，诗道所贵。倘意旨间架，茫然无措，临文敷衍，支支节节而成之，岂所语于得心应手之技乎？”[②]由于形式的表现有助于内容的表达，所以在重内容的同时也不能废形式。从表现形式上说，他说：“诗贵性情，亦须论法。乱杂而无章，非诗也。然所谓法者，行所不得不行，止所不得不止，而起伏照应，承接转换，自神明变化于其中；若泥定此处应如何，彼处应如何，不以意运法，转以意从法，则死法矣。”形式必须为内容以及内容的表现而服务，诗人追求形式不能太过片面导致脱离内容，更不能为讲究形式而使得内容的表达被妨碍。

从沈德潜对诗教的重视可以看出，他把对诗歌的美学追求与对社会理想的向往是联系在一起的。沈德潜的“格调说”对汉魏盛唐雄浑悲壮的诗风极为推崇，这一点，其门人王昶在《湖海诗传》中解释得很清楚：“苏州沈德潜独持格调，崇奉盛唐而排斥宋诗”，并“以汉魏盛唐倡于吴下”，也就是说，沈德潜“独持格调”的根本宗旨便是“崇奉盛唐”“以汉魏盛唐为宗”。

沈德潜的“格调说”与王士禛的“神韵说”相比，二者有着相似的审美标准，都对汉魏盛唐的诗歌审美传统极为推崇，但二者也存在不同之处，如王士禛的诗学观忽略诗歌的社会作用，注重自然清远的“神韵”，对重写实、重功利的杜甫、白居易一派不甚看重，而沈德潜的“格调说”则同时包含着儒家的诗教观念与道家的自然审美理想。

沈德潜并非简单追求雄大，还注重自然浑成和含蓄温婉的境界。因此，沈德潜在自己的诗歌创作中所表现出来的美感倾向是在诗本性情的基础之上的，注重气骨和才思，也就是说他向往的是“格调”与“神韵”相统一的审美境界。如他在《曾房仲诗集序》中所云：“予闻古人之诗，如采菊东篱、池塘春草、月照清淮、蝉噪鸟鸣、亭皋木叶、陇首秋云诸语，每以风格、神韵赏之。”“风格者，本

① 沈德潜．说诗晬语 [M]. 文明书局，1917.
② 沈德潜．说诗晬语 [M]. 文明书局，1917.

乎气骨者也；神韵者，流于才思之余、虚与委蛇而莫寻其迹者也。”他在推崇“古澹”风格时，也提及“味则泊乎不觉其甘也，格则浑乎不觉其奇也，音则泠泠乎不觉其倾耳动听也。然平心易气以求之，始贵其气体，渐亲其神韵，既浃其性灵”。从这些地方我们可以看到沈德潜对统一格调、神韵与性灵的期望与努力。

从诗歌创作来看，沈德潜的诗歌中也有对于汉魏盛唐雄浑悲壮诗风的追求和张扬。如《北固山怀古》：

铁瓮日沉残角起，海门月暗暮潮收。

袁枚曾对沈德潜这一类型的诗歌进行评价，称之：“气体沉雄，毕竟名下无虚。”

沈德潜诗歌中也有大量诗风平易的作品。如《刈麦行》：

前年麦田三尺水，去年麦田半枯死。
今年二麦俱有秋，高下黄云遍千里。
磨镰霍霍割上场，妇子打晒田家忙。
纷纷落硙白于雪，瓦甑时闻饼饵香。
老农食罢吞声哭，三年乍见今年熟。

这首诗反映乾隆盛世农民困苦的生活，明显受到中唐新乐府诗的熏染，直接受白居易《观刈麦》及戴复古《刈麦行》的影响，比较而言，沈诗比白诗更显委婉，能体现其“温柔敦厚”的诗学观点。如《过真州》：

扬州西去真州路，万树垂杨绕岸栽。
野店酒香帆尽落，寒塘渔散鹭初回。
晓风残月屯田墓，零露浮云魏帝台。
此夕临江动离思，白沙亭畔笛声哀。

此诗显出淡远的情致，具有细致恬静的意象创造，有中唐风味。

对于诗的自然之趣，沈德潜重视程度极高。他认为想让诗篇充满韵味、字里行间充满灵动、达到“尽乎诗家之变”，必须追求这种自然之趣。他在《练江诗钞序》明确指出，“夫诗之为道，古今作者不一，予独有取于司空表圣所云‘俯拾即是，不取诸邻，与道俱往，著手成春’者。盖其说以自然为宗”，并批评明七子末流。虽然沈德潜并非主神韵一派，但他确实一边主张“贵韵”，一边又主张“诗贵以自然为宗”。他在《石香诗钞序》中曾说道：“滞而无韵；韵而不流者，盖亦鲜矣。”他认为诗韵是自然流动的，而不应当是静止的，提出：“不用变换，略易一二字，而其味油然自出者，妙于反复咏叹也。”也正是在这一审美观念的作用下，沈德潜才对唐诗非常推崇。他在《古风》中对此有阐述：“文章本天成，所贵在自然。奈何矜小智，而日穷雕镌。言语非不工，性情何有焉。述著逾百家，纷然散云烟。何如务朴学，努力探真诠。”

由此可见，沈德潜以儒家“中正和平”为总体要求确立文学美感倾向与审美理想，既主张诗教传统应当温柔敦厚，又提倡保持很强的包容性；在吸取主性情、重创新这明清以来的思想的同时，也继承了严羽和明七子关于格高调逸的理论。他在推重雅正地论诗之余又不避俚俗。他主张结合优美与壮美、统一神韵与格调，对于杜甫“鲸鱼碧海”的风格与清远宛然的诗境都能够做到推崇和欣赏。王士禛的“神韵说”之所以会被沈德潜的诗学理论代兴，不光有政治原因，还因为沈德潜具备丰富和兼容的理论，以及他对伦理价值与审美价值和谐统一的诗歌审美理想的追求。

第二节　纪昀诗歌

一、纪昀简介

纪昀（1724—1805），字晓岚，别字春帆，号石云。献县（今属河北）人。乾隆十九年（1754）进士，官至礼部尚书、协办大学士。乾隆三十三年（1768）六月，因姻亲两淮盐运使卢见曾盐务案泄密事获罪，革职逮问，充军乌鲁木齐。越三年召还，恢复侍读学士职。受令编《四库全书》，任总纂官，历十三年成书。在此过程中，纪昀先后升任为内阁学士、兵部侍郎、左都御史等职。《四库全书》告竣，升为礼部尚书。最后，拜协办大学士，加太子少保兼国子监事，官至一品。纪晓岚一生的心血都消耗在编纂这部被称为“千古巨制，文化渊薮”的《四库全书》中，尽到了“儒臣之事”。

纪昀是一位受世人所瞩目的学者。乾嘉时期，他执学术牛耳，担任《四库全书》总纂官，“万卷提纲，一手编注”（《祭文》）。他编纂的《四库全书总目》和创作的《阅微草堂笔记》，闻名于世。纪昀既是一位学宗汉儒的大学问家，也是一位“隽思妙语，时足解颐”的小说家，同时又是一位韵节和雅的诗人。他的诗，恰好反映出乾嘉盛世时身处高位的文化人典型的文化意识。

作为一位文化学者的纪晓岚，历史已有定评，而作为一位诗人，则尚未见列入史册。原因有二：一是对于他的诗，过去未详加整理；二是他的诗多随驾吟咏的御览诗，或应酬、写景之作，几未见叙述民生之疾苦，因而未被后代诗评家所重视。

二、纪昀诗歌的价值

纪昀曾经用诙谐的笔法自作挽联，对自己进行了极其客观的评价：

浮沉宦海如鸥鸟，生死书丛似蠹鱼。

纪昀还有题诗云：

平生心力坐销磨，纸上烟云过眼多。
拟筑书仓今老矣，只应说鬼似东坡。

的确，这位博学多才的学者，一生于馆阁之中，创作出鸿篇巨制，称一代手笔。他对于乾隆皇帝，一诏一命，一咏一吟，宵衣旰食，不敢越出雷池半步。这样的人物，当然不可能写出徐渭、郑板桥那样的诗。他说自己“生死书丛似蠹鱼”，倒也说出了一代学人的悲哀。

但纪昀是一个机智、聪慧的人，他学问渊博，思维睿敏，在乾隆重典治国和文字狱极为严酷的时代，他侍立君侧，虽倍加小心，但也时刻忐忑不安，无法任自己的性情抒怀吟咏，只有借笔记中孤鬼的无稽之谈揭示尔虞我诈的现实。对于自己，他则以书虫自讽，这也是一种自我表白。他并没有因为成功编修《四库全书》而居功得意，而是说自己“生死书丛似蠹鱼”，足以窥见纪昀内心的哀伤。

纪昀的诗，保存的十不足一，但从这保留下来的为数不多的诗篇中，透露出其诗歌的历史价值。

纪昀论诗，与他编纂《四库全书》所遵循封建传统的正统典律的思想迥异。他在编纂国典时亦步亦趋地严格遵循统治者的旨意，但他的思想在禁锢中仍然有意无意地在向外伸展，这一点反映在诗歌的主张方面，我们可以窥见他心灵的一缕曙光。他的诗学理念，也是着重抒写性情。在《冰瓯草序》中说：

诗本性情者也。人生而有志，志发而为言，言出而成歌咏，协乎声律。其大者，和其声以鸣国家之盛，次亦足抒愤写怀。举日星河岳、草秀珍舒、鸟啼花放，有触乎情，即可以宕其性灵。是诗本乎性情者然也，而究非性情之至也。夫在天为道，在人为性，性动为情。情之至，由于性之至；至性至情，不过本天而动。而天下之凡有性情者，相与感发于不自知，咏叹于不容已。

（《纪晓岚文集》第一册 1991 年 7 月 河北教育出版社）

纪昀主张诗歌抒写性情，以诗言志。他说，“在心为志，发言为诗，古之风人特自写其悲愉，旁抒其美刺而已。心灵百变，物色万端，逢所感触，遂生寄托；

寄托既远，兴象弥深，于是缘情之什，渐化为文章”（《鹤街诗稿序》），都是诗缘情之论。由此，他反对模拟，主张要写出自己的个性特征，“于古人不必求肖，亦不必求不肖；于今人不必求不同，亦不必求同”（《香亭文稿序》），听其自然。从这一观念出发，他对明代以来的诗坛提出了自己的看法。他说：

自前明正德、嘉靖间，李空同诸人始以摹拟秦汉为倡，于是人人皆秦汉，而人人之秦汉，实同一音；茅鹿门诸人以摹拟八家为倡，于是人人皆八家，而人人之八家，又同一音。模造面具，其欺之谓欤？久而自厌，渐辟别途，于是钟伯敬诸人，以冷峭幽渺求神致于一字一句之间；陈卧子诸人，更沿溯六朝变为富丽。左右佩剑，相笑不休。数百年来，变态百出，实则惟此四派迭为盛衰而已。

（《香亭文稿序》）

纪昀反对模拟的习气，认为诗歌创作要因人而异，“性情之所之，亦即人品、学问之所见。富贵之场，不能为幽冷之句；躁竞之士，不能为恬淡之词，强而为之，必不工，即工，亦终有毫厘差”（《郭茗山诗集序》）。他认为：“人不求备，诗不求多，不表现个性，诗多无益！”

对于诗歌，纪昀具有一种发展变化的眼光，认为“诗日变而日新”（《四百三十二峰草堂诗钞序》）。又说：“夫文章格律与世俱变者也。有一变，必有一弊；弊极而变，又生焉。互相激，互相救也。”在诗歌的发展过程中，各诗派既相互诘难，又相互补充，不断发展。这一观念符合明清以来诗歌发展的客观过程。

纪昀认为诗歌与诗人的人品相一致。他说：“人品高，则诗格高；心术正，则诗体正。陶诗无雕琢之工，亦无巧丽之句，而论者谓‘如绛云在霄，舒卷自如’。”要写出真诗人之诗，也必须是学问与性灵合一。他说：“善为诗者，其思浚发于性灵，其意陶镕于学问。凡物色之感于外，与喜怒哀乐之动于中者，两相薄而发为歌咏，如风水相遭自然成文，如泉石相春自然成响。”（《清艳堂诗序》）这里所说的“性灵”，指的是才华，由才华发而为思虑想象，再辅之以学问，才能创造美的意境。

纪昀的文艺观，强调的是在艺术创作中显示个性。他谙熟历代诗歌，有深厚的学识修养，因此，他的见解也是比较高明的。不过他的诗歌观既有性灵说面目，保留了诗歌作为个人抒发情性的功能，又将诗的功能归结于诗教，认为所有创作都应“发乎情，止于礼义”，如此才是诗的本旨，把诗作为陶冶、教化的工具。这种看法，与他当时的地位、身份相符。这也是当时这一类知识分子思想的复杂性和局限性。

纪昀的诗作很多是御览诗，也就是他长期随驾游山玩水，吟诗作对的成果。

在这些诗中，可以看到皇帝出巡、游猎以及赏赐的繁华场面，可作为历史研究资料使用。如《恭和圣制有真意轩原韵》：

轩名采取陶潜句，更比陶潜见理真。
天下平从诚意始，三才万象总陶甄。

从这一类诗里面可以了解到，乾隆在日理万机之余，也在追求“有真意”的渊明意趣。又如《恭和圣制行围即事原韵》：

猎猎风声大漠秋，高厚塞马力初遒。
旌旗影带寒云卷，组练光含晓日浮。
霜隼盘空争搏击，天狼避箭敢迟留。
中黄奋欲摧凋虎，荷戟深岩更一搜。

这首诗将皇家猎事的气魄和紧张氛围渲染得生动精彩。在他的御览诗中，保留了皇家文化生活的场景。这些诗的艺术技巧也是值得借鉴的。

纪昀是一位博雅的通儒。在封建末世，即使封建制度有重重的禁锢，西方文明也还是随着经济的交流不断传播到中国来，纪晓岚对外来文化抱有积极的态度，他对中外文化交流饱含热情。如他对朝鲜诗人给予了很高的评价。如《送朝鲜使臣柳得恭归国》一诗云：

古有鸡林相，能知白傅诗。
俗原娴赋咏，汝更富文辞。
序谢三都赋，才惭一字师。
唯应期再至，时说小姑祠。

又如《送朝鲜使臣朴齐家归国》：

贡篚趋王会，诗囊贮使车。
清姿真海鹤，秀语总天葩。
归国怜晁监，题诗感赵骅。
他年相忆处，东向望丹霞。

这两首诗，都说到了两国使臣交往中的文化活动。纪昀意识到两国文化的交往，对于开拓中国文学的视野，有着可贵的贡献。他在给朝鲜朋友洪良浩写诗时，也深情地说到这一点。其《怀朝鲜洪良浩》诗曰：

淼漫鲸波两地分，怀人时望海东云。
文章意气期韩孟，父子交游近纪群。
鹤发剧怜皆已老，鱼书莫惜数相闻。
新诗能向星轺寄，也抵清淡一晤君。

纪昀于乾隆三十三年（1768）七月，因两淮盐运使卢见曾获罪，被革职戍乌鲁木齐。宋玮《祭同年纪文达公》云："为友受过，河源万里。"纪昀在赴乌鲁木齐途中，作《杂诗》三首，云：

少年事游侠，腰佩双吴钩。
平生受人恩，一一何曾酬。
琼玖报木李，兹事已千秋。
抚己良多惭，纷纷焉足尤。

他深感"世途多险阻"，认为戍乌鲁木齐是必然的，"弃置复何辞"，意思是虽远谪边疆，却毫无怨言。到乌鲁木齐戍所后，他鞅掌薄书，后又佐助军务，深入了解该地风土人情。

纪昀还有一卷《南行杂咏》，将江南山水写得清新可爱，富有诗情画意。如《富春至严陵山水甚佳》：

浓似春云淡似烟，参差绿到大江边。
斜阳流水推篷坐，翠色随人欲上船。

《富春至严陵山水甚佳》（其二）

烟水萧疏总画图，若非米老定倪迂。
何须更说江山好，破屋荒林亦自殊。

《富春至严陵山水甚佳》（其三）

两首诗从不同侧面描绘了富春江春色秾丽的一面和"萧疏"的一面，上首写斜阳西照中的水波山色，翠绿欲滴，船上客被绿色世界所包围；下首写富春江萧散疏淡，有如米芾、倪瓒笔下的山水画，破屋荒林，别有一番意味。诗中体现了士大夫的审美情趣，颇有代表性。

纪昀不仅是乾隆时代的大学问家，而且在当时的诗坛上也是一位不可忽视的人物。

第三节　袁枚诗歌

一、性灵说

“性灵”二字，最早见于《文心雕龙·原道》：“惟人参之，性灵所钟，是谓三才。”指的是人的才智或禀性灵秀。“性灵说”中的“性灵”意思是个性、性情、灵感、灵机，这也是作为一个诗人所必须具备的主观创作条件。当诗人有了创作灵感，会将自己的真实性情表达出来，自然就创作出了一首好诗。

所谓“性灵”，首先是指诗人的真性情。袁枚认为：“诗言志，言诗之必本乎性情也。”（《随园诗话》卷三）这里的“性情”和沈德潜“格调说”所说的性情是不同的，沈德潜的《国朝诗别裁集·凡例》云：“诗必原本性情，关乎人伦日用及古今成败兴坏之故者，方为可存，所谓其言有物也。”对此，袁枚大加反对，他强调情是诗论的核心，男女是真情本源。他与沈德潜等人反复辩论，公开为写男女之情的诗歌张目，在《再与沈大宗伯书》中说：“艳诗宫体，自是诗中一格。孔子不删郑卫之诗，而先生独删次回之诗，不已过乎？”认为艳情诗也是出自人的性情，应该肯定。这在当时颇有振聋发聩之效。他在《答蕺园论诗书》中说：“诗者，由情生者也。有必不可解之情，而后有必不可朽之诗。情所最先，莫如男女。”只要是真性情，什么都可以写，也只有真，才能传世不朽。所以他引郑樵的话说：“千古文章，传真不传伪。”又在《遣兴》（其七）写道：“但肯寻诗便有诗，灵犀一点是吾师。夕阳芳草寻常物，解用都为绝妙词。”因此，诗人的真性情是诗歌的本旨，“诗人者，不失其赤子之心者也”，“作诗不可以无我”（《随园诗话》卷七），“有人无我，是傀儡也”（《随园诗话》卷七），没有个性，也就丧失了真性情。他专门在《续诗品》中辟“著我”一品，明确提倡创写“有我”之旨。这是“性灵说”审美价值的核心。

然而仅有个性、性情是不够的，还应具备表现这一切的诗才，所以“性灵”的另一层含义是指诗人须培养和提高对诗歌艺术的领悟能力，才能写出反映真我性情、有独特领会和独到见解的笔力灵活的诗篇。正所谓“诗人无才，不能役典籍运心灵”（《蒋心馀藏园诗序》），艺术构思中的灵机与才气、天分与学识要结合并重。袁枚说：“鸟啼花落，皆与神通；人不能悟，付之飘风。惟我诗人，众妙扶智。但见性情，不著文字。”（《续诗品·神悟》）他强调从日常生活中，从山、川、风、物、虫、鸟、草、木等的微妙变化中，去抓住转瞬即逝的诗情画意，并将其活跃有力地表现出来，这样的诗才称得上好诗。所以他认为，学诗既可以师从古人，也可以效法百姓俚语，还可以师心自求。

袁枚也强调求新。他在《随园诗话》中说："要之，以出新意、去陈言为第一着。"因而他反对"格调说"以及明七子宗唐复古的理论，也反对当时其他宗唐派、宗宋派的拟古主张。他说："诗分唐、宋，至今人犹恪守，不知诗者，人之性情；唐、宋者，帝王之国号。人之性情岂因国号而转移哉？"他也反对翁方纲以学问为诗的"肌理说"，在《随园诗话》（卷五）中说："人有满腔书卷，无处张皇，当为考据之学，自成一家；其次，则骈体文，尽可铺排，何必借诗为卖弄？自"三百篇"至今日，凡诗之传者，都是性灵，不关堆垛。"不过，袁枚并不反对作诗需要借鉴古人，需要广博的学识，他反对的是模仿，是"抄书"。袁枚强调表现诗人"自我"的"性灵"，不必受封建正统思想和伦理道德的约束，要具有一种尊重个性的民主精神，这无疑是富有时代意义的进步观点，是值得肯定的。就诗歌的思想内容和艺术形式而言，这一观点也起到了解放思想、推动创新的作用。

袁枚的"性灵说"是为反对沈德潜的"格调说"和翁方纲的"肌理说"而提出来的。但"性灵说"并不是袁枚首创的。根据学者的研究，考诸南北朝之前的中国本土文献，"性灵"一词尚无独立意义，"性灵"一词最早是作为思想史的范畴出现于南朝刘宋文帝时期。其后，南朝梁代钟嵘开始把"性灵"引入诗歌批评。① 钟嵘在其《诗品》中用"性灵"概括诗歌的本质。"他评论阮籍《咏怀》之作可以'陶性灵，发幽思，言在耳目之内，情寄八荒之表'。他《诗品序》提道'物之感人，故摇荡性情''吟咏情性'，赋予'性灵'以'性情'或'情'的新义。钟嵘主张诗'陶性灵''吟咏情性'，是针对'理过其词'的玄言诗而发，是其诗歌美学的主旨。"② 北朝庾信在《赵国集序》中论诗"含吐性灵，抑扬词气"，他也创作出了"天下有情人，居然性灵夭"（《谢赵王示新诗启》），称"文章之体，标举六会，发引性灵"（《颜氏家训·文章篇》）。这两个人所说的"性灵"皆指性情。宋人杨万里主张诗歌"专写性灵"，对袁枚很有启示。明代李贽的"童心说"，公安派"性灵说"的核心理论"独抒性灵，不拘格套"，以及提出"心机震撼之后，灵机逼极而通"（袁中道《陈无异寄生篇序》）的"创作灵感说"，对袁枚的影响更大。袁枚的"性灵说"正是在总结以往有关性灵观点的基础上发展起来的，他将前人这些观点加以丰富与提高，形成了系统完整的"性灵说"诗歌理论，冲破

① 石玲．论袁枚性灵说的历史风向意义[J]. 求是学刊，2013，40（06）：121-127.
② 聂广桥．论袁枚"性灵说"之流变[J]. 漯河职业技术学院学报，2012，11（03）：65-66.

了传统与时代风尚，对格调模拟复古、肌理考据学问、神韵纤巧修饰、浙派琐屑饾饤给予有力的冲击，是晚明文艺思潮的隔代重兴，为清诗开创了新的局面。

二、袁枚诗歌的二重性

（一）通天神狐，醉即露尾

袁枚是性灵诗派的领袖，也是该派创作成就最高的作家。由于袁枚创作风格多样，众彩纷呈，故评论界对其诗之把握也各有侧重。应该说，袁枚的创作与理论主张总体上是一致的，不过比较而言，创作要更为丰富，且更多体现出二重性的特征。

洪亮吉对袁枚的诗作曾有过一个论断："袁大令枚诗，如通天神狐，醉即露尾。"[①] 虽貌似戏言，却非常精准。

随园之诗不乏传统型的作品，数量可观，体制全备，艺术水平相当高。譬如刻画山水的《同金十一沛恩游栖霞寺望桂林诸山》《南楼观雨歌》《元夕过关山岭雪不止》《登华山》；咏怀古迹的《黄金台》《大风过凤阳》《施将军庙》等；关心民瘼的《苦灾行》《捕蝗曲》《征漕叹》《火灾行》《秋雨叹》；接近神韵的《洲上寄南台》《正月十七夜》《兴安》等。这些诗不仅优秀，且个人特色鲜明。从这个意义上说，袁枚作为清代的诗歌大家绝无愧色。《清史稿・袁枚传》称袁枚"天才颖异"，恰如其分。

在袁枚的诗论中，不乏推崇传统的思想。比如："后之人未有不学古人而能为诗者也。然而善学者得鱼忘筌；不善学者刻舟求剑。"[②]"严沧浪借禅喻诗，所谓'羚羊挂角''香象渡河'，有神韵可味，'无迹象可寻'。此说甚是。"[③]"我自挂冠来，著述穷晨昏。于诗兼唐宋，于文极汉秦。"(《送嵇拙修》）假如我们把袁枚和晚明"公安派"比较一下，便会发现，袁枚在继承传统方面超过了公安诸家，不但理论阐述比较辩证，兼顾继承、求新两个方面，而且创作水平也在公安诸家之上。这个情况恰恰是对前代性灵一派的修正与发展。然而，真正代表袁诗特色的部分并不在此。作者说过："独来独往一枝藤，上下千年力不胜。若问随园诗学某，三唐两宋有谁应？"(《遣兴》）我们知道，袁枚是主张"赤子之心"的。所谓"赤子之心"，就是表现个体情感，或曰私人化情感。这才是袁枚诗作的主体，占据了主要地位。其诗集中书写骨肉亲情的作品尤为令人瞩目。此处举一首为例：

① 洪亮吉．北江诗话 [M]. 北京：人民文学出版社，1983.
② 袁枚．随园诗话 [M]. 杭州：浙江古籍出版社，2011.
③ 袁枚．随园诗话 [M]. 杭州：浙江古籍出版社，2011.

骨肉只一人，阿姊十年长。
叩门往见之，白发垂两颡。
闻声知弟至，迎出精神爽。
絮语自知多，坚坐频教强。
相约大母坟，明朝一齐往。
当年侍慈颜，惟姊与我两。
今朝奠酒浆，知否魂能享？
姊是七旬人，弟摇千里桨。
此后来者谁？一恸何堪想！

——《还杭州》五首之二

上举作品表述的情感与封建礼教标榜的“孝悌”说是有区别的，它纯粹属于骨肉相依的亲情，而非对礼教意识的肯定和张扬。关于这一点，作者在所写的《郭巨论》里就已辩白清楚了，即反对违背人性的“孝道”，提倡彼此相爱的人伦之情。诗集中的同类之作还有《哭季父健磐公》《送四妹于归如皋》《送四妹云扶于归扬州》《哭三妹五十韵》《女扶婿柩还吴作诗送之》《扬州留别四妹》等。

在袁枚之前，前代诗家就已开掘过此类题材，左思、陶渊明、杜甫、陈师道等人均有这方面的佳作。书写家族亲情本不属于袁枚的首创，不过，袁枚大量写作该类作品，的确显示出他对个人化情感的重视以及对平民情怀的认同。特别是那首表现与家仆间真挚之情的《别常宁》：“六千里外一奴星，送我依依远出城。知己那须分贵贱，穷途容易感心情。”

我们以此为切入点，再对私人化情感进行考察，便能发现，袁枚确实有追求平等、反对封建等级观念的思想。如这首传诵甚广的《马嵬》：

莫唱当年长恨歌，人间亦自有银河。
石壕村里夫妻别，泪比长生殿上多。

为什么石壕村里贫民夫妻分别的眼泪要比帝王妃子还要多呢？袁枚在做过对比后认为，平民的感情更真挚，属于血泪的交融；而养尊处优的帝王见异思迁，不可能平等对待宫妃。这就流露出离经叛道的意识来了。看似随手拈来的两个事例，彰显了诗家与正统观念的对立。类似的观念在袁枚咏叹古人古事的诗作里比比皆是，或替背负“误国”罪名的妇女鸣不平，或将帝王将相平民化等，总之，就是颠覆皇权、提倡平等。再如：

缘何四海风尘日，错怪杨家善女人。

——《玉环》

生对河山常感慨，死犹歌舞是英雄。

——《铜雀台》

世上女儿多误嫁，诸龙休恼洞庭君。

——《题柳毅祠》

至今头白衡文者，若个聪明似女儿？

——《上官婉儿》

有情果是真天子，无赖依然旧酒徒。

——《歌风台》

将这些议论串联起来，可以看出袁枚的立场和用心。袁枚内心深处是不以“三纲五常”的封建观念为然的，这种思想常会在其诗里流露出来。这就是所谓的“醉即露尾”。

（二）男女之情与闲适之作

用袁枚自己的话说，私人化情愫莫先于男女之爱：“情所最先，莫如男女。”这方面的作品也特别引人注目。本来男女之爱在传统文人诗作中数量不多，而且公开书写的男女之爱一般是夫妻感情，这是符合伦理道德规范的。比如杜甫的《月夜》便是典型的例子。袁枚的诗集里也有写给妻子的作品，如《病中赠内》，但数量极少。写得最多且较为出色的乃是赠给他的几位妾的，如《寄聪娘》六首、《寄聪娘》二首、《哭聪娘》四首、《哭陶姬》六首、《寄钟姬》二首等。这里选其中两首：

寻常并坐犹嫌远，今日分飞竟半年。
知否萧郎如断雁，风飘雨泊灞桥边。

——《寄聪娘》六首之一

一枝花对足风流，何事人间万户侯。
生把黄金买别离，是侬薄幸是侬愁。

——《寄聪娘》六首之二

古代文人士大夫娶妾并非稀罕之事，但毕竟与正统礼教观念不合，所以一般人不愿张扬，尤其不愿将其写入诗中。袁枚却毫不隐讳，不仅正面书写，而且数量又远超过赠妻之作，甚至将只有两个人才讲的“私房话”也予以公开。“寻常并坐犹嫌远”，此话似背于礼教，却符合性灵派“味欲其鲜，趣欲其真”的审美要求。袁枚曾经对朱彝尊不删《风怀诗》声言“宁不食两庑特豚”一事表示欣赏，作诗云：“尼山道大与天侔，两庑人宜绝顶收。争奈升堂寮也在，楚狂行矣不回头。”

袁枚另有一批闲适之作，描写日常生活的小花絮，带着性灵派特有的机灵和谐趣。这里列举三首：

白日不到处，青春恰自来。
苔花如米小，也学牡丹开。

——《苔》

鹭鸶立钓矶，犹自理毛衣。
缓步向前去，试他飞不飞。

——《杂书三绝句》之一

摇竹一身雨，摘花满手香。
自离城市远，只觉岁华长。
旧墨磨频仄，新弦爪易伤。
闲中参物理，独立咏苍茫。

——《闲中》

闲适诗乃是对休闲生活的写照。王英志指出："闲适之趣属于个人的自得之趣，与风雅之怀、真挚之情大不相同的是：后者产生于社会民生、亲朋至友这种社会关系之间；而前者很少直接与社会或他人发生关系，主要是与大自然或个人生存状态发生关系。因此闲适之趣本质上可以说是一种'孤独'的情趣。"[①] 袁枚辞官很早，衣食无忧，又生活在"乾隆盛世"，没有了身份的限制，所以创作的作品个体意识突出，充满灵机、谐趣，是近代化进程中的一种新诗体。从正统眼光看，它们仍然属于"醉即露尾"。

袁枚的古典诗学功底很好，才分甚高，然而，他力求新变、反对复古。袁枚声称："自三百篇至今日，凡诗之传者，都是性灵，不关堆垛。"又说："家常话入诗最妙。"[②] 公开提倡向民间语言学习。在《随园诗集》中，其采用民间俗语的情况的确不少，且世俗之趣和通俗之语又常常连在一起，成就了一种特别的审美境界。试引数例：

行人肩出菜花上，村女臂弯桑影中。

——《还武林出城作》之二

听来鸟尚佳音少，想见诗吟好句难。
戏把桃花吹落者，玉盘盛著当春看。

——《即事》之二

① 王英志．袁枚暨性灵派诗传 [M]. 长春：吉林人民出版社，2000.
② 袁枚．随园诗话 [M]. 杭州：浙江古籍出版社，2011.

篙师呼酒我品茶，休惊休喜休叹嗟，顺风逆风总到家。

——《归舟作》

牧童骑黄牛，歌声振林樾。
意欲捕鸣蝉，忽然闭口立。

——《所见》

有寄心常静，无求味最长。
儿童擒柳絮，不得又何妨。

——《偶成》

这些诗句在正统诗人看来，当属于“野狐禅”，而这些诗句却和其他典雅之作公然并存于一部诗集中，这个现象很有意思。《清史稿·袁枚传》称“其所作亦颇以滑易获世讥云”，指的就是这几首作品。

袁枚的创作具有二重性：一方面，他能够综合继承古典诗歌的传统，达到较高的贯通融合的境界；另一方面，又力求在向民间语言的学习过程中贴近时代生活，此属于旧诗向新诗转变进程中的一种过渡状态。那么，哪方面才是袁枚创作的主体呢？应该是后者，因为后者代表了作者的追求和探索。所以洪亮吉认定袁枚是“天神狐”。“狐”表示非正统的、怪异的思想，它固然显示了洪亮吉观念的保守，却也证明了袁枚诗歌不同于传统的新质。袁枚的实践和探索代表了中国诗歌变革的新的方向。

第四节　汪端诗歌

一、汪端及其创作简介

汪端，字允庄，是清朝中期的一位闺阁诗人。汪端出生于1793年，即乾隆五十八年，卒于1838年，即道光十八年。她在七岁的时候，就创作出了《春雪诗》，得到“不减谢道韫柳絮因风之作”的赞誉，所以又得小字曰“小韫”。梁乙真赞誉其为“清代第一才妇”。同时，在《清代学者像传》中，汪端也是唯一一名被收录的女性。

汪端流传世间的作品包括《三家诗选》《明三十家诗选》《自然好学斋诗抄》，此外还著有《元明佚史》，可惜的是在汪端学道之后作品便被焚烧丢弃。汪端曾编订陈裴之《澄怀堂诗文全稿》，校刻了邵帆《镜西阁集》。在当时，汪端的诗作极负盛名，文坛耆宿都给予了很高的赞誉。

汪端的诗论作品以《明三十家诗选》为代表，其能够从前人的陈说（如性灵说、格调说等）中跳脱出来，不受桎梏，转而自开户牖，发潜阐幽，以“清真雅正”对剿袭、门户的弊病予以痛批。她通过诗史对正史进行挑战，对经纬加以重编，“读是书者不特三百年诗学源流朗若列眉，即三百年之是非得失亦瞭若指掌，选诗若此，可以传矣”。

二、汪端诗歌的艺术特色

汪端才富学高，志存高远，写出带有士大夫之气的诗篇不足为奇。难得的是，汪端胸中涌荡着一股不平之气。在当时的文人中，汪端极推崇仕途不顺的王昙与王嘉禄，其诗文作品中对不遇文人常饱含同情，并多次反击“成王败寇”之说。汪端虽不是男儿身，心却比男儿烈，她将不能出将入相的遗恨寓于诗文之中，故其诗文有着迥异于一般闺阁诗文的艺术特色。

（一）风格多变

古今女子文集，大多笔法细腻，情思幽婉，确属“婉约”一派，而汪端诗风非泥定一格，她突破了女子的“婉约”，而呈现出“雄健”“悲慨”“奇丽”等多种风格。

1.雄健

汪端的诗作笔力苍劲、气韵沉雄、境界壮阔，且语出肺腑，从不发无谓呻吟之论。以此笔势作诗，其诗歌无不具挥斥方遒的气魄。这样的一种雄健风格在表现历史更迭、朝代兴亡时最见笔力。如《读史杂咏》其四：

逐鹿群豪战血红，高皇提剑定关中。
尉佗臣汉田横死，一样英雄志不同。

该诗有着洗练的文字以及壮阔雄浑的气势，汪端下笔可谓老辣苍劲，仅仅用了二十八个字，就淋漓尽致地抒发了自己对英雄的见解。这首诗的前两句勾勒了秦汉时期群雄问鼎中原的盛况，着力对群雄逐鹿中刘邦提起宝剑将敌人斩杀的英姿进行刻画与凸显；在漫天硝烟、血流成河的残酷背景中，对刘邦勇定关中的勇猛与威武进行渲染。这首诗有着极为慷慨的词意，宛如惊雷破春、长风卷海，渲染出刘邦定关中那气壮山河的场景。之后，汪端又将田横、尉佗二人从众豪杰中挑选而出，就“死”与“臣汉”两种志向进行对比。尉佗是秦朝将领，秦始皇派其对岭南进行平定，在秦朝覆灭之后，尉佗便自立为武帝，后来刘邦派遣陆贾出使，尉佗选择俯首称臣。而田横则与之有着不同志向，他本来是齐国贵族，和兄长田荣、田儋一起起兵，反抗秦朝统治，也是群雄中的一员。当刘邦称帝，建立汉朝之后，田横宁愿带领自己的五百门客向荒凉海岛逃去，也不肯向汉朝臣服，更在之后自尽以明志。汪端将自己的观点于苍茫的历史中抛掷出来，具豪迈俊爽之姿。其方寸之心，却能包纳相反的人生志趣，可见其廓大的胸襟与不拘一格的英雄观。

如咏郭子仪之诗：

力平燕寇和回纥，两使唐家社稷全。
一代威名迈光弼，千秋知己属青莲。
惟凭忠信销谗口，聊藉笙歌遣暮年。
翻尽良弓高鸟案，不须身上五湖船。

这首诗有着畅达的行文、雄劲的笔力、高远的立论。安史之乱爆发之后，郭子仪曾经担任朔方节度使，对河东、河北进行收复。763 年（宝应二年），回纥与吐蕃进攻长安，郭子仪英勇抗争，说退回纥、击溃吐蕃。汪端对郭子仪的卓著功勋十分钦佩，对其伟绩用“笔下风云”进行概括。“力平”“两使”“一代威名”“千秋知己”等词语具有龙虎气势，且十分精炼，它们被汪端信手拈来、随意运用，从中我们可以看出，汪端作诗全无扭捏矫揉的闺阁之态。在通过雄健的笔力加以述写之后，汪端顺势将自己的历史观娓娓道来。在郭子仪的一生中，他权倾朝野，立下赫赫战功，而皇帝却一直十分信赖他，就连裴垍都发出了“权倾天下而朝不忌，功盖一代而主不疑，侈穷人欲而君子不之罪。富贵寿考，繁衍安泰，哀荣终始，人道之盛，此无缺焉”的感叹。汪端通过“惟凭”“聊藉”两句，对君王给郭子仪的恩遇进行洗练的概述，并认为，不是所有君王都会“飞鸟尽、良弓藏，狡兔死、走狗烹”，因而有功之臣不用像范蠡一样对君王感到惧怕，不得不在五湖隐居。汪端所持的这一观点仿佛以矫健之姿从前人观点中跃出，颇具胆识地对历史陈旧论进行挑战，人们无不对其见识与笔势感到赞叹与折服。

2.悲慨

司空图曾经用富贵如烟、乔木被摧的辛酸与无奈对“悲慨”一词进行形容。在汪端的诗歌创作中，其中的旧都怀古诗则有着最为厚重的悲慨情绪。汪端曾经对金陵、杭州、苏州的多处古迹进行吟咏，而有着最为浓烈怀古情怀的，当属对金陵的吟咏诗作。

人们常说，江南佳丽地，金陵帝王州。三国东吴、东晋以及南朝宋齐梁陈、南唐、南明弘光小朝廷都以金陵作为自己的都城。从古至今，在金陵上演着无数历史兴亡。传统怀古诗一般是一首诗对一事或一人进行专门述说，而汪端的金陵怀古诗则进行突破，对历史的纵深进行探寻，汇集种种金陵旧事，有着跳跃的意象、错综的故事，在整体上形成了吊古的悲慨氛围。例如，在《南都遗事诗》之四中，汪端提笔写道：

江潮东下夕阳黄，遗事南朝问建康。
高庙桥陵云惨澹，中山功业月荒凉。
歌场泪洒桃花扇，词客秋寻石子冈。
王谢堂前双燕翦，飞飞如解说兴亡。

南京据长江天险，能够看到“滚滚长江东逝水”的盛景。然而，汪端诗歌中的一字一句都满载末日色彩，她的双眸中流露着无限哀伤，看那荒凉月色、惨淡愁云，看那日薄西山、江潮东去，又通过哀伤的语言述说那是非成败转头皆空的悲情。在吊古之时，汪端完全不似一名二十来岁的年轻妇人，仿佛是一名历经世事的老者，有着沧桑的情绪以及洞察世事的明达。她看到前人的丰功伟绩，如今不过变为一抔黄土，风一吹便再无迹可寻，发出沉重叹息。孔尚任曾说，“南朝兴亡遂系之桃花扇底”，而《桃花扇》旨在“借离合之情，写兴亡之感”。如今的南京雨花台便是“石子冈”，它是隋朝灭陈时最后一道关卡。韩擒虎攻占“石子冈”后，陈朝将领任忠向隋朝投降，打开城门迎接韩擒虎，之后陈朝便彻底灭亡。在同一空间，不同时间重演着无数兴亡故事，自然永恒与人世沧桑在此交汇。汪端由此慨叹刘禹锡《乌衣巷》中饱含盛衰之感的“旧时王谢堂前燕”，燕儿翩飞的姿态或是它正对游人讲述着王朝旧事。

这首诗有着非常苍凉的基调，翻涌的历史巨浪拍碎那数不尽的王朝旧梦，只剩下对兴亡进行旁观与见证的燕雀。这样的领悟何其悲痛，而这种悲痛又是何其深远而沉重。自古以来，纵使男子也少有人发出过如此悲叹，而汪端却能真切地表达出这番历史慨叹，实在令人钦佩。

3.奇丽

汪端后期的诗歌创作，或为题画题集、交游唱和而作，或为游仙悟道、倡明教义而写，弥漫着一股奇丽的气息。从行文布局到选词炼句，汪端后期诗作的奇丽浪漫已与前期史海钩沉的风云健宕大为不同。

早年，汪端在历史的纵深世界中沉浸着，对臧否人物十分痴迷。随后，由于她开始信仰道教，极力收敛自己的诗才，开始对身边更多维的世界进行关注。她自信道之后，就不再沉浸于历史洪流中，转而跳跃出来，在如广寒宫、昆仑、蓬莱等神仙居所以及道教众多的洞天福地中环顾。在宗教世界里，那些远古的传说变得触手可及，汪端在恣意的游仙诗之中为读者创造了多姿多彩的世界。

（二）精于用典

所谓“用典”，指的是在表情达意时，对古今事类言辞进行援引。就诗派而言，浙派诗喜用僻典，求新避熟，这在厉鹗诗歌中表现最为突出。汪端尚浙派诗风，崇厉鹗诸作，其诗歌创作好采经史百家之语入诗，以典佐论，议事酣畅；以典延意，情思深婉。虽然诗歌字数有限，但汪端却依旧能淋漓尽致地书写心中的风云河山。

同时，汪端的诗歌创作广泛运用典故。她的咏史诗每一字、每一句几乎都有所指，而其他题材的诗歌，也往往潜藏着典故，彰显着诗人的博学多才。

1.事典与语典

总的来说，汪端诗歌创作中大概有事典与语典两类。

（1）事典

所谓“事典”，主要指的是古书中的故事。汪端在创作诗歌的时候，喜欢对事典进行援引。其事典主要引自野史杂记、文人文集、各朝史书，具有冷僻而博富的特点。

其创作的组诗《读〈晋书〉杂咏》无疑是其中最为典型的代表。由于该组诗属于咏史诗，是在阅读史书时有感而发，所以本身很多事件、人物都出自史籍。例如，组诗中咏晋元帝的作品，援引了“双鹅”“一马浮江”的典故；咏晋武帝的作品，援引了“羊车游内苑”“焚烧雉头裘”的典故；咏索靖的作品，援引了“荆棘铜驼”的典故；咏晋惠帝的作品，援引了“官虾蟇”的典故；咏温峤的作品，援引了“牛渚燃犀”的典故……这些援引的典故，都来自《晋书》。除此之外的例子还有很多，这里不再一一阐述。

汪端广泛阅览各种文集，同时也细心留意文人诗文作品中记录的事件与人物。例如，在其创作的《花蕊夫人小影无逸女士仿十洲本也》其三中，就对花蕊夫人的婢女袁蓝的殉节行为给予盛誉，写道，“红泪深宫拜杜鹃，绿云高髻绾朝天。宝儿玉貌能完节，剑阁青山葬翠钿”，同时对此进行注释，表明“夫人侍儿袁茝，蜀亡不肯入宋，自投剑阁崖下死，见《薜香闻集》”，从中我们可以得知，关于袁蓝的材料源自文人薛香闻。除此之外，在《张吴纪事诗》中对刘夫人进行称赞，援引的是阁妃的典故。在这首诗的后面，汪端进行了注释，“汉主友谅妻阁氏为明祖没入宫中，生子梓，封潭王，实友谅子也，后知其情，遂谋反，明祖恶阁氏，杀之，见《陆云士文集》”。从中我们可以看出，汪端所援引的阁妃典故，同样来自文人作品集。不过，由于文人多注重浪漫，在严谨方面有所欠缺，学者已经否定了陈友谅儿子是朱梓的观点。所以，虽然汪端选择援引这一典故并不妨碍其对阁妃不曾殉主的举动给予讽刺，不过依旧是欠缺一些审慎的。

汪端也广泛涉猎宋人编撰的野史杂记，所以在其诗歌创作的用典方面，也呈现出求新避熟的特点。例如，汪端在《玉壶园是宋鄜王刘光世别业（在钱塘门外）》之后自己注明，“光世有侍儿意真，善书，尝代其主题名于柯山仰高亭，见《清波杂志》”。又如，汪端在《感事》中对“谁知邺下刘公干，小吏今生是顾聪”进行注释，表示其源自《太平广记》。在《丁酉七夕立秋前一日也偶成小诗》五首中，她同样援引了宋人杂记的很多典故。在汪端的诗集中，处处可见这种援引宋人编撰野史杂记的诗句，这大概和她喜好、推崇厉鹗文风有一定关系。

（2）语典

所谓语典，指的是前人典籍中的词句。汪端的诗歌创作强调“清真”，最忌因袭模拟。在诗歌中使用语典，需要对他人文辞进行化用，而这为汪端所不喜，所以她所作诗篇中鲜少见到运用语典的地方。不过汪端偶尔也会使用语典，且十分贴切。

例如，汪端所作的《屈原宅》。这首诗旨在对屈原进行缅怀。在创作时，汪端对屈原自身的语言进行巧妙化用，将一种时空交错之感赋予诗歌，读之仿佛感觉与屈原同处。其中，其对《湘夫人》中的“洞庭波兮木叶下”进行化用，写出“潇湘落木洞庭波”；对《山鬼》中的“若有人兮山之阿，被薜荔兮带女萝”进行化用，写出了“山鬼云深带薜萝”；对《离骚》中的“众女嫉余之蛾眉兮，谣诼谓余以善淫”进行化用，写出“蛾眉谣诼”。同时，《屈原宅》中“搴兰芷”“江妃”也是屈原诗歌中经常使用的意象。汪端将语典还原为对象本身，足可体现其有着十分精巧的构思。除此之外，汪端在《秦沟粉黛砖砚歌》中对杜牧《阿房宫赋》进行重构，故而写下了自“六国蛾眉竞晓妆，歌台舞殿起阿房”至“楚人一炬悲焦土，留得残砖碧苔古”的诗句，尽管有着较长篇幅的化用，然而却有别具一格之感。

2.用典艺术

（1）用典精切

汪端能够做到熨帖精切地用典，确保有着统一的意趣，避免晦涩难懂。下面对其精切的用典方式进行分析：

其一，切身份用典，指的是在用典时，选择那些契合于所咏对象身份的典故。

例如,《张吴纪事诗》中咏潘元绍的诗作，其中“未必威声逊柴绍，可怜时令谢梅殷”这句诗，就是着眼于潘元绍的驸马身份，从而选择援引梅殷、柴绍的典故。柴绍是唐朝时平阳公主的驸马，自幼有着勇武的力量、矫捷的身姿，在关中以“任侠”闻名，后来又帮助李氏父子打天下，立下赫赫战功，被封为谯国公，名列凌烟阁二十四功臣之一。梅殷则是明朝时期宁国公主驸马，担任山东学政，被封为荣国公，朱元璋十分器重他，在临终时，还曾向其托付朱允炆。潘元绍有着万夫不当之勇，即便和历史上最为勇武的驸马柴绍相比，他的威名也不曾逊色，只可惜张吴政权失败，朱元璋成为九五之尊，开创了明朝。汪端用这二驸马之典，是惋惜潘元绍的时运，而其对潘元绍的推崇之意亦可见一斑。

其二，切地点用典，指的是选择援引与所咏人物、事件有着相关地域的典故。

汪端学富五车，有着敏捷的思维，常常能通过一件事快速想到和这件事相关的其他典故。例如，在对王冕的诗歌进行论议时，汪端写下“箧里诗篇天宝乱，坟边山水永和春。军门杖策人休信，夏统何曾是贰臣”。这是因为王冕长眠于会稽，而汪端引用会稽隐者夏统的典故，对王冕的品行进行证明。夏统是会稽永兴人，有着高逸的品格，他远离仕途，被称为“木人石心”。夏统曾经说:“使统属太平之时，当与元凯评议出处；遇浊代，念与屈生同污共泥；若污隆之间，自当耦耕沮溺，岂有辱身曲意于郡府之间乎。”由此可见，汪端引用夏统的典故佐证王冕绝不仕明的气节，用典十分自然熨帖。

（2）用典绵密

早年间，汪端的诗歌清丽可喜，常常不加雕饰、语出胸臆。随着年岁渐长，心境日广，腹笥渐丰，她的诗歌创作也呈现出用典绵密、凝重老成的风格。每首诗歌中几乎都藏有典故，有的诗歌甚至通篇以气御典，酣畅淋漓。

（3）正反用典

汪端不仅能够正用典故、反用典故，还能组合运用正反典故。

例如，在《张吴纪事诗》对刘夫人进行赞颂的诗句中，汪端写下“愤王西楚姬先殉，霸主前秦后最贤”“阁妃空抱沉湘志，恨血啼鹃亦可怜”。其中，“愤王西楚姬先殉”讲的是当年项羽被困在垓下、四面楚歌时，虞姬高声歌唱《和垓下歌》，歌曰“汉兵已略地，四方楚歌声。大王意气尽，贱妾何聊生”，歌唱完便挥剑自刎。而“霸主前秦后最贤”指的是前秦高帝苻登的妻子毛皇后。毛皇后可谓女中豪杰，有着万夫不当之勇，能够带兵打仗。然而在一次战争中，由于寡不敌众，毛皇后为姚苌所擒。姚苌试图用妃位引诱毛皇后，而毛皇后却誓死不从，最终殉节而亡，当时她仅有二十一岁。汪端对殉节的刘夫人以历史上两位著名的烈性女子进行烘托，使其形象更加丰满、典型，增强了历史的厚重感。而“阁妃空抱沉湘志”则指的是陈友谅的妻子阁氏未能殉节，从此夜夜啼血哀鸣，最终含恨而终，用阁氏对刘夫人义烈的果敢无畏进行反衬。

（三）善用意象

汪端喜用充满性灵的意象来展现自己多彩的内心世界，常用“烟霞”“白云”“鹤”“影”等词。

1.超然自得烟霞志

浪漫的诗人心仪于烟霞的缥缈多姿，常撷取一二置于诗句中，如《楚辞·远游》便谓“淮六气而饮沉瀣兮，漱正阳而含朝霞”，孟浩然《寻天台山》“吾友太一子，餐霞卧赤城”。汪端性旷逸，故其诗歌中有大量“烟霞”意象。

汪端经常在描写景色的出尘之美时，使用“烟霞”进行烘托。例如，“琴畔青山镜畔花，鸥边烟雨雁边霞”就通过蒙蒙烟雨中自由踱步的白鸥、飞翔于霞光中的大雁，对悠然的世外之景进行勾勒。再如，“湖烟漠漠鹭双飞”中对“湖烟漠漠”一词进行使用，展现宁静淡远的田园景色。又如，在“烟水旧盟怀隐逸”“碧城明月赤城霞，何处桃源问旧家”中，汪端又用“烟霞”指代世外桃源。除此之外，她在“大涤清音啸瞑霞，黄冠破衲走天涯”中，还直接用“烟霞”描述道士的旷逸生活。

由于“烟霞”的姿态有着出落凡尘的特点，所以它也能被用来指代仙界。在《瑶潭精舍礼洪济真人像诗》中，汪端曾言瑶潭精舍内“四壁烟霞多伴侣，一龛香火有因缘”。之所以会出现“四壁烟霞”的景象，盖因精舍中有已经位列仙班的祖师（如黄守中、白紫清、邱长春等）画像。正是因为他们的存在，精舍中才会有飘忽朦胧的仙界神秘之感。而汪端在“他日全家同许掾，开尊闲与话烟霞”中，更是期许着全家学道后，共同在神话世界中漫游。

除此之外，汪端在描写女子如仙子般冰清玉洁时，也喜欢使用“烟霞”意象。

她在《蕊珠华藏听兰云师谭道贻华阳蔡玉女士》中用“烟霞标格庞灵照，冰雪肌肤谢自然”对蔡玉进行称赞。使用“烟霞”这一意象，主要是表达蔡玉不像凡间女子，而仿佛谢自然、庞灵照等得道女冠。汪端还在《题陆绣卿夫人梅花小影》中，用“姑射山中留古雪，罗浮梦里酌流霞”称赞陆绣卿，旨在称赞她是罗浮梦中的美人，通过“酌流霞”，形容其具有世外仙姝的品格。在《题明女士林天素山水小册》的“仙霞归去离筵钱，泪洒琵琶一曲歌”中，汪端用“仙霞”称呼已逝的杨云友，一方面体现出汪端十分推崇杨云友，另一方面也用烟霞象征神仙世界。

汪端笔下的“烟霞”，不论是对美人冰肌玉骨的称赞，还是对景色奇幻朦胧的渲染，都给予人们一种清冷之感，不染半分尘埃。

2.凉影半窗梦无边

汪端喜用“影”来构建淡远清幽的意境。如其“帘垂小阁疏灯影，雨滴空阶落叶声”(《秋夜听雨》) 颇具清趣，落叶簌簌，雨敲空阶，自然之景本无甚奇特，但书阁的幢幢灯影却为此境增添了一层文人的情调。又如“秋千影转漏初残”(《春夜》)，自然恒静，唯影随光阴的流转而现短长，意境极清幽。再如“萤影动边明”(《纳凉》)，流萤恍若天边洒落的星子，在明暗之间突显着天地的自得清静。又如“翠羽影边渔笛起，晴峦深处瞑烟遮”(《姑大人命题〈花海扁舟图〉》)、“水光云影两忘机”(《题梁蕉屏表兄垂纶图》) 的悠然旷逸，更不必提“半庭清影凉”(《蕉廊》) 的幽沁，“桂庭花影聚秋痕”(《寄纫青青浦》) 的清芬，“画屏有影凉云散”(《寒鸦》) 的萧散，“一翦秋花凉影瘦”(《夜坐》) 的寒瘦……她的诗境因为这一道道凉影而有了清冷澄莹的意蕴。

汪端笔下之“影”有时也是一种沾染着天地精气的生灵。如其《为伯姊纫青题幽篁坐月画卷》中的“娟娟凉影侵衫子”，句中竹影在习习凉风中被自然唤醒，成为顽皮的生灵，悄悄地爬上女子的裙裾。又如《偶得二首》其一中“夕阳似恋梅花影，移上红窗下独迟”，寒梅花影似那吸风饮露的绰约仙子，引得夕阳心旌摇曳不愿归山。

许多时候，这一抹倩影亦带有强烈的自怜意味。如《池上新柳》“弄影娇黄几缕新，澹含烟雨浅含春”中，新柳自得于自己的新叶，而像天真的幼女摆弄着自己的新衣裳一样随风弄影，这般弄影是嬉玩，是自赏，又何尝不是汪端的自我写照呢？

女子倩影也是汪端诗歌中常有的意象，因清代闺阁喜自画小像，并邀闺阁密友题咏，故汪端诗歌中也有不少咏小像之作，如“倩影亭亭玉不温”“幽芳素影互徘徊”，大多以倩影衬幽人，更具意趣。

在光的韵律里，在风的呼吸中，汪端之“影”，姿态横生，摇曳含情，从不枯寂幽深。

（四）各体造诣

汪端才思敏捷，兼以晨书暝写，笔耕不辍，故能精擅各体，其五言古诗骨重神寒、七言古诗沉郁宕逸、五言律诗温厚精练、七言律诗激昂跌宕、五绝婉雅灵秀、七绝神味隽永、乐府含蓄独造。诸体中，汪端“自信七律可传”，她的七律数量达五百六十九首，占其诗歌总数的一半，且汪端享有盛誉的咏史、题画之作大多为七律。

下面选其组成形式上的创新之作，如三体诗、组诗、辘轳体诗稍做赏析。

1.三体诗

此处所谓“三体诗”，指的是三种绝句（五绝、六绝、七绝）的基本体式。汪端创作的《涵真阁对雪效三体诗》构成了上述三种体式的绝句。

雷部云司雨，月宫乃司雪。百二十嫦娥，婵娟总高洁。（其一）

天符夜召滕六，仙画晓寻葛三。输与玉尘百斛，有人橘里清谈。（其二）

玉梅花底卧青鸾，埽罢瑶坛翠袖单。云海沉沉天欲晚，洞门深锁不知寒。（其三）

这三首诗都是咏雪之作，主题为“雪”。第一首诗属于五言绝句，韵脚“雪”“洁”押入声“屑”韵。在近体诗中，押仄声韵的诗作并不多见，汪端能够对此进行尝试，足可见得其有着非一般的学识。

在第一首诗中，汪端援引道教典故，她认为，是雷部催云助雨护法天君的法力催生了雨水，而月宫主霜雪之神青女施法，人间才处处飞雪。这首诗将雪花飘零的场景，想象成翩翩飞临的嫦娥，有着别致新颖的视角，洋溢着浪漫主义色彩。

第二首诗为六言绝句。纵观文学史，鲜有此类体裁诗歌。而汪端为文素来不拘一格，自然也挑战过六言绝句。她心中熟知道教史典，也信手拈来关于雪的神仙传说。“滕六”为司雪的神明，而葛洪的第三个儿子是“葛三”。根据《原化记》中描述，“崔希真见一老人避雪门下，延入，崔入内，出已去矣。幄中得图，茅山李函光天师曰：此真人葛洪第三子所书也”，这件事在风雪天发生，因此汪端也对其进行联想。而在这首六言绝句中，汪端用“玉尘百斛”形容下雪，可谓状物新巧，从中能够看出她极具才思。

第三首为七言绝句，七言诗歌为汪端所擅长。此诗押上平“寒”韵，虽不如前两首清丽可喜，但于神仙洞府也别有一番想象滋味。

总的来看，对于各种诗歌体裁，汪端都有着极强的驾驭能力。

2.组诗

所谓组诗，通常有着广泛的主题内容以及系统的内在结构。单首诗歌在表情达意时，可能略显单薄，存在不足，然而组诗能够弥补这一缺陷，形成磅礴的气势。乾嘉道文坛，盛行组诗创作，受时代风气影响，才思激荡的汪端极喜用组诗言志。

汪端的组诗并没有太多结构上的相似或语意上的承递，但其所作组诗依然有着明确的主题，往往能从多角度、多层面来论证同一主题。汪端创作了许多怀古咏史、咏物寄怀组诗，如《方家峪凤凰泉上吊南宋刘贤妃墓》《题赵子固画》《读晋书杂咏》《张吴纪事诗》《元遗臣诗》《反游仙诗和山舟外伯祖》等。

汪端组诗在咏史题材上成就较高，如《读晋书杂咏》便对誓清中原的祖逖、立功河朔的刘琨、平苏峻之难的陶侃等大节卓然之士加以咏叹。《张吴纪事诗》对激昂忠义、蹈死不顾的十龙义士、钱鹤皋有颂扬，而对潘元明、吕珍等无义之人多存批判。《元遗臣诗》亦感忠义，而对戴良、王冕等人有所评骘。其咏史组诗恒以“仁义礼智信”为法式来臧否人物，颇有以诗笔挑战正史的气魄。但此时期这类作品俯拾皆是，并不足为奇，能区别于一般闺阁的是其道教组诗。

3.辘轳体诗

所谓辘轳体诗，其实是一种诗家文字游戏，也就是将诗歌气韵的第一句分别在第二首第二句、第三首第四句（以此类推）进行放置，从而让诗歌宛如水井中的辘轳一样旋转起来。汪端的辘轳体诗歌常常对禅理进行阐述，她将释、道、儒三教圆融一体，并未对其划分门户。

三、汪端的诗学思想

汪端贵言必己出，尚典雅清丽，尝论诗曰：“诗不可不清，而尤不可不真。清者，诗之神也。王孟韦柳如幽泉曲涧，飞瀑寒潭，其神清矣；李杜韩苏如长江大河，鱼龙百变，其神亦未尝不清也。若神不能清，徒事抹日批风，枯淡闲寂，则假王孟而已。真者，诗之骨也，诗以词为肤，以意为骨，康乐跅弛，故其诗豪迈；元亮高逸，故其诗冲澹；少陵崎岖戎马，故其诗沉郁；青莲尚慕仙灵，故其诗超旷。后人读之，想见其人性情出处，所以为真。”“清”为诗神，“真”为诗骨，再添她平素诗歌中的一抹“雅正”，便构成了汪端独一无二的诗论标准。

（一）清

“清”是我国古典诗歌的核心之一。《说文·水部》称：“清，月良也，澄水之貌。从水，青声。”段玉裁注：“月良者，明也。澄而后明，故云澄水之貌。”可知“清”的本义即澄净，而“清”的诗歌风格也都是建立在“澄净”这一基本义项之上。

“清”的核心内涵是澄净，衍生出来的诗歌风格众多，而汪端诗论中涉及清奇、清澹、清越、清疏、清绮、清峻、清丽、清雅、清远、清新、清壮、清空、清遒、清省、清峭、清苦、清艳、清苍等多种风格，而又主要体现在“清省”“清遒”两方面。

1.清省

陆云倡“清省”文风，在《与兄平原书》（其十一）中称“云今意视文，乃好清省，欲无以尚，意之至此，乃出自然”，学者萧华荣称“所谓‘清省’，并非单纯的消极的省净和简绝。‘清’意味着洁净中有深情，有远旨，有绮语，有奇特不凡之处；‘省’就是要在抒发真实感情的基础上，省字、省句、去繁、去滥、尚简、尚约”。汪端诗论正是推赏此种去繁就简的本真文字。

在《明三十家诗选》中，汪端对杨基、谢榛、徐祯卿诸诗人给予了“文字清省”的评价。杨基有诗如“细雨茸茸湿楝花，南风树树熟枇杷”“水吞三楚白，山接九疑青”，诗句语出肺腑，清俊隽永，不假雕饰。汪端论杨基诗便赞其清润俊爽，“孟载五古具韦柳之冲逸，韩苏之峭拔，近体皆秀藻清润，风度修然……神致俊爽，了无晦涩、填砌之病”。徐祯卿主张“由质开文”，汪端评徐祯卿诗曰“昌谷诗尽洗芜词，故澹远清微，而色韵自古”。杨基、徐祯卿等诗人都尚“天然去雕饰”的文风，在潮流更迭中能坚守本真，不取繁芜堆垛，亦不从佶屈幽僻，故备受汪端青睐。

除明诗外，汪端亦透露出对元诗繁芜的不满。元人力学唐风，大多绮丽杂芜。胡应麟称“元人诗如缕金错采，雕绘满眼”，“宋近体人以代殊，格以人创，巨细粗精，千歧万轨。元则不然，体制音响，大都如一。其词太绮缛而乏老苍，其调过匀整而寡变幻”。

总的说来，汪端要求诗歌语言去雕除饰，“豪华落尽见真淳”。

2.清遒

汪端所居江浙为人文渊薮，文士大多各抒性灵，但这样一种性灵的书写亦有流弊，故汪端对吴中诗风“清浅靡弱”不无感慨。

“清”“弱”本相生，欲得“清”则难免失于纤佻。汪端虽崇“清”，却偏于峻健昂扬、刚劲苍古一路，如在论高叔嗣诗歌时便赞其“清而不弱”，而针对江南诗风“清弱”之弊，汪端主张以“清遒”补之。

汪端笔下的“清遒”乃针对诗歌风骨而言，指气骨清峻，笔力健朗。她评张羽诗称“近体清道澹逸，有不尽之味”，评吴鼎芳、范讷诗称“凝父、东生诗思清迥，如朗玉孤桐，自中天律。上法王孟韦柳，下亦不失为南宋四灵”，评高叔嗣之诗谓“子业多忧生见道之言，清而不弱，质而能妍，婉恻悲凉，恬吟觅咏，可谓中立不倚者矣”。

而在汪端对元代女诗人孙淑和郑允端的评价中，我们可更明晰地感受到汪端对于“清”格中“遒”之风的激赏。

绿窗遗稿有清风，高格还须让肃雝。
一洗宋元金粉习，岁寒苍岭秀孤松。

《绿窗遗稿》乃元朝诗人孙淑所著。孙淑，字蕙兰，诗人傅若金之妻，其诗歌文字清丽，多伤春感秋。《肃雝》的作者是与汪端好尚相近的元朝女诗人郑允端。郑允端，字正淑，喜读史，好评骘，赏忠义，其诗歌题涉甚广，不拘泥于闺阁生活，格调高古，尽去浮艳。其叙事之作如《听琴》“幽人遽槁梧，逸响发清声。一韵再三弹，中含太古情。坐深听未久，山水有余清”，清冷空远，颇见风骨。

《玉镜阳秋》曾评点孙淑之诗“是女郎语，冉弱静好，每一讽咏想见妆铅点黛时气韵”，而称郑允端之诗“高素隽永，古体尤胜，五言如《罗敷曲》《纪梦听琴》诸作，七言如《山水障歌》，皆格韵超胜，居然作者”。《宫闺氏籍艺文考略》比较二者，认为孙淑具闺房之秀，如清心玉映的顾家妇，而郑允端有林下之风，则似神情散朗的谢道韫。

有意思的是，郑允端曾颇有所指地发表了自己对于女子诗作的看法，“尝怪近世妇人女子作诗，无感发惩创之意，率皆嘲讽风月，纤艳萎靡，流连光景而已”。从其诗作、诗论皆可知郑允端尚高格而轻纤艳。

对此二者，汪端认可了孙淑的清丽婉秀，但亦明确表示，于格调而言，风骨遒劲的《肃雝》显然更胜一筹。这样的刚劲之风，恍若数九寒冬中独秀于峭壁的苍松，让闺阁女子亦能“一洗宋元金粉习”。此等风姿之凛然、气概之高迈，又岂是整日对镜自怜的女子可比。至此，汪端所论“清”“遒”关系已然清晰——“清”为血肉“遒”为骨，无“遒”之诗，纵是辞藻清芬亦难成大家。

（二）真

汪端诗论之“真”，乃针对诗人性情而言，要求诗歌内容必须是诗人自我性情的投射，心画、心声不可失真。

与“真”相对的是“伪”。“真”是性情之言，那“伪”是何意？即那些并非摇荡性情，形诸舞咏的诗作。在俚俗、淫艳、佻仄、剿袭、幽诡等诸多诗歌“伪体”中，汪端集中笔力抨击的是“剿袭”。

朱明一朝，诗歌以“复古”为主流。实则明初被汪端盛誉的高启，作诗便已露复古端倪，师学前人，但未自成一家便英年早逝。此后，以李东阳为首的茶陵诗派亦主张宗法盛唐。至前后七子出现，“复古”之习蔚然成风，前七子中李梦阳大举“文必秦汉，诗必盛唐”的旗帜，并号称“诗自天宝而下，俱无足观”，一味模拟前人形式，未见真我。后公安派矫之以“性灵”，谓“独抒性灵，不拘格套”，但矫枉过正，失之俚俗。竟陵派以“幽深孤峭”匡救，可惜又走上幽僻险仄之路，皆无大成。

清初以降，文苑对明人模拟风气的批判日烈，主张真诗、求诸性情的诗家极多。钱谦益谓“人之情真，人交斯伪。有真好色，有真怨诽，而天下始有真诗”。李振裕“夫诗所以贵真者，何也？曰：情也”。

汪端尚性情之论，反对模拟剿袭，历代诗人中其最恶者莫过于李攀龙。李攀龙，字于鳞，号沧溟，山东历城（今山东济南）人，人称“文苑之南面王”，振“前七子”遗响，积极推导文学复古运动。李攀龙等人复古的初衷，是值得被肯定的。他们推举复古，是为突破程朱理学的束缚，打破台阁体迂腐空泛、萎靡不振之风，反对思想文化的高压政策，起衰救弊，为诗文注入激昂的活力。事实上，李攀龙的诗歌中悯时感政诸作骨气遒劲，写景感物者则壮阔情深，有其过人之处，但李攀龙模拟之作过多，缺乏独创精神，并导致诗坛“模拟涂泽之病”严重。由于其诗救弊、泥古并存，文坛对他的看法大褒大贬并存。

推赏真诗的汪端曾客观评价李攀龙，“一代中原此霸才，名场旗鼓竞风雷”，但对李攀龙的剽拟之风却不能容忍，她称自己之所以将其选入《明三十家诗选》，只是因其享有盛名已久，不得已而为之。汪端谓李攀龙“沿献吉之余波，引凤洲为同调，动以吾道主盟自命，矜厉失平，浮夸不切效之者，叫呶成习，而真诗渐亡”，“李沧溟得撸剽拟，词义艰晦，竹垞斥为妄人也固宜”，“李空同其人与诗虽不足道”，所有诗论的矛头都指向了李攀龙的剽拟陋习。在这样一种批判中，我们可以清晰地感知汪端的“真”诗论。

基于对“真”诗的追求，汪端对李梦阳也颇有微词。李梦阳复古多重形式，缺乏何景明“舍筏登岸”的机变，大多取貌而遗神。对此，汪端曾借陈文述之口称“梦阳全以模仿为能，夫模仿则未有不流为剽窃者也”。

（三）雅正

“雅”有“正”的意思。《诗·大序》释《诗经》六义之“雅”，云“言天下之事，形四方之风，谓之雅。雅者，正也，言王政之所由废兴也”，故“雅”“正”同义。我国第一部系统的文艺理论著作《文心雕龙》在概括文章风格时，便以“典雅”为首，称“典雅者，熔式经诰，方轨儒门”，谓“雅”须取法儒家经典，符合儒家正道，亦属“正”之义。

1.和雅之音

汪端论诗尚中正和雅，而贬斥一切横讥驳议段、佻仄乖放的不正之言。这在其《明三十家诗选·凡例》中明晰可见：

> 惟临川以词曲名家，诗伤牵率，徐既失之粗野，王又病于纤称，何其明于绳人而昧于镜己也。至祝、唐之俚俗，王、冯之淫艳，三袁之佻仄，钟谭之幽诡，则人所共知，毋庸深论，凡此诸家，大抵不出伪俳二体。伪体足以惑学人，俳体易于动流俗，其弊均也，兹选概从芟雄，庶几无戾雅音。

2.风雅精神

汪端之“雅”亦是缘事而发的“风雅”之意，倡导诗人以慷慨健笔写现实之音。如易代之际的刘基、顾炎武、陈子龙等人的诗歌便皆肩负时代之使命。

虽为闺阁女子，汪端却时时追随着男性诗坛好尚，心系国计民生。事实上，她自己的创作也体现了这一点，其寄陈文述的诗中便记载“楚省被水，灾民数万，俱于芦篷栖宿，冻毙甚众”。即使是其病痛交织的晚年，汪端亦心忧黎庶，“丙申岁三冬过暖，祥奚不降，心窃忧之”，并诚心礼斗诵经来祈求瑞雪。或许汪端并没有“为生民立命”的那种觉悟与能力，但她有这样一种现实写作的意识，突破了一般闺阁的吟哦题材，值得被后人肯定。

汪端所称赏的和雅之音是其“雅正”诗论的外化要求，而诗歌为时为事而发的风雅精神则是她“雅正”的内化标准。

第四章　清代晚期诗歌艺术发展

随着时代的发展，清代的诗歌艺术在道光之后出现了新的变化。本章将主要通过清代晚期代表诗人龚自珍、魏源、许瑶光等人的诗歌，对清代晚期的诗歌艺术进行论述。

第一节　龚自珍诗歌

龚自珍（1792—1841），字璱人，号定盦，浙江仁和（今杭州）人，出身于三世京官的官宦家庭，家庭成员多善诗文，其母为文字学家段玉裁之女。龚自珍十二岁跟随外祖父受汉学正统教育，青年时期又跟随今文经学派大师刘逢禄学公羊学，为以后评讥时政、宣扬变革奠定了经学基础。他二十七岁中举人，次年任内阁中书，三十八岁中进士，从此任宗人府主事、礼部主客司主事等京官，直至四十八岁辞官南归。途中创作完成著名的《己亥杂诗》大型组诗三百一十五首绝句，记述见闻。两年后死于丹阳云阳书院。今存散文三百余篇，诗词近八百首。

龚自珍是一个主张改革腐朽现状，抵抗帝国主义侵略，挽救危亡的近代资产阶级改良主义思想家、学者和诗人。他运用春秋公羊派的学说与现实政治社会联系，使学术研究不流于空谈，而能实际有用。他提出的《西域置行省议》和《东南罢番舶议》，对抵抗外国资本主义侵略和巩固西北边疆有重大现实意义和长远历史意义。他的《古史钩沉论》，把经史、百家、小学、舆地和当代的典章制度研究统一起来，形成一个完整的历史概念。他以当代的史官，即历史学家自任，用春秋公羊学派变化的观点、发展的观点、与时俱进的观点，来批判、改革当时的腐朽政治，一切重实用，反对考据之学。

一、龚自珍诗歌创作倾向

（一）“尊史”倾向

龚自珍是我国著名的思想家、文学家，并且擅长“今文经学”。在龚自珍的诗文中，我们可以发现其中蕴含着关注社会现实的思想。事实上，这种意识本质上体现了“尊史”观念。蒋大椿先生认为，从历史认识思想来看，龚自珍还没有形成一个严密的历史认识系统，并且很多论述也是散见于各个篇章，可以说，龚自珍的历史思想比较粗糙。但是，在龚自珍的历史认识范围内，可以看到很多值得珍视的见解，这些见解值得我们对其进一步发掘。[①] 在史学家的眼中，龚自珍并不具备完整的史学思维，但是他那许多值得珍视的见解却蕴藏着龚自珍诗歌创作的“尊史”内涵。龚自珍“尊史”思想的基本特征主要包括据史论事，以古鉴今，联系实际，讥切时政。

1.“诗史一家”的蕴意

龚自珍就诗与史的关系提出了很多观点。诗人认为“作史”“选诗”“皆天下文献之宗之所有事也”。“史”对于诗人来说，是诗文创作的基础，因此“史”与“诗”两者之间有着密切的关系。在论述“史”与“诗”的关联的时候，龚自珍曾说道：“夫六经者，周史之宗子也。”[②] 而《诗》作为六经之一，当然也不例外。从写作目的来看，“诗”与“史”存在一致性，也就是说无论史官写“史”还是诗人作“诗”，实际上都是为了批评社会现实政治状况。

在龚自珍看来，“史”的缺漏可以用诗歌来补充，正所谓“诗成侍史佐评论”，诗歌成了评论的工具。龚自珍将“诗”与“史”的联系进行了统一，强调两者都是对社会、对生活的批评。例如，龚自珍的七言律诗《吴市得题名录一册乃明崇祯戊辰科物也题其尾一律》：

天心将改礼闱徵，养士犹传十四陵。
板荡人材科目重，蓁芜文体史家凭。
朱衣点过无光气，淡墨堆中有废兴。
资格未高沧海换，半为义士半为僧。

这首诗的写作背景是诗人无意中得到了明崇祯时代的题名录，又看到当时科举录取制度有感而发。诗中提到进士考试的变动就是朝代变换的征兆。换句话说，

① 蒋大椿．龚自珍历史认识思想略探 [J]. 近代史研究，1995（1）：62-74.
② 龚自珍．龚自珍全集 [M]. 上海：上海古籍出版社，1999.

在乱世之中，科举考试更加偏重进士科，而在进士考试中，众多学子的文章呈现出杂乱不堪的风格特征，史学家通常将这种杂乱不堪的风格特征看作末世的凭证，在这个时期，就算取中的文章，事实上也毫无值得称赞的地方。龚自珍的这首七言律诗为我们呈现了两个方面的意蕴：一方面，体现了问题变化和社会变革之间的联系。其中“蓁芜文体史家凭”正是末世的证明，这句话的意思是那些杂乱无章的文体之所以会出现，就是因为历史变迁，可以说问题的转变意味着历史的变化。举个例子来说，花间词兴盛于唐末，这个时候的文人逐渐从高歌理想转变为关注闺怨与儿女之情，由此可见，唐末的文风早已不复盛唐时的意气风发，也正是唐代进入末世的佐证。另一方面，文体和历史之间的影响是相互的，不是单向的。具体来讲，文体是历史变化的载体，文人、文体、文风又影响着一代王朝的兴衰。根据我国历史发展经验来看，历朝历代的末期，在政治腐败的情况下，都会导致人才的缺乏，在政坛上聚集的所谓“人才”，大部分是无才无德之辈。这些“人才”创作的诗文自然都是一些靡靡之音，对于朝政的复兴起不到任何作用。在上面这首诗中，龚自珍抨击了人才录用转变的现象，披露那些被选中的文章更是一无是处，毫无可以称赞的地方，更不要提让这些被选中的“人才”振兴王朝，复兴政治了。

2.对传统“诗史”观念的承袭

龚自珍认为诗人作诗与史官写史具有相同的目的，即对现实社会现状的批判和记录。事实上，在传统文学观念中，我们也可以看到很多将诗与史联系到一起的情况。比如文学上有“诗史”一说，意思是用来记录重大历史事件的诗歌，通常来讲，“诗史”类的诗歌是长篇叙事性的。到了清代晚期，龚自珍提出的“诗史一家”与“诗史”是不同的，“诗史一家”主要是对历史变化进行集中记录，并不太注重诗歌的形式。龚自珍所生活的时代正是清政府全面衰败的开始。龚自珍在这样的时代背景下，不仅将鸦片给中国和中国人带来的危害记录在诗歌内，还对社会即将变化的趋势进行了敏锐的把握和判断。例如，《己亥杂诗》八十六：

鬼灯队队散秋萤，落魄参军泪眼荧。
何不专城花县去？春眠寒食未曾醒。

这是一首七言绝句，篇幅虽然不长，但是将鸦片战争给中国人造成的危害，以及中国人深受鸦片毒害的情形描绘得淋漓尽致。“鬼灯队队散秋萤，落魄参军泪眼荧”形象地描写了当时吸食鸦片成瘾的中国人在吸食不到鸦片时眼泪直流，以及躺在床上吸食鸦片的丑态。清代晚期，随着鸦片的入侵，当时的中国人遭受毒害的这段历史被龚自珍以诗的形式记录在书册中。因此，可以看出龚自珍的“诗史一家”精神实际上是对“诗史”中纪实精神的继承。

3.推崇“借古讽今”的表现手法

龚自珍在讽刺社会现实的时候常常利用“借古讽今”的手法，从这一点也能充分体现其“尊史”情怀。举个例子来说，在龚自珍的诗歌中，共有十二首涉及汉朝。在这些诗歌中，一部分是直接借助汉朝的书籍或者制度等，对诗人所处时代的时政进行评论，还有一部分是通过虚拟一些汉朝的场景对诗人所处时代的政治进行讽刺。诗人之所以利用汉朝作为例子进行“借古讽今”，一大部分原因是诗人对汉代历史比较了解。龚自珍诗云：“吾祖平生好孟坚，丹黄郑重万珠圆。不才窃比刘公是，请肄班香再十年。”[①] 龚自珍的外祖父生前喜爱读《汉书》，因此在外祖父段玉裁的影响下，龚自珍自小便对汉朝的历史产生了浓厚的兴趣。他对《汉书》的喜爱之深，从他愿意用十年时间阅读《汉书》就可以看出来。龚自珍通过研究《汉书》，从而对汉朝的历史、官宦制度、宗庙祭祀、名人名臣都有了深入了解，在他后来的诗歌中，多处借助自己掌握的汉朝相关知识对清王朝的统治制度进行讽刺。龚自珍的《己亥杂诗》十五中写道：“读到嬴刘伤骨事，误渠毕竟是锥刀。”这句诗从表面上看，是在反对秦王朝和汉王朝的统治者对人民实行严刑峻法，但是结合诗人所处的清代晚期的现状，我们不难发现，这句诗实际上是借助秦汉王朝统治者镇压人民之事，批判清王朝采用残暴手段镇压人民的现状。

龚自珍的“借古”并不是采用逸闻典故，而是喜欢在叙事实例中运用事物的旧时称呼隐藏讽刺。如《咏史》其一：

宣室今年起故侯，衔兼中外辖黄流。
金銮午夜闻乾惕，银汉千寻泻豫州。
猿鹤惊心悲皓月，鱼龙得意舞高秋。
云梯关外茫茫路，一夜吟魂万里愁。

在这首诗中，我们可以看到，诗人提到了众多古时候的名词，有汉代的“宣室”、唐代的“金銮”、明中叶以前的黄河出海口“云梯关”，诗人之所以采用这几个名词，是为了记叙嘉庆二十四年（1819）在河南兰阳、仪封北岸发生的黄河缺口事件。其中“猿鹤惊心悲皓月，鱼龙得意舞高秋”描写了受灾地区人民生活悲惨，但是贪官污吏却只想着发灾难财，无视人民的困苦。这首诗从表面上看是在“咏史”，而结合诗人所处的时期，可以发现，这首诗实则是在“议今”。诗人

① 龚自珍．龚自珍诗集编年校注（全两册）[M]．上海：上海古籍出版社，2013.

用“借古讽今”的记事手法将嘉庆年间的一次洪水灾害中清朝官员的冷血无情展现得淋漓尽致。

除此之外，龚自珍除了经常采用叙事实例进行“借古讽今”之外，还会通过对前朝人、前朝事进行虚构，来表达自己对当今政治制度的不满。如在《汉朝儒生行》一诗中，诗人虚构了一位汉代儒生，并且以其口吻叙说了汉朝的一些情况，而实际上，诗人是在对清王朝统治者实行的种族歧视政策进行披露。诗中对某位将军的遭遇的叙述正是对清王朝实行的“强分满汉”政策的大胆揭发。不仅如此，诗人还提出这种政策迟早会引发恶果。

（二）“尊情”倾向

到了乾嘉时期，清王朝由盛转衰，在这个时期，统治者重新开始重视诗歌的教化作用，诗坛上掀起了宋明理学思潮，从此清代诗歌开始走向整肃人心、统治教义的道路，彻底沦为统治阶级整治社会秩序的工具。统治者希望通过“义理”，达到维护皇权统治的目的。清代诗歌的主要风格也变成了“清雅”“醇正”。但是，清代诗歌在端正文风的过程中，由于过分尊重“义理”，在艺术色彩方面缺乏独特性。到了清中叶，再次出现“文章乃归于匹夫”的现象，众多诗人重新开始注重对“情”的抒写，这一时期的大诗人龚自珍也提出了属于自己的“尊情”观。

1.抒发真情实感

在《歌筵有乞书扇者》中，诗人龚自珍提出了一个重要的诗文批评标准，也就是“感慨”。

天教伪体领风花，一代人材有岁差。
我论文章恕中晚，略工感慨是名家。

当时流行的演唱文学内容比较鄙陋，一些作品文字不端，使诗人深感不满。因此，诗人写下这首诗，实则是对那些演唱文学作品的讽刺。龚自珍将这类演唱文学作品称为“伪体”，并且指出这类作品是真正文艺的反面，属于恶劣粗俗的作品，这样的作品在广泛传播之后，会使当朝的文学作品出现倒退现象。从诗中可以看出，诗人认为判断一篇诗歌是否优质的标准实际上并不严苛，只要诗歌能够表达真实的感慨，就可以算是优质的作品。值得注意的是，这里所说的“感慨”，并不是言不由衷，而是内心真实情感的抒发。因此，可以看出，龚自珍所言的“感慨”，主要强调诗人在面对社会现实的时候，能够发自内心地对现实社会进行书写，将自己心中的真实想法抒发出来。

例如龚自珍的《逆旅题壁次周伯恬原韵》，这首诗是他在嘉庆二十五年（1820）会试落第之后写的，诗人感叹社会衰败，但是又苦于无功名在身，再加上考场失意，自己的治世之道无从施展，从而对官场产生厌弃之心。这首诗中所表达的情感，都是诗人对现实社会以及自己的真实遭遇有感而发，是诗人内心情感的真实反映，与前面我们提到的“伪体”形成了鲜明的对比。

2.长久的情感积累

实际上，龚自珍所强调的“感慨”，除了对社会现实等的感叹以外，还包括长久的情感积累。例如在《述思古子议》中，诗人在“夫童子未有感慨，何必强之若言”这一句中，对“感慨”的意义进行了论述，即感慨不是儿童，这是成年人所特有的感时伤怀，这种情绪的产生往往都会由一定的场景而触发出来，都是沉重而悲情的。这种情绪并不是一时的感性，而是长久的郁怒经过一定的积累而成。对于清王朝的用人制度，诗人深感不满。他认为社会的因素给人才的发掘带来了极大影响，并且提出“一代功令开，一代人材起”的说法。在龚自珍所处的时期，本应是人才辈出的时代，但事实上却面临着无才可用的尴尬局面。造成这一切的原因，正是清王朝人才录用制度的问题。龚自珍的《紫云回三叠》中就向世人叙述了其好友宋于庭的经历。清朝录用人才的制度中，有一项“回避”制度，使得很多有志之才难以施展自己的才华，宋于庭就是其中之一。宋于庭与考官是亲戚关系，因此根据清朝的“回避”制度，宋于庭只能放弃科举，从而留下“别有伤心听不得”的遗憾。诗中“痴心还伫殿东头”写出了他内心的不甘，“好梦留仙夜夜多”又写出了他美好的愿景，期望自己的科举之路还有回旋的机会。面对友人的遭遇，诗人有感而发，悲痛之情油然而生，写下了“争似芳魂惊觉早，天鸡不曙渡银河”的劝慰之语。诗人在谈起友人宋于庭的时候，感叹其遭遇，这实际上并不是一时的触动，而是诗人自身多年来的愤慨，以及对清朝人才录用制度的不满。作为一个特别关注人才录取的旁观者，诗人在经历了考场失意之后，多年来不断目睹其中的不公，使得他对于友人的遭遇不再是一时的有感而发，而是多年来长久郁闷之后产生的感慨。

（三）“尚奇”倾向

龚自珍处于嘉道时期，他认为在那个时期，清王朝就已经开始步入“衰世”了。在他的诗歌中，也有很多是站在政治立场上对时政进行讥讽，期望采用经世致用的方式，实现救世救国的目的。但在当时，清政府推行文字狱，在政治压力下，诗人不得不通过各种光怪陆离的方式，对心中的怨刺之情以及不平之鸣进行宣泄。龚自珍的“尚奇”倾向主要体现在他丰富多样的表达方式上。他这种独特的“尚奇”风格被后人称颂。

1.塑造神话“奇”境

龚自珍的“尚奇”倾向首先表现为诗人擅长塑造奇特的意境。之所以诗人善于塑造神话“奇”境，其中一部分原因是他受到以往诗人的影响。在我国文学史上，庄子、屈原、李白都是善于塑造神仙之境的文人，龚自珍对他们很是推崇，因此在很大程度上受到其影响。在此，我们以《离骚》为例，屈原在开头称自己为“帝高阳之苗裔兮”，但是在文章的结尾处又说自己是“遭吾道夫昆仑兮”。其中“高阳”可以在《山海经》中考证到，说的是皇帝的孙子“颛顼”。而最后一句中的“昆仑”则是上古神话中神仙居住之处。龚自珍曾经在《自春徂秋偶有所触拉杂书之漫不诠次得十五首》(其三）中写道“庄骚两灵鬼，盘踞肝肠深”，就是借鉴了屈原《离骚》中的昆仑之境。又如龚自珍的《梦得“东海潮来月怒明”之句醒足成一诗》：

昙誓天人度有情，上元旌节过双成。
西池酒罢龙娇语，东海潮来月怒明。
梵史竣编增楮寿，花神宣敕赦词精。
不知半夜归环佩，问是崆峒第几声。

从诗中可以发现，整首诗中，诗人都在对仙人的日常生活进行描述。比如“上元旌节过双成”写的就是神仙上元夫人带着婢女出行，“双成”是婢女的名字。而“花神宣敕赦词精”中的花神是指司花之神，“宣敕”的意思是发布诏书。不过，值得注意的是，“西池酒罢龙娇语”是全诗中最能体现神仙之境的句子。这里的“西池”指的便是“瑶池”。瑶池较早出现是在《穆天子传》中，里面有云“天子觞西王母于瑶池之上”。而关于西王母，在《山海经》中也提到了。但是关于西王母的住处，是在《西山经》中出现的，即“玉山，是西王母所居也”。然而在《海内北经》和《大荒西经》中，则认为昆仑之丘才是西王母的所居地。诗人受到《离骚》中所创设的神话之境的影响，从而想象了昆仑上神仙们的日常生活场景。后来诗人又在一首《又成一诗》中写道：“西池一宴无消息，替管桃花五百年。”再一次提到了昆仑仙境的瑶池宴会。然而实际上，诗人的第一首诗是记叙自己在嘉庆二十三年（1818）于浙江乡试时获得第四名举人的事情。后来这首则是记录自己会试落第的事件。虽然《梦得“东海潮来月怒明”之句醒足成一诗》是作者乡试获得第四名举人之后所作，但是诗中并没有直抒自己内心的喜悦，而是借助“花神”发布诏书来暗喻自己乡试取得不错的成绩。而在《又成一诗》中，诗人则是用“替管桃花五百年”来表达自己应试落第一场空的境遇。诗人对于屈原的《离骚》并不是单纯的模仿，而是从中取得灵感，根据自己的想象，从而描述昆仑仙境中仙人们的生活，利用塑造出来的神仙之境来表达自己仕途的起伏。龚自珍对神仙之境的塑造与屈原的《离骚》中对神仙之境的塑造存在一定的共同之处，那就是借神仙之境表达现实之感。换句话说，诗人对神仙之境的创造，实际上就是为了表现自己对现实生活的感触。

2.造“怪”象和“怪”境

龚自珍诗歌的“尚奇”倾向，还表现在其诗歌创作有着“长吉之怪”之称。一个“怪”字充分体现了龚自珍的诗歌擅长造“怪”境。例如龚自珍的《人草藁》:

陶师师娲皇，抟土戏为人。
或则头帖帖，或则头颟颟。
丹黄粉墨之，衣裳百千身。
因念造物者，无岂属稿辰?
兹大伪未具，娲也知艰辛。
磅礴匠心半，斓斑土花春。
剧场不见收，我固怜其真。
谥曰人草藁，礼之用上宾。

这首诗的名字是《人草藁》，这里所谓的“人草藁”实际上就是那些具有与人相同样子的泥人坯子。在清代道光年间，泥人商业在江苏无锡发展较繁荣。在当地的大街小巷，随处可见泥塑制品。在开始的时候，泥塑制品多是作为儿童玩具出现，后来随着泥塑的发展，泥塑制品开始衍生出戏文人物，甚至在慈禧太后五十岁寿诞的时候，泥人作为贡品被送入宫中。龚自珍生活的道光年间，泥人正处于发展鼎盛时期，在生活中更是常见各种各样的泥人，对于泥人的象征意义，龚自珍是烂熟于心。在这首诗中，诗人采用了女娲造人的典故，当然，女娲造人时的泥人工艺是远不如道光年间的泥人工艺的，因此诗人为这首诗题名《人草藁》，实际上是指泥坯，而非完整的泥人工艺品。如此一来，用半成品做诗的题目，也正好对这首诗的意境进行了暗示——并非吉祥和睦。

诗中描述女娲用泥造的人，有的“头帖帖”，有的“头颟颟”，这都是对泥坯的丑化。在诗中，诗人笔下的泥人没有传统泥人的美观、喜庆，有的只是呆板、蠢钝。诗的意象构成诗的意境。龚自珍为读者打造这光怪陆离的意境，让读者更愿意去挖掘意境背后的意义。“人草藁”实际上就是对那些不学无术、极度虚伪的官场小人的讽刺。龚自珍这种利用“怪”象“怪”境的方法，往往更容易引起读者对诗歌内涵的挖掘，从而更准确地传达诗人的思想意图。

（四）“贵真”倾向

龚自珍在其《绩溪胡户部文集序》中写道：“古之民莫或强之言也。忽然而自言，或言情焉，或言悟焉，或言事焉，言之志弗同，既皆毕所欲言而去矣。”意思是说，文学作品只要是直抒胸臆的，无论是什么类型，都没有必要强行对其进行区分。龚自珍最抗拒的是那些虚假的文艺作品，那些作品要么是无言而发，要么是剽窃他人。龚自珍认为，文学作品要做到“真”，即真切地表达自己当时的想法，敢于直接指斥社会现实，这就是其“贵真”倾向的思想。

另外，龚自珍还认为，一个优秀的文学作品不仅要尊重事物的原貌，还要对自己当下的感受进行真实且真挚的表达，而不是简单地将辞藻堆砌起来。龚自珍在诗歌创作方面，主张顺应自然。因此，龚自珍的诗歌透露出一种悠闲自怡、随性而作的天然之态。如《杂诗己卯自春徂夏在京师作得十四首》其一：

少小无端爱令名，也无学术误苍生。

白云一笑懒如此，忽遇天风吹便行。

从这首诗中，我们可以看到，诗人将自己与自然景物融为一体，白云和天风都成了诗人抒发情感的工具。诗人的由心而发，将他对生活的态度恰到好处地诉说出来。事实上，龚自珍在生活中是一个非常懂得欣赏自然之美的人，这一点在他众多清新自然、天然无雕琢的作品中都可以发现端倪。

李白是龚自珍非常崇拜的一位诗人，在文学创作的道路上，龚自珍也继承了李白“清水出芙蓉，天然去雕饰”的风格。如《此游》其一：

此游好补前游罅，挥手云声浩不闻。

两度山灵濡笔记，钱塘君访洞庭君。

这首诗描写的是诗人与友人聚会的情景，诗句开始对自然风光大为赞赏，将聚会之处想象成神仙之境，顺理成章地将两人的相聚想象成神灵会面，从而将想象之境用现实之美来构筑。在这里，诗人的想象是根据自然景象有感而发，并不会给人突兀的感觉。

追求“天然”还有一种意义，那就是礼教，诗人认为“礼伪自然”。文学作品如果过分宣扬“义理”，那么终将脱离文学创作的本质，也会违背天然成文的创作之美。因此，龚自珍提出要“礼逆而情肃，乐逆而声灵”，要求文学创作者在创作的过程中要回归本真，将自己内心真挚自然的情感和现实的经验通过文学作品表达出来。如《暮雨谣三叠》其一：

暮雨怜幽草，曾亲撷翠人。
林塘三百步，车去竟无尘。

在这首诗中，诗人想要表达的男女之间的情感是脱离礼教的。因此，在表达方式上，诗人摒弃了传统的表达方式，也摆脱了往常的抒情方式，而是采用天然之景动人的创作方式，主张不重人情、人心，尊重人类自然情感。这正是龚自珍追求“天然”诗文的表现。

二、龚自珍诗歌中的佛学思想

（一）龚自珍诗歌中的救世思想

佛教伦理思想的核心内容和根本精神是慈悲观，把救苦救难、解救众生作为最崇高的道德。佛教伦理思想中的这种慈悲观要求其信徒把普度众生当作自己神圣的使命，不仅如此，还要将普度众生贯彻到一切佛法宣传和修持实践的活动中。

我国儒家思想讲求“修身、齐家、治国、平天下”，实际上与佛教上述的伦理思想有异曲同工之妙。先秦时期，儒家思想中尽管也有立德、立功、立言的追求，但是更多地透露出治理国家致天下太平的愿望。孟子强调“故君子莫大乎与人为善”，意思是说一个有德的君子，会以善良的心对待他人，以真诚的爱和辛勤的劳动为社会做贡献。可以说在儒学创立之后，儒者个人与国家社会之间是双向互动的关系。即为了国家富强、人民安居乐业以及自身人生价值的实现，个人应前仆后继。

从目的层面来看，佛家的某些思想实际上同儒家的“修身”“平天下”是一致的，都追求自我完善，体现的都是宽容博大的慈悲胸怀。龚自珍一生的志向并不是成为诗人、名家，而是成为名臣、名儒。龚自珍在青年时代，其外祖父段玉裁就勉励他“博闻强记，多识蓄德，努力为名儒、为名臣，勿愿为名士”。

在龚自珍的一生中，他以兼济天下的壮志广泛吸取有利于济世度人的学说，一心为濒于崩溃的清王朝寻求出路，为世人创造一个安定祥和的环境。龚自珍强调的济世度人不仅融合了儒家经世致用的思想，还结合了更法改革的启蒙思想。

龚自珍的这一思想在其很多诗歌作品中都有所体现。龚自珍年少的时候曾经读《东方朔传》，恍惚若有遇，因此自谓“曼倩后身”，并且刻有“曼倩后身”的印章。在这里，龚自珍显然是在利用佛教中的转生之说，以表达自己与古人一样，拥有狂傲、不守绳墨的气质。龚自珍在道光元年（1821）创作的《驿鼓》三首之一写道：

书来恳款见君贤，我欲收狂渐向禅。
早被家常磨慧骨，莫因心病损华年。
花看天上祈庸福，月堕怀中听幻缘。
一卷金经香一炷，忏君自忏法无边。

从诗中我们可以看出，龚自珍对佛教最初的认识。这首作品的写作背景是诗人尽管两度会试失败，但是其对自己未来的前程依然充满信心。在当时，由于他经常抨击时政，又好与人辩驳，因此招来“狂名”。然而，龚自珍年轻时虽然想“逃禅一意皈宗风”，但是却“惜哉幽情丽想销难空”，所以他又有重重心事烦恼。

从上面的诗中，我们还可以看出，龚自珍向往佛教的意境，但是尚不能看空世间的“幽情丽想”。在这样的情况下，龚自珍收敛“狂态”的方式就是阅读经书，这也算是一种休闲方式。事实上，在佛教传入中国之后，很多儒者士大夫都将阅读经书当作休闲方式，这是因为佛法本身拥有中国传统儒家文化和道家文化所没有的哲理和思辨。

龚自珍早年对佛学的认识不够深入。他对佛学有真正的了解是在江沅的引导下，因此龚自珍曾称江沅是引导其学习、了解佛学的第一导师。江沅（1767—1837），字子兰，号铁君、韬庵，江苏元和人。江沅是晚清时代的经济学家和文字训诂学家，曾经跟随彭绍升居士学习佛学，受其影响颇深。彭绍升开创了近代居士佛教，是近代佛学复兴的先声。彭绍升号“知归子”，而龚自珍则自号“怀归子”。龚自珍对彭绍升居士之道德很是推崇，盛赞道：“震旦之学于佛者，未有全于我知归子者也。”在龚自珍看来，“抱民生绝幽苦之一境”是不值得提倡的，那是消极的学佛者，是为了逃避现实而选择学佛的人。

龚自珍于道光二年（1822）度过了一段“终日坐佛香缭绕中，翻经写字，以遣残年，亦无不乐也”的时光。这句话看似龚自珍在远离政治后闲适自在，但事实上，在他的内心深处，会试的失败、满腔政治抱负无处施展一直是他的“心病”，因此他又作诗曰：

佛言劫火遇皆销，何物千年怒若潮？
经济文章磨白昼，幽光狂慧复中宵。
来何汹涌须挥剑，去尚缠绵可付箫。

心药心灵总心病，寓言决欲就灯烧。

从诗中很明显可以看出龚自珍仍旧充满了一腔政治抱负，对于自己的仕途不畅仍旧没有释怀。他在内心深处，还是幻想着能够成就自己的改革梦。在道光三年（1823），龚自珍作诗《夜作》两首，其中一首如下：

沉沉心事北南东，一睨人材海内空。
壮岁始参周史席，髫年惜堕晋贤风。
功高拜将成仙外，才尽回肠荡气中。
万一禅关砉然破，美人如玉剑如虹。

诗中字里行间流露出的是危机四伏，以及诗人对人才匮乏的忧虑。诗中诗人表达了对光阴飞逝的惋惜，但同时又表示，只要不懈地追求，一旦顿悟禅机，就能掌握补天济世的思想武器，到那时一定能划破长空，开创一个崭新的世界。很显然，龚自珍在这里引用了屈原“香草美人”的比喻。由此可见，龚自珍的政治理想与其学佛是一致的，龚自珍像许多儒者那样，以儒者的身份游离在佛学之门，对于佛学中的思想精华进行吸收，从而为其经邦济世的社会理想寻找理论基础。

再看《己亥杂诗》第一百二十五首：“九州生气恃风雷，万马齐喑究可哀。我劝天公重抖擞，不拘一格降人才。”这首诗是龚自珍晚年在经历了一生仕途坎坷辞官回家的途中所创作的。纵观全诗，看不到龚自珍任何消极的情绪，他只是将自己早年积极入世的情怀进行了一次升华，到了一个更为深沉、廓然的境界，从这一点可以看出佛家超然的宇宙观与奋身救俗的基本精神。龚自珍身上流露出的那种博爱精神与强烈真挚的人间关怀，正是佛法中普度众生的理念与经邦济世的儒家情怀的结合。龚自珍一生仕途坎坷，胸怀大志却无处施展，在这样的人生遭遇下，他仍旧具有强烈的济世情怀，这种精神境界是阔大的、“大无畏”的。

（二）龚自珍的“心力说”

《壬癸之际胎观》是龚自珍追求整体世界观的一组文章，其第一篇讲到世界的生成问题：

天地，天所造，众人自造，非圣人所造。圣人也者，与众人对立，与众人为无尽。众人之宰，非道非极，自名为我。我光造日月，我力造山川，我变造毛羽肖翘，我理造文字语言，我气造天地，我天地又造人，我分别造伦纪。众人也者，骈化而群生，无独始者。有倮人，已有毛人，有羽人，有角人，有肖翘人。毛人、羽人、角人、肖翘人也者，人自所造，非对造，非天地造。

在这篇文章中，龚自珍所说的这个“我”实际上并不是个体的“我”，而是指代“众人”。在龚自珍看来，“骈化而群生”的“众人”是“人自所造，非对造，非天地造”，是自本自根的“存在”。“众人之宰”即统一“众人”的东西，不是传统哲学所谓的外在的“道”与“太极”，而是“众人”的共同的“我”。龚自珍所列举“我光”“我力”“我变”“我理”“我气”，都是人的主观方面的东西。所以作为“众人之宰”的“我”，实质是人的主观精神的一种概括与抽象。很明显，龚自珍的这种世界生成论是在受到佛教“一念三千”理论的影响下而生成的。

龚自珍认为世界的本源是“我”，也就是人的主观精神，这同时也是创生世界的“第一动力”。龚自珍的这种观点与佛家天台宗认为世界是虚幻的概念不同，龚自珍承认世界是真实存在的，这一点在其《壬癸之际胎观》中可以看出。龚自珍在诗中对人类世界的生成以及发展历程进行了具体的阐述。他认为既然时间的一切归根结底是由人的主观精神造就的，那么对这个世界进行改造就一定要靠人的“心力”。龚自珍作为传统的士大夫，其思想是儒家“修齐治平”的思想，核心也是在儒家思想教育下而培养起来的经世之志。这对龚自珍的诗歌创作也产生了重要的影响，使其诗歌存在一种佛心与世情的冲突。

在龚自珍的一些诗作中，可以看到他利用学佛来对心灵苦痛的无奈进行消解，他还在诗中述说自己对佛家教义的体会，写出了自己学佛的情形与体会。

种花都是种愁根，没个花枝又断魂。
新学甚深微妙法，看花看影不留痕。

——《昨夜》

狂禅辟尽礼天台，掉臂琉璃屏上回。
不是瓶笙花影夕，鸠摩枉译此经来。

——《己亥杂诗》七十八

历劫如何报佛恩，尘尘文字以为门。
遥知法会灵山在，八部天龙礼我言。

——《己亥杂诗》八十一

在龚自珍的许多诗中，他都表现了自己基于现实的思想情感同他按照佛家教义修持清净空寂的矛盾冲突，在这样的冲突下，展现了他想要寻求解脱，但是事与愿违，一直无法解脱的复杂且痛苦的内心世界。

《观心》一诗云：

结习真难尽，观心屏见闻。
烧香僧出定，话梦鬼论文。
幽绪不可食，新诗如乱云。

鲁阳戈纵挽，万虑亦纷纷。

诗中的“观心屏见闻”一句，道出诗人内心世界的思虑与波澜。无论如何努力“关照”自己的“心”，也没有使诗人领悟宇宙人生的神秘，没有使诗人达到佛家所求的空寂澄明的心境。

龚自珍修习佛法，也深感修禅与作诗的冲突，所以有“戒诗”之举。《戒诗》五首说：

蚤年撄心疾，诗境无人知。
幽想杂奇悟，灵香何郁伊。
忽然适康庄，吟此天日光。
五岳走骄鬼，万马朝龙王。
不遇善知识，安知因地孽。
戒诗当有诗，如偈亦如喝。

（其一）

百脏发酸泪，夜涌如原泉。
此泪何所从？万一诗祟焉。
今誓空尔心，心灭泪亦灭。
有未灭者存，何用更留迹？

（其二）

在这里，“戒诗”的意思就是诗人想要平息和消解内心的种种愤怒、不平、苦痛、思虑、幽想、奇悟，从而达到心境的空寂澄明，脱离凡尘，不再关心世事，也不再以诗抒写人间的苦难与人生的不平。龚自珍学佛而发誓戒诗，于“弢言语，减思虑之旨言之详，然不能坚也”，于是又破戒作诗。

《又忏心》云：

佛言劫火遇皆销，何物千年怒若潮？
经济文章磨白昼，幽光狂慧复中宵。
来何汹涌须挥剑，去尚缠绵可付箫。
心药心灵总心病，寓言决欲就灯烧。

在龚自珍的内心，一直存在世情与佛心相冲突的状态，这一点从龚自珍“戒诗”后又“破戒”可以看出，这也表明诗人的学佛心境始终无法战胜其对现实世界与人生的关切。龚自珍的这些包含学佛心境的诗作，恰恰也表现了即使学习了佛学，也无法消弭诗人内心炽热的情感。“无分安禅翻破戒”（《杭州龙井寺》），龚自珍终于按捺不住自己内心对现实的情感，无法再继续安于佛家的寂寞空无境界而忘却现实。这些诗凸显了龚自珍作为洞明时势的思想家与诗人所具有的坚执与虚空并存的心态，不仅表现了他心中的激情与紧张，还表现了他对自己的身份、处境与社会现实的焦虑。

龚自珍在辞官南归的途中，仍旧没有停止对佛学的学习，但是当思潮奔涌、激情难抑的时候，他又只能将自己的情感用诗的形式表达出来。从这里可以看出，龚自珍的内心充满了众多难以消解的对现实和人生的忧虑与思索。

第二节　魏源诗歌

一、魏源诗歌的思想主题

诗人魏源的一生，留下了许多具有代表性的作品。魏源现存的诗歌有九百多首，大多收集在他的《古微堂诗集》里面，这些诗歌题材宽泛，内容充实，形式和手法多种多样。在魏源的诗歌中，不仅可以看到以文入诗、以史入诗，而且还能看到以画入诗、以俚语入诗。魏源利用这些诗对清王朝的腐朽和衰败进行揭示，充分反映了人民的苦难。读魏源的诗，不仅能深切感受到这位经世派诗人的爱国主义情怀，还能看到诗人超越时代的改革家眼光。这一点也证明了魏源是近代中国“睁眼看世界”的首批知识分子的代表。魏源的诗歌主要包括政治诗、山水诗、忧患诗、咏史诗、赠答诗、禅意诗和题画诗等。

（一）政治诗

鸦片战争前后，清政府面对外敌入侵，政治更加腐朽不堪。在这个时期民族矛盾和阶级矛盾日益激化。文学领域也受到社会激荡的影响，出现了一批进步诗人，开始强调“睁眼看世界”。他们写了很多反映现实的诗篇，这些诗篇在当时的文学领域形成了一种富有现实主义色彩的力量。在这种力量的指引下，诗人们开始批判清王朝，并且对苦难的人民表示深切的同情。这在当时成为诗歌潮流的主要内容。

在这样的背景下，魏源开始创作政治诗。魏源的政治诗首先反映的是鸦片战争时期的社会现实。在这一时期，魏源创作了《寰海》（十一首）、《寰海后》（十首）、《秋兴》（十一首）、《秋兴后》（十三首）这四组律诗，共四十五首，构成了一部反映鸦片战争时期历史风云的系列史诗作品。在《江南吟》《都中吟》等新乐府组诗中，魏源深刻地揭露了政体的弊病，表达了他主张变革的迫切心情。

魏源的《江南吟》之八《阿芙蓉》，在诗歌的开头，诗人描述了鸦片输入中国之后，大量中国人开始吸食鸦片，并且嗜食成性。他们不管白天还是黑夜，不断地吸食鸦片，过着麻木不仁的生活，完全忘记了自己的身份，忘记了自己国家民族的命运和前途。面对举国上下人民嗜“毒”成性的状况，魏源痛心疾首，写下了“夜不见月与星兮，昼不见白日，自成长夜逍遥国”。诗人悲痛又担忧，如果长期这样下去，鸦片对中国的危害将达到不可挽回的地步。于是又写道：“藩决膏殚付谁守？”他将鸦片的危害传递给人们，希望引起人们的警觉和深思。诗人在这里以敏锐的政治眼光，把烟瘾与官僚集团的昏庸腐败、顽症痼疾联系起来，然后又通过犀利的笔锋，将禁烟无效的根源进行揭露，指出禁烟无效的根源不在鸦片烟上。诗人认为鸦片对人们身体健康的摧残、对国防的破坏、造成的白银外流以及国贫民弱的社会现象是有形的，还有一种无形的“瘾”则比鸦片烟的毒害还大，那就是边疆大吏的养痈成患、宰执大臣的中庸之道、儒学之臣的玩弄辞藻、司库之臣的监守自盗、满朝文武官员结党营私与阿谀媚上，以致内政不修，政令虚设，这是整个封建官僚体系的腐败。在诗的末尾处，诗人通过两句诗将禁烟无效的根源一句道破——“中朝但断大官阴，阿芙蓉烟立可禁”，意思是说，要想真正杜绝鸦片，就要首先断绝清廷官员包庇鸦片走私、投降卖国、贪污受贿、庸庸碌碌的行为。

整首诗在对封建官僚的腐朽进行刻画的时候采用了比喻的手法，诗人的批判锋芒并没有局限在鸦片上，而是同时指向了清王朝政治、军事和吏治的腐败。在这首诗中，诗人对清王朝官吏的昏聩无能、中饱私囊，进行了无情的揭露和批判。

（二）山水诗

山水诗是中国传统诗歌的一个大类。在魏源一生所写的九百多首诗歌中，占比最大的就是山水诗，有五百多首。魏源自述“好游山”，从香港、澳门到长城脚下，从东海之滨到川峡之间都可见到他的足迹。魏源所到之处都会留下诗作，他有一枚小印，上面刻有“州有九，涉其八；岳有五，登其四”，可谓“芒鞋踏九州”。魏源在游历山水过程中留下的这些诗歌，描绘祖国大好河山的同时也将其一生的足迹真实地记录了下来。

然而与一般的山水诗不同，魏源的山水诗并非其在隐逸山林、追求闲情逸致时所写，他将山水诗与经世致用之学紧密地联系在一起。这也是他对“及之而后知，履之而后艰”的哲学思想和文学主张的实践。

在魏源吟咏祖国的山川河流、飞瀑流韵的诗篇中，能够深深地感受到诗人忧时感世的思想情怀。山光水色，并未让诗人忘却千疮百孔的社会现实与肩头的责任。他的《龙门吟》祈祝黄河水害早日结束，他的《秦淮灯船引》《钱塘观潮行》充溢着诗人鸦片战争之后因国事日非而引起的悲凉情绪。《太室行》《少室行》《二室行》《北岳五台看雪行》，写秦晋燕赵的山形地势，极尽奔放激越之情状，诗人游踪遍地，所以他对五岳的态势情貌了然于心，故而在游历五岳时能细品其不同的神情相貌，并用独到的诗笔把它们各自的特点勾画出来：“恒山如行，岱山如坐，华山如立，嵩山如卧。惟有南岳独如飞，朱鸟展翅垂云大。”（《衡岳吟》）无论北岳南岳，在魏源的笔下都能各显面目、各呈姿态；在山形水貌的具体描绘中，又流荡着凌然欲飞的气势。魏源以学者的眼光和胸怀，一一辨证考察各个名山大川的形势地貌、方位走向，所以他既能对各个山岳按不同的特征进行具体细微的观察描绘，又能对其雄壮宏伟、超拔飞举的气势作尽情的渲染。

魏源的山水诗继承了我国山水诗写作的优良传统。虽然在我国的历史上有众多影响力极大的山水诗人，比如陶渊明、李白等，魏源的山水诗在创作和诗风方面都受到了一定影响，但是纵观魏源的山水诗，我们可以发现，他的山水诗有着自己独特的风貌，可以说他在继承我国古代山水诗创作传统的基础上，进行了进一步发展。他在描写祖国名山大川的同时不仅表达了对祖国河山的热爱，还表达了自己的政治抱负，开创了我国古典山水诗的新境界。

（三）忧患诗

嘉庆十九年（1814），也就是魏源二十一岁那年，他随父亲入京途中看到了中原地区的山川形势，并且目睹了水旱连年、兵燹相继的情景。例如，当他途经中原滑县一带时，该地区前一年刚经历了天理教起义的动荡，后来又赶上时令不正，灾荒荐臻，在动荡和灾年的双重压迫下，该地区民不聊生的景象令人触目惊心。面对这样的情景，诗人沉痛地写下了《北上杂诗七首同邓湘皋孝廉》组诗。诗人通过这几首组诗对他所见到的悲惨现实民生进行了真切的描绘，表达了诗人关注现实、关切民隐的思想情怀。

魏源的阶级本质决定了他是从维护清王朝的统治出发进行政治、经济活动，但是其中也贯穿着解决人间疾苦的思想。魏源一生的抱负就是为百姓做事。因此，他在地方为官的时候，把对百姓深切的同情付诸实践，为当地的百姓做了不少有益的事情。

鸦片战争的爆发打破了清王朝的“闭关锁国”，清王朝的统治阶级在帝国主义铁蹄的践踏下受到深深的震撼。由于统治者长久以来盲目自大，他们在战争中没有意识到敌人的力量，连连溃败。在此背景下，魏源面对清王朝的衰弱无能，表现出深深的愤怒和忧虑。在他的诗歌中，可以看出他忧虑海患以及抵御海寇的决心。比如魏源的《钱塘观潮行》，这是一首歌行体的七言古诗。诗中开头通过“世间瑰绝岂有此，江逆飞，海立起。天风刮海见海底，涌作银涛劈天驶。病者睹之气皆生，勇者睹之神皆死”，为读者展现了钱塘潮雄丽壮观的景象。诗人用这种汹涌澎湃、波澜壮阔的景象象征一切新生事物所拥有的势不可挡的力量。在诗中，诗人还用“进时强弩射不靡”“朝气羲鞭拦不住”“少壮春雷草怒芽”的“壮潮”来形容开国初期的王朝的形象。但是这种壮阔的景象是不长久的，有盛就有衰。诗人在描写鸦片战争后的清王朝的时候，将其比喻为“退时怒鼍鼓不起”“暮气鲁戈挥不复”“老后秋风弩穿缟”的“老潮”。“海王莫强天朝昏”中的“天朝昏”三个字，对清王朝腐朽虚弱的本质进行了大胆的揭露。在诗的最后，诗人写道，“传语万古观涛客，莫观老潮观壮潮”，耐人寻味，发人深思。

（四）赠答诗

魏源的一生有着众多朋友，遍布大江南北。这些朋友中，既有同道中人，又有底层文人，既有地方大吏，又有学术导师，他与朋友交往从来不分尊卑，也常常会在交往、交流之中，提笔写下诗文馈赠友人。与他所写的其他诗文一样，魏源的赠答诗也对其经世思想进行了反映。李姣玲曾在《论魏源的赠答诗》进行统计，魏源的赠答诗（包含送、呈之作）多达一百五十首。魏源的赠答诗中，人物包括亲故、学友、师生等，足有二十余人，如姚燮、李克钿、龚自珍、陈沉、董小楼、邓显鹤、陶澍、魏显达等。从体裁上看，魏源的赠答诗既有组诗，又有单篇；既有近体，又有古诗；既有律诗，又有绝句。其句式也包含杂言、四言、五言、六言、七言等等，不拘一格，体现了魏源诗的多样性。通过研究、分析魏源的赠答诗，我们能从中深刻地体会到魏源所抱有的经世思想，以及其一生难以实现志向的落寞之情。

《北上杂诗七首同邓湘皋孝廉》组诗对魏源一路北上过程中所闻、所见、所感进行记录，如黄河决堤、淤积后百姓生活的艰辛，又如如何对河道进行治理，再如饥馑之年黎民生活的困苦，等等。魏源不仅对时事表达着自己的观点与见解，也在诗句中将自身对民生的关心、对天下的担忧深刻传递而出。

（五）禅趣诗

步入晚年，魏源在杭州居住，并对禅宗抱有极大的兴趣，因而也写下众多禅趣诗。当然，在魏源早期的作品中，其实也渗透着“禅意”。在魏源模山范水的诗歌中，留下了“溺佛崇禅”的鲜明印记。例如，《村居杂兴十四首呈筠谷从兄》其二、其八就是典型的禅趣诗。

池中太古天，受此众林影。风来一时动，不改虚明静。空山绝人世，入夜风露冷。云驶月益西，天覆星如陨。孤卧仰浩虚，万象一何凛。诸念皆寂时，始觉人天近。

白云夜逾高，银汉秋弥朗。自非金令澄，曷徵水晶王。群动畏厉清，幽人喜昭旷。圆灵无一物，乃可涵万象。鱼鳞阵阵起，缟练层层荡。无端天中心，忽漾月华晃。五色佛光圆，重晕羲轮广。谁图元气仪，悬诸太微上！问月月不知，占天天共仰。幻化俄阒无，回光照虚敞。默坐更何言，中庭盈瀣沆。

通过李瑚先生的考证，我们能够了解到，《村居杂兴十四首呈筠谷从兄》这组诗的写作时间大约是1812年，也就是嘉庆十七年。此时，魏源仅仅十八岁，在长沙岳麓书院读书，为考取生员做准备。《村居杂兴十四首呈筠谷从兄》或许是他最早的诗作。通过对这组诗的构思与文笔进行分析，可以看出，十八岁的魏源文笔较为稚嫩，在构思方面对缜密过于追求；文笔方面对旷达过于追求，更多体现出勉强之象，却缺失了浑然之功，并未展现出后期所具有的超凡脱俗的艺术追求。在深山之中、月夜之下，魏源独自对那种太古时期独有的静趣进行体会，感受着“诸念皆寂时”的意味。

在第八首诗中，魏源对秋夜碧空中吹拂的阵阵清风、星汉变幻的壮阔景象进行十分细致的描绘，寂静深夜中，他沉思、低吟：“无端天中心，忽漾月华晃。五色佛光圆，重晕羲轮广。……幻化俄阒无，回光照虚敞。默坐更何言，中庭盈瀣沆。”魏源在对月晕进行比喻时，将“五色佛光”作为喻体，可以推测出这首诗大概是最早“以佛入诗”的作品。再看“瀣沆”一词，其实就是我们常说的“沆瀣”，指的是夜半之气。在静谧的夜晚，魏源震撼于万物变幻，静静坐着，忘却语言，直到夜半时分。这样看来，静坐的魏源似乎已有些禅定的感觉。不过，所谓“禅定”，讲的是由外至内、反观自心，当时的魏源却仍旧关注外物，处于由内至外的状态，尽管已经有了神与物游之意，然而更多的依旧是外观所见，对内心的关注与观察较少。但是，我们也看到，在魏源有了更多经历、年岁渐长、对这人世间的艰辛有更多体悟之后，其便逐渐拥有了明朗的禅定意趣。

魏源在禅趣诗中很少直白地对佛理进行讲述，而是主要注重对山川风物的刻画，继而在描绘景物的同时，潜移默化地渗透着自身对禅理的参悟，从而营造出一种由具象到意象、由清晰到朦胧、由小到大、由近及远的意境，让读者能够步入一种清幽空灵的境界。

二、魏源诗歌的艺术技巧

魏源的诗歌没有过多的雕饰，语言非常明快，对自身所想、所闻、所见采用写实手法进行书写，特别是其记录的时事，担得起“诗史”这一称呼，将大量的史料留给后人研究。此外，“经世致用”的主张也被其融入诗歌之中。因此，魏源的诗歌有着富有哲理而真实、平和的艺术风格。下面我们对此进行具体阐述：

（一）善用白描写实

在魏源的诗歌中，一个重要的艺术特点就是“写实”。魏源着力于对真人真事、真山真水进行描述。在游山诗中，魏源曾发出这样的感慨：“常憾游山不善画，今知图画皆虚假，楮墨止能图一面，其中层层面面何由写。”从中我们可以看到，魏源对自己不善笔墨感到十分遗憾，叹惋不能如实地刻画山水的“层层面貌”。所以，诗人在对山水胜景进行描述的时候，总是观察细致、描写切实，将每处山水的独特所在细细勾画而出，将祖国秀美的河山展现在人们面前。

魏源在道光二十七年（1847）游历于阳朔、桂林，后来又来到广州，路过粤江，提笔写下《粤江舟行》七首。在这组诗中，我们能够清晰地感受到峡谷的“奇”、山峰的“翠”、粤江的“碧”，读罢诗句，仿佛眼前就能看到粤江两岸峡谷奇峰的美丽景象。除此之外，魏源还用“庐山之高不知几千仞”描绘山之高，用“雁湫之瀑烟苍苍，中条之瀑雷硠硠，匡庐之瀑浩浩如河江。惟有天台之瀑不奇在瀑奇石梁”描绘瀑之奇，用“谷深风冒日，石合翠成坞。不信风泉过，但谓夜来雨”刻画谷之深，用“是石尽江光，是水皆石翠”勾勒石与水，凡此种种，都遵循着以实、以真为美的审美原则，所追求与坚持的正是“到处山水呈真面”。

魏源运用平实的语言，真实地阐述社会弊端、百姓疾苦以及战争。魏源生长于清朝不断衰落的时期，对清朝后期存在的种种矛盾有着亲身经历，目睹了民不聊生的状况以及所遭受的凌辱。魏源通过纪实的方式，对一些重要的、能反映当时社会现状的历史镜头进行摄取，将各个事件进行如实记录，让读者在阅读时宛如亲身经历，内心升腾起强烈的共鸣。

魏源非常擅长在写实时运用白描手法，这主要源于其有着尚实、尚质的审美趣味。魏源认为，“文无难易唯其是，讵容喜素而非丹”，他指出，内容的真实与正确是写诗时第一要注重的，也就是“唯其是”，“喜素”“非丹”则是对写实之美的肯定。魏源认为，诗文不需要对华丽的辞藻、繁复的形式进行过多追求，只要有着切合实际的内容、真挚的情感即可。除此之外，经世派的学风也对他产生了深刻影响，因此他对真实描述现实生活十分重视。

（二）寓哲理于平实议论

魏源不仅仅是一位诗人，同时也是一位思想家。在创作诗歌时，魏源常常受到社会事物与大自然的启发，从而对某种人生的哲理进行感悟，所以，他的诗作总是蕴含浓浓哲思。

魏源诗歌中的哲思，一方面蕴藏于其山水游记诗中，体现在其对人生、对自然的朴素辩证论中。魏源的很多山水诗都是通过描写山水对哲理进行阐述，展现出“仁者乐山，知者乐水”的旨趣；而那些对为人处世、道德修养、个人心性有所助益的内容，也占据很大分量。例如，当魏源对太行诸谷进行游览时，曾提笔写下：“险尽平易生，瀑穷云水秀。”此处所写的看似是太行麓谷苏门百泉的实地景色，然而其中却潜藏着平易能够与险峻彼此转化的哲理。不难看出，魏源诗句中体现的是朴素辩证法的哲学思想。在他的观点中，万事万物都是能够彼此转化的，所谓“消与长聚门，祸与福同根。岂惟世事物理有然哉”。矛盾属于一对统一体，矛盾双方不仅是相互依存的，更能够实现彼此转化，无论世事物理还是人生，都遵循这个道理。魏源坚持朴素辩证思维，对人、事、物以及社会持有积极心态。他的一生历经坎坷，无论仕途还是生活都屡陷困境，与此同时他的一生是有着丰富阅历的一生。魏源游遍祖国大好河山，去过大江南北。通过对他的诗歌与著书进行研究，我们很少从中看到怨愤、消沉的情绪，更多的是感受到诗人积极向上、豁达乐观的情感基调与思辨之意。在《栈道杂诗》中，魏源这样说：“山势到穷尽，豁然云水亮。人事坎坷历，夷然径路旷。”当他攀登到七盘岭峰顶时，可谓“俯视帆下上”，站在山上对攀缘之路进行回望，魏源心中更加坚定，纵有“人事坎坷”，却也必将重新回转至宽敞平坦的大道之上，展现出一种进取精神、乐观之情。由此可见，魏源虽然喜爱游山玩水，但并非一味沉溺山水之中，他的“游”始终与“思”相伴。

魏源的诗歌表现了辩证的时间观。魏源强调知行统一，对亲识亲历的实践精神予以提倡。他认为，只有“零距离”体验或接触事物，才能真正了解事物；只有亲自对某事进行参与，才能真正感受到其中的苦辣酸甜。在这世间，唯有亲自实践，方能拥有真知灼见。魏源还以庖丁、估客、樵夫进行举例，对“亲力亲为，方出真知”进行佐证。而针对诗歌创作来说，魏源也有自身鲜明的观点：“书生读史谈形势，果否披图胜陟山。”在《游山吟》这一自述诗作中，魏源更是针对学道深浅与践行问题进行阐述，认为“不深不幽不奥旷，苦极斯乐险斯夷。譬如学道不深入，肤造安得穷其峨”。在魏源的论述中，“学道”就好比“游山”，如果不曾深入“山中”体验，如何真正见到美景，取得收获？人生正是一分耕耘，方有一分收获。

魏源的哲思还在其怀古思今诗中有所体现，他深刻地反思政治，具有强烈的忧患意识。就像他所写的，“旅人忧乐关天下，客梦山川不世清”。魏源亲身经历了清王朝一步步走向衰败的过程，所以也有深深的反思，他曾经通过历史故事，对清王朝统治者自欺欺人的心态以及麻木之情进行嘲讽。

扁鹊见田侯，三见三叹唏。初见腠理可针炙，再见肠胃可汤液。针炙苦肤药苦口，攻泄恐伤元气厚。何如勿药得中医，国老衣钵为君授。三见始入门，望气先却走。药石攻补百不受，太乙雷公齐束手。娠童媚子环刍狗，堂上称觞万年寿。

这首诗改编自扁鹊为蔡桓公治病的故事，其实魏源是在“指桑骂槐”，借助历史故事表明是清王朝“走狗”的无耻谄媚、“国老”的守旧顽固，造成“田侯”病入膏肓，无法得到医治。在这首诗中，魏源传神地刻画了清王朝保守势力那已然病入膏肓却麻木无知的群像。除此之外，魏源其实也是借助这首诗向世人阐明：面对问题时，不能逃避现实，不能麻木无知，不能讳疾忌医，必须进行及时的、合理的改革，如若不然，自己必将一步步滑入危险泥淖。

（三）以诗证史，以诗补史

“以诗证史”是诗歌史上的传统创作手法，现代史学家也对这种治史方法非常推崇。魏源经历过许多历史事件，如天理教起义、鸦片战争、太平天国运动等，这些事件都对中国有着深刻而长远的影响。魏源秉持现实主义精神，在自己的诗歌创作中对上述历史题材进行融入，创作出一系列纪实诗篇，旨在通过诗歌对历史进行记录与补充，不仅对诗作的感染力与思想性进行增强，同时也留下了大量的史料供后人研究。毫不夸张地说，魏源的诗歌就是历史的写照。

从陈寅恪“地理、人事、时间”的要求来看，魏源诗集中有很多史诗都完全具备这三个要素。《北道集》是其中较为突出的，它对黄河水患、兵祸等事，以及中国在鸦片战争前后的社会现象进行描述。嘉庆十九年（1814），魏源从家乡出发，不断向北，他一路经过河北、河南、湖北等省份，亲历了天理教起义的兵祸、黄河水患，他一一记录了自己的所见所闻。等魏源来到北京之后，便将一路上创作的诗进行整理，集结成《北道集》。魏源采用现实主义笔触，一字一句地叙述："浊河决千里，一淤辄寻尺。屈指三千年，几决几淤积。每有浚濠人，十仞逢薨脊。"这是诗人来到滑县（古黄河边），亲眼看到黄河淤塞情景时发出的真切慨叹。而百姓所承受的苦难，令诗人格外痛心疾首。他字字泣血地写"去岁大兵后，大祲今苦饥。黄沙万殍骨，白月千战垒"，字字含泪地写"麦秋不及待，人饥已奈何……以鸩止渴饥，僵着乱如麻"，字字悲痛地写"野风吹蓬蒿，蒿中瓜庐垣。洌溯井不食，寥寥突无烟"。诗作的字里行间满是饥民悲戚凄惨的情境。同时，魏源还对造成这一切的原因进行记录："磐磐三河峙，民粟古互移。宁蕲三大灾，三河顿兼之。各占水旱兵，萃为死溺饥。"虽然《灾异志》《清史稿》《仁宗实录》《简学斋诗存》对上述兵祸、水灾旱灾、饥荒有所记录，然而魏源的亲身经历是对现场特写镜头进行"抓取"，从而将自己对世事的关切情感予以深刻表露。

同时，魏源也围绕鸦片战争创作了很多诗篇，对丰富的历史内容进行反映。例如，魏源在《寰海》《寰海后》中分别对道光二十一年（1841）、道光二十二（1842）年广东战场与浙江战场的情况进行反映；其在《秋兴》《秋兴后》中，也对战后国家经济凋敝、政治衰废的情况，清王朝故步自封、腐败的情形，分别进行重点描述。此外，魏源的山水诗也对战争情况进行了体现，如《楚粤归舟纪游》《金山偶题》等篇章都是通过对当地景物进行描写，继而向百姓在战争中保卫家园、御辱反帝的历史事件进行延伸。

从整体来看，魏源主要从以下三个方面对鸦片战争进行记录：

其一，战争前后清政府的表现。鸦片战争爆发的时候，清王朝保守派依旧做着美梦，自以为"泱泱大国"，未曾知晓西方国家已经进步到何种地步，更未对其向外扩张的野心予以察觉，直到敌军已经在家门口落下炮火，仍对对方不甚了解，甚至一无所知，摇摆在议和与议战之间，可谓"议款、议战、议守无一臧"。

其二，对帝国主义嚣张的侵略气焰进行描述。如魏源在《秦淮灯船引》中，对鸦片战争爆发时的场景进行再现。他写道："夷船骤至连天涨，夷船退后江不浪……炮雷江口震天来，惊得灯船如雨散。圌山已失京口破，火轮撇捩黄天过。"在诗中，魏源不仅对1842年英军入侵长江，将南京攻陷的场景进行了真切反映，更将自身深切的愤怒之情融入其中，读者读罢，仿佛眼前便浮现出英国侵略者嚣张攻入的场面。此外，魏源也将外敌入侵之后庆祝的情景通过诗歌进行记录，他描述道："江岸怒涛撼城吼，群夷争饮捷胜酒。夷酋登临亦太息，如此金汤不知守。"就连"夷酋"都发出感慨，固若金汤的国家竟然就这样轻易地败于外敌之手，失败的原因并非民不悍、国不强，而在于“不知守”！魏源只用了这样几句诗，便刻画出帝国主义得胜后得意扬扬的模样，称得上入木三分。同时，他也借由诗句，一针见血地指出鸦片战争中国战败的根本原因。

其三，对鸦片战争前后，百姓承受的磨难进行描述。官吏的压迫、战争的侵扰，加之鸦片的毒害……都造成当时的民不聊生，百姓承受着巨大的痛苦。在当时，农民“有田何不种稻稷，秋收不给两忙税”，而瘾君子则“阿芙蓉风十里香，销金锅里黄粱场”。甚至有人为了活下去，卖儿卖女，“国家纵有溺婴禁，难敕楚民鬻女为人媵”。魏源将种种苦难看在眼中，心中焦急万分，无比渴求清王朝能对人才予以重视、重用，真正御辱抗敌，更提出自己的建议：“何不别开海夷译馆筹边谟，夷情夷技及夷图，万里指掌米沙如，知己知彼兵家策，何人入职典属国。”

上述诗篇无不充满现实主义光芒，魏源通过这些诗作，真实记述了嘉道咸期间清王朝统治下中国的社会现状，对社会矛盾激化后百姓更加深重的疾苦，以及鸦片战争爆发后中国被“吞噬”的情景进行全面而深刻的反映。

第三节　桐城诗派诗歌

在诗歌创作方面，桐城派可谓成果颇丰，众多文人都留下了诗集，如方守敦、方守彝、姚永概、姚永朴、姚濬昌、张裕钊、吴汝纶、曾国藩、王拯、朱琦、龙启瑞、梅曾亮、姚莹、方东树、姚范、刘大櫆、姚鼐等。毋庸置疑，作为清代诗坛的一部分，桐城诗派具有独特性、重要性，在此，我们主要对方东树、姚莹、张裕钊的诗歌艺术创作进行阐述与分析。

一、方东树诗论概述

（一）涵养本原

在《大意尊闻附录》中，方东树曾这样说道：“古人皆是胸中道理充足随在流露，出于不觉，如水满自然触着便溢，乃为佳耳。若立意要以诗说道理，便不自然，反觉竭力，无意味也，故学当知涵养本原。”方东树的观点是，通过诗作进行说理，应当是一种自然流露，就像杯中装满水后，水会自然而然地流出来一样；假如刻意地通过写诗进行说理，那么就会显得很不自然，失去了诗的韵味，所以，创作需要“涵养本原”。

具体而言，方东树所提出的“涵养本原”有两重含义。其一，方东树认为，创作主体要做到“淹贯坟籍”“读圣贤书，培养本原”，即应当多读书。在对韩愈、杜甫诗歌作品进行点评时，方东树这样说道，“杜、韩之真气脉作用，在读圣贤古人书、义理志气胸襟源头本领上”，又说“杜、韩尽读万卷书，其志气以翟、契、周、孔为心，又于古人诗文变态万方，无不融会于胸中，而以其不世出之笔力，变化出之”。方东树认为，正是由于韩愈、杜甫能够“尽读万卷书”，并且“于古人诗文变态万方”，对前人写诗作文时的艺术表现手法努力汲取、学习，并对其进一步融汇、变化、发展，因此能成为具有影响力的一代诗人，创作出众多经典篇章。

其二，方东树也提出诗人应当对自身“胸襟、志气、义理”多加重视的观点。他认为，诗人不仅要多读书，更要以此为基础做到“多穷理”，努力对自身修养进行提升。苏轼、韩愈、杜甫、李白的诗作之所以如此灿烂夺目，不仅源于“才气笔力雄肆”，更因其“直缘胸中蓄得道理多”，方能“使人心目了然餍足，足以感触发悟心意”。

总的来说，方东树的观点是，假如诗人想要写好诗，就应当广泛阅读，将道理积蓄于胸，之后再辅以艺术技巧（如文法等）。如此，创作诗歌的时候自然游刃有余，能实现左右逢源。

（二）“诗道性情”与“见自家面目”

方东树的诗论对性情十分看重，在《昭昧詹言》卷一中，他这样论述道：“传曰：‘诗人感而有思，思而积，积而满，满而作。言之不足，故长言之，长言之不足，故嗟叹咏歌之。’愚按以此意求诗，玩‘三百篇’与《离骚》及汉、魏人作自见。夫论诗之教，以兴、观、群、怨为用。言中有物，故闻之足感，味之弥旨，传之愈久而常新。臣子之于君父、夫妇、兄弟、朋友、天时、物理、人事之感，无古今一也。故曰：诗之为学，性情而已。”从中我们可以很清楚地了解到，方东树的诗学主张为“诗道性情”。

方东树提出的“诗道性情”可以从两个方面进行体现。

第一，诗歌所反映的性情，需要具有道德教化的功能。方东树提出，“杜集、韩集皆可当一部经书读”。方东树认为，韩愈与杜甫的诗集能够媲美于“经”，其原因在于两位诗人的作品与“世教”的要求、标准相符合。同理，方东树提出如下观点，“阮公之痛心府朝，忧生虑患；杜公之系心君国，哀时悯人；韩公修业明道，语关世教，言言有物；太白胸中蓄理至多，逐事而发，无不有兴、观、群、怨之旨”，以及“是皆于‘三百篇’、骚人未远也”。第二，诗歌要反映创作主体的情感。方东树曾言：“古人各道其胸臆，今人无其胸臆，而强学其词，所以为客气假象。”他认为，在创作诗歌的过程中，要将真情实感作为前提，以切身体验作为基础，毕竟“既乏性情，不关痛痒，即是陈言”。在方东树心中，如果诗歌不具有性情，那么只能是一种“陈言”，其强调诗歌应当对创作主体的个人特色与内心情感予以表现。

在对“诗道性情”进行论述时，方东树对诗歌所具有的教化功能非常重视，认为诗歌应当对社会、对百姓有益处，同时，他也没有忽略“情”的作用，而是强调诗歌要对创作主体的真实情感予以反映。

方东树不仅主张“诗道性情”，也提出诗歌应当“见自家面目”。在其诗学思想中，“见自家面目”主要从如下两方面得以体现：

其一，通过诗歌，便能知道诗人（创作主体）“立身行意本末表里”，也就是所谓的风格即人、文行如一。在《昭昧詹言》卷三中，方东树这样阐述自己的观点：

观阮公《炎光万里》篇，词旨雄杰分明，自谓非庄周言，道其本实如此。非若世士，但学古人，伪为高言夸语，而考其立身，贪污鄙下，言与行违也。读阮公诗，可以窥其立身行意本末表里。陶公、杜公、韩公亦然。其余不过词人而已。

方东树认为，诗人（创作主体）唯有“立身、行意”如一，对自身最本然的情感进行抒发，方能将人品、诗篇的表里如一体现出来。

其二，在创作诗歌时，诗人（创作主体）要能做到“直抒胸臆”，如若不然，所创作出的诗歌必将不具有真情实感。对此，在《昭昧詹言》卷三中，方东树进行了如下论述：

原本《九歌·国殇》，词旨雄杰壮阔，自是汉魏人气格。按此等语，古人已造极至，不容更拟，可合子建《白马篇》同诵，皆有为言之。至明远“羽檄起边亭”“幽并重骑射”，诗虽极佳，已觉有诗无人，渐觉少味，矧后世乎！杜、韩所以变体为之，原本前哲，而直书即目，直书胸臆，如《前后出塞》可见。

尽管方东树承认鲍照的两首诗十分优秀，然而仍认为“已觉有诗无人，渐觉少味”。韩愈、杜甫能够做到“直书即目，直书胸臆”，才能将更为出众、更为优秀、更为经典的诗作创作而出。同理，后世对陶渊明的诗作如此推崇，恰恰是因为陶渊明在创作诗歌时能够“直书胸臆”，即“事真景真，情真理真，不烦绳削而自合在此”。

（三）以文论诗

所谓“以文论诗”，从字面上理解，指的是在对诗歌作品进行评论时，采用对古文进行评论的方法。方东树在《昭昧詹言》中对古人诗作进行评价时，往往会用文法论之。例如，他认为陶渊明创作的《桃花源记》“章法布置抵一篇文字”，而韩愈创作的《八月十五夜赠张功曹》则是“一篇古文章法”，这些都是典型的“以文论诗”。

方东树不仅“以文论诗”，还继承了姚鼐提出的“诗文固是一理”的说法。他经常将文章与诗作放在一处进行讨论，他认为“诗文须神气浑涵，不露圭角”，而这种论述，很明显是将“文章”与“诗作”看作一个整体加以探讨，是对二者共同的创作要求、创作规律进行讨论。

（四）气韵说

在方东树诗学思想体系中，以“气韵”论诗可谓是重要特色。

通过对《昭昧詹言》进行研究，可以发现，文集中有上百处出现了“气”字，如“诗文贵有雄直之气”等。在对诗人作品进行评价时，方东树也对“气”字进行使用。例如，方东树用“英笔奇气”对黄庭坚的诗进行论述。在诗学领域，“韵”的内涵主要指的是诗歌所拥有的余味悠长、形淡神远的美学特征。在方东树诗学理论中，所谓“气”与“韵”的结合，指的就是诗歌所具有的既余味悠长、意蕴隽永又气势豪宕的艺术境界与风格特征。

其一，在创作诗歌时，方东树认为应当避俗，就是说诗歌要有雅正的内容与语言。在《昭昧詹言》中，方东树对严羽的《沧浪诗话》进行直接引用，“学诗要先除五俗：一曰俗体，二曰俗意，三曰俗句，四曰俗字，五曰俗韵”。此外，方东树还总是使用“率滑”“枪荒”“浅俗”“伪俗”“枪俗”“凡俗”“板俗”等词语，对诗坛中的“不良”创作风气进行指责。

其二，方东树认为，诗歌创作应当“去陈言”。在方东树眼中，只要是前人已经使用过的，都可以归于“陈言”范畴，不能使用熟貌、熟调、熟字、熟词、熟意、熟境。基于此，诗人（创作主体）就要能够在陈中求变，在诗歌创作中进行创新突破。方东树还从隶事、选字、造言、创意四个方面对创新的方式进行具体阐述，认为应当“避熟求生”，也就是对前人已有的表现方式与内容进行规避。

二、姚莹的诗学观

在诗歌创作方面，世人对姚莹有着极大的赞誉。姚莹的诗学观中有很多真知灼见，这些真知灼见主要在他创作的诗文序、书信以及论诗中得到体现。下面对姚莹的诗学观进行探究：

（一）情之真，诗之真

真正的诗，流淌于作者的胸臆之中。自先秦以来，就一直将对真情的抒发作为诗旨。一首诗只要不造作，真情流露，就是好的诗篇；一首诗如不再具有本心，那么其应有的价值也自然不复存在。所以，在创作诗歌的过程中，“真”所发挥的作用是极为重要的。姚莹论诗时，就对“真”极其注重。总的来看，姚莹诗论中的“真”主要涉及如下内容：自然的诗歌风格、真实的诗歌内容以及真挚的诗人情感。

在《康輶纪行》中，姚莹对为何今人作诗难以比肩古人的问题进行论述，并指出其原因。他写道：“病正在一苟字，无情而作，无才而作，无为而作，皆苟也。”姚莹认为，古人在创作诗歌时不苟作，所以能创作出绝妙诗篇，但是今人创作诗歌属于“无情而作、无才而作、无为而作”，那么创作出的诗篇就仅仅是堆砌的文字，其中未能体现出情感与思想内涵。

诗歌内容的真实，就是诗人真挚情感的最好反映。姚莹论诗时，主张不要强行作诗，因此他的诗作都是因情而生、有感而发，或是对百姓疾苦予以哀叹，或是对仕途时事的感悟进行抒发，或是对游子思念家乡之情进行吟咏，或是对故交好友彼此分离的感受予以吟诵，或是对地方风物的景况进行描写，或是对旅途中山水风光进行记述……总之，他所创作的诗歌都反映着真实情感。例如，在嘉庆十八年（1813）姚莹创作的《渡河谣》中，就对清军对天理教进行镇压的暴虐情形进行描述。

破家亡邑十万户，纷纷避兵满道路。
官符夜下守黄河，哭声震天不得渡。
少妇为虏儿弃傍，老父欲走饥且僵。

该诗对流徙百姓饱受痛苦的绝望凄惨之境进行了真实反映。相较于桐城派早期的创作者，姚莹能凭借诗歌对时局进行真实的反映，可谓是很大的进步。

此外，自然的诗风也能体现诗人真挚的情感。所以，姚莹对能自然流露诗情的诗歌分外推崇，曾经用“风之过箫”对诗作之自然进行比喻。在《后湘集自叙》

中，姚莹这样说道：“天下之事，有适然而合，不知其然者，其风之过箫乎？”同时，他也认为：“世有闻吹箫而不知感者，非宫商之不调，徵羽之不和也，无亦所感，而吹者其情未至，有强作者乎？若风之过箫也，必无是矣。夫诗者，亦人之箫也，是其作也，不可以无风。苟无风，虽天地不能发其声音，而何强作之有哉？强而作者，虽引宫商、刻徵羽，吾弗之善也。知斯说者，可与言诗矣。”所以，在对苏轼诗进行评论时，姚莹这样说：“妙语天成偶得之，眉山绝趣苦难追。”他使用“妙语天成”一词对苏轼的作品进行形容，同时使用“苦难追”一词对其作品所取得的成就进行强调。

通过上述分析，我们可以看到，姚莹推崇自然诗风，强调诗作的真性情，反对那些只对形式加以注重的诗歌创作。姚莹对汉魏的形式主义诗作很是不满，同时也对自身早期诗歌创作深深反思。他认为在学诗这条道路上，自己曾经走过一段冤枉路。姚莹在《张南山诗序》中，对那些一味追求形式美、过分强调门户的诗人进行批评。他这样说道：“近一二名贤，取材六朝而借径于少陵、眉山，其家法吾莫能非也，然而有翦彩为花、范土为人者矣。门下从而和之，出入攀援，自以为工。吾读其诗，泛泛然不能得其人也与其世也。”同时，姚莹也在《黄香石诗序》中对那些争先恐后模拟还暗自欢喜的“诗人”进行讽刺。他这样写道：“今世之士，徒取其声音文字而揣摹之，辄鸣于人曰：‘吾以诗名。’其与古人之自命，不亦远哉。”

同时，姚莹反对一味对前人进行效仿、丝毫不思变化的诗作，而对那些不断创新、能够“青出于蓝而胜于蓝”的诗作大加赞赏。例如，姚莹之所以赞赏欧阳修，并非因为欧阳修向韩愈学习后有多么像韩愈，而是因为其在模拟之外，更有许多“疏宕”之作。

（二）得授才与德，诗与人合一

在姚莹心目中，诗文创作和才、气之间关系十分密切。诗人（创作主体）所具有的“才”，一方面来自“天”，也就是生来就有的。所以在对曹植进行赞美时，姚莹引用了前人称赞之语，“胡床粉髻天人语，独有思王八斗才”，认为曹植宛若天人；他也用“盘空俊鹤谁能似？季迪才情本自天”对许高启的诗歌进行称赞，认为之所以许高启的诗歌无人可及，宛如高高盘旋在天空之上的仙鹤一般，主要是因为他有着与生俱来的“才”。

当然，诗人（创作主体）的“才”不仅仅来自先天，在后天同样能得以增进与完善，而这有赖于诗人（创作主体）不断努力学习，对生活进行体验。在《张南山诗序》中，姚莹提出，“诗有可以学而至者”，而究竟什么是“可以学”的呢？姚莹进一步阐述道：“格律之精深，声响之雄切，笔力之沉劲，藻饰之工丽，此可以学而至也。”他认为，藻饰、笔力、声响、格律等，都能对诗人（创作主体）的“才”进行体现，而诗人也能在后天通过学习，对这些进行提升与弥补。

在创作诗歌的过程中，诗人（创作主体）的“才”发挥着基础性作用。在姚莹心中，之所以杜甫的笔力能够走马驱山，是因为其有着很强的才力，所谓“少陵才力韩苏富，走马驱山笔更遒”；而之所以在前七子之外，杨慎能够自成一派，含吐六朝，也主要是因为其强大的才力，所谓“新都才艳似风飚，别写江山富六朝”。由于“才”是如此重要，姚莹在对诗人及其作品进行审视时，也从“才”的角度对诗人之才的高低进行比较。例如，在对江淹、沈约、任昉进行比较时，姚莹曾这样说道：“任沈诗名未足殊，江郎才尽尚齐驱。”其实他就是在用“才”作为标准，对诗人之间诗艺的高低进行比较。

除了才与气，诗人（创作主体）应当具备高尚品德。在文论上，桐城派对创作主体有道德修养方面的要求，而这些要求同样适用于诗。如果诗人（创作主体）想要创作出好的诗作，首先要拥有良好人品，必须着力提升自身思想道德修养。姚莹在《论诗绝句六十首》赞赏陆游，“平生壮志无人识，却向梅花觅放翁”，“然而李杜白陆竟以诗人震耀今古、称名之伟如日月江河者，何也？则不惟其诗，惟其人也”，实际上就是赞赏陆游所具有的壮志。姚莹认为，之所以陆游、白居易、杜甫、李白等诗人的诗作能够在后世不断流传、经久不衰、为人喜爱，主要是因为“夫非声音文字之工也，是其忠义之气、仁孝之怀、坚贞之操，幽苦怨愤，郁结而不可伸之志所存者然也。惟然，故观其诗，可得其人，其人虽亡，其名以立”。再如，姚莹称赞邝露时说，“抱琴却向番禺死，千古骚人痛国殇”，不但对其为国而死的高尚情操予以赞扬，更使用“国殇”一词对其进行称许。

正是由于诗人（创作主体）具有“忠义之气、仁孝之怀、坚贞之操”，并在诗歌中寄托胸中的磅礴郁结，所以创作出的诗歌才能“诵之渊然，而声出金石满天地；即之奕然，而光烛千丈辟万夫；思之愀然，聆之骇然，而泣鬼神，动风雨”。

（三）汲古人之精，纳经济于诗

在《与鲍双五十八首》中，姚鼐提出“熔铸唐宋”这一论诗主旨。姚鼐表示，“然熔铸唐宋，则固是仆平生论诗宗旨耳”。这一论点是对“唐宋并重”的诗歌理念予以体现，并对其进一步深化，形成“熔铸古人”的诗观。姚莹曾跟随姚鼐学习。“尝评其诗，谓其求进于声色臭味之外，然不可速成，俟其自至。此关未透，则只在寻常境界耳”。姚鼐对姚莹有着深厚的期望，姚莹继承了姚鼐的遗绪，“泛滥古人名集，溯自汉魏以迄本朝，作者数千，皆尝考其元要，究其得失”。在创作过程中，姚莹并未专注某家，相反，其“生平不为无实之言，称心而出，义尽则止。何者周秦，何者建安，何者唐宋，放效俱黜，盖不敢以是为文也”，遵循“称心”“义尽”的准则。

在当时，唐宋诗之争可谓众说纷纭，而姚莹则这样写道，“纷纷力薄争唐宋，断港横流也未知”，他不屑于宗唐或者宗宋，认为应当熔铸古人，对其创作中的精华进行汲取与学习。

与此同时，在诗歌理念方面，姚莹的包容度很大，他曾经表示，“我虽未穷儒释书，微言颇复识其粗”。他曾经以禅论诗，其在所创作的《论诗绝句六十首》最后一首中写道：“渡河香象声俱寂，掣海长鲸力自全。随分阿难三种法，个中觅取径山禅。”姚莹通过“三阿难”比喻在对诗学奥秘进行探求时，要根据不同情况来定。

嘉庆、道光时期，世事风云变幻，姚莹心中怀有治平理想、救世热情，抱有经世之志，继而进一步发展姚鼐提出的“义理、考证、辞章”，将其变为“义理、经济、文章、多闻”。从中可以看出，姚莹将义理、文章并论于经济、多闻，一定程度上对变化中的时代与时代需求进行了反映。众所周知，诗歌与文章从本质上看是一样的，姚莹的诗歌理念中渗入了文学观念，因而立足前人基础，他的诗歌创作展露出更新的时代特色。姚莹在诗歌中对事物之理进行分析，对人才得失进行论述，对时事的艰辛抒发感慨，体现出他对社会现实的关注之情。

三、张裕钊的诗歌创作概述

（一）张裕钊诗歌基调

张裕钊流传于世的诗集有《濂亭遗诗》二卷。张裕钊的诗有着“忧”“归”“思”的基调。下面本书将从这三种基调出发，论述张裕钊的诗歌创作。

1.忧

在张裕钊创作的诗歌中，“忧”之体现，先是“忧己”，这也是诗人在反思自身，感慨岁月流逝、青春不再，可自己仍未改变现状。例如，其在《当时》一诗中这样写道：

当时衮衮看流辈，珠碧琳琅异采交。
岂谓风霜更岁月，尽教荃蕙化萧茅。

今须诸葛纡筹策，古有林宗疾斗箕。
长谢轩车吾已了，燕黎可与轻地抛。

从中我们可以看出，张裕钊深深慨叹自己虽年岁不断增长，却没能更多地为百姓做些事情。

此外，在诗歌中，张裕钊抒发了自己怀才不遇的郁闷、痛苦之情。例如，他在《赠方子白》一诗中写道，“顾我真樗散，如君亦爨薪”，实际上就是借用“樗散”“爨薪”的典故，对自己与友人不得志的苦境进行感慨。

张裕钊年轻时，有着一腔报国热情，写下“畴昔少年日，抗意追唐虞”的诗句，也经常在诗歌中关心国事。例如，其在《孤愤》中写道：

议和议战国如狂，目论纷纷实可伤。
万事总为浮伪败，一言无过得人强。
尽焚刍狗收真效，宁要束蠡列众芳。
独把罪言欹枕读，一声白雁泪千行。

通过该诗，我们能够深刻地感受到诗人忧伤国事之情，同时也能看到诗人迫切渴求国家强盛的愿望。

在《秋夜》这首诗中，张裕钊写道：

高秋霜气入岩扃，独坐深宵酒半醒。
萧飒寒风鸣败叶，凄凉微月度中庭。
壮怀早读范滂传，晚学今耽小戴经。
犹有忧时心未减，步檐遥看上台星。

张裕钊通过“高秋”“霜气”“寒风”“败叶”“微月”，将衰败、凄凉的深秋夜色展现在读者眼前。尽管已是夜深人静，可是诗人仍对时事感到深深忧虑，独自静静坐着，无法入眠。从中我们可以看出，张裕钊对国家的深切关心，以及对时局的无限忧虑。

在《日暮》这首诗中，张裕钊写道：

凭高俯万井，拨闷恣孤踪。
远见岩前寺，因听云际钟。
轻烟板桥水，残日孝陵松。
寂寞古今感，寒云深几重。

看着残阳晚照的孝陵，张裕钊感慨万千，吊古伤今。他不禁想到，历朝历代都是因为自身而衰亡，继而对清王朝江河日下的国势深深感慨。

2.归

面对社会的凋敝、清王朝的衰败，张裕钊将深切的忧虑蕴藏于所创作的诗歌之中。然而，诗人毕竟只是无权无势的书生，所以更多时候，他只能通过饮酒麻痹自己。但是，醉酒只能缓解一时的痛苦，酒醒过后，社会问题仍旧严峻，仍得不到解决。无奈之下，张裕钊心中便产生了“梗概书生今已矣，扁舟梦去五湖天”的想法。故而此时张裕钊的诗歌创作中，常常表现出其向往宁静、恬淡的生活，也就是其诗歌基调中的“归”。

例如，在《即景》这首诗中，张裕钊写道：

即景少尘事，幽居日课添。
惜花除毒蠹，芟竹纳凉蟾。
雨过春治圃，香添昼卷帘。
戒门谢车马，更欲数书签。

读罢这首诗，我们就知晓了张裕钊的幽居生活是如此宁静安详、淡然无争，也能感受到诗人对尘世感到厌弃。

3.思

在张裕钊的诗歌中，也有很多思念友人之作。例如，他在《雪后吴山晚眺》中写道：

不耐羁愁与苦寒，踏鞋来上翠微巅。
千峰落照明残雪，一道澄江浸暮天。
杳霭乡关何处所，飘零江海几经年。
酒徒苓落今谁在，回首平生一怆然。

这首诗既表达了张裕钊的乡愁，同时也寄托着诗人对已故友人深深的思念。

再如，张裕钊在《秋夜怀人》中写道：

新秋灯火动，悠然坐高斋。
夜深草露湿，明月满空阶。
幽虫伴我吟，趣似与我谐。
远嚣诚独适，寡偶良复乖。
清夜美无央，惜哉莫与偕。
宿昔同心者，范范天一涯。
相望不可见，两地俱幽怀。
安得生羽翼，飞度江与淮。

初秋深夜，张裕钊形单影只，唯有月光与虫鸣陪伴。此时，他不由想起了与自己相隔两地的朋友。他想要长出一双翅膀，飞过千山万水与朋友相聚，其思念之情分外深刻。

（二）张裕钊的诗歌风貌

在诗歌风貌上，张裕钊创作的诗歌大致可概括为“悲凉”二字。这不仅体现在诗歌创作的时间上，还体现在他创作诗歌时常用的字词上。张裕钊在诗歌创作时，经常使用“残”“哀”“伤”“悲”等字，对自身心境进行表述。此外，他也喜欢选用暗色系词语来烘托内心情感。例如，在《城上晚眺遇雨却归》这首诗中，张裕钊写道：

远树昏烟积，高城寒角哀。
苍茫江色瞑，萧飒雨声来。
蓬户数家掩，短第孤客回。
入门灯影动，惆怅倚庭槐。

这首诗描写的是本想登楼眺望，却突然遇到下雨，不得不返回家中的一件小事。然而读之却能感到一片苍凉之情，仿佛身处十分压抑的气氛之中，而这些恰恰都源自诗人运用的词语。张裕钊选用了“昏”“寒”“苍茫”“萧飒”等字词，烘托与体现了悲凉之情。

再如，在《蚤起》这首诗中，张裕钊写道：

漏尽不成寐，开门秋气清。
虫飞窗欲曙，邓她室微明。
寒柝依稀断，残星三两横。
青天高澹澹，散发倚前楹。

秋天的一个黎明，诗人辗转反侧，难以入睡。他推开房门，看到天空中残余的星星，寥寥数语便勾勒出凄冷之境，让读者读罢仿佛身处其中。

又如，张裕钊通过“十里长隍哀柳垂，人家暗澹隐疏篱。寒潮森森孤帆远，正是邗江暮雨时”对黄昏之景进行描述，凄凉、孤独之情溢于字里行间。

此外，在张裕钊的其他诗作中，也对悲凉的风貌有所呈现。

“悲凉”是张裕钊诗歌的主要风貌，然而，他也创作过一些欢快、清新的诗作。例如，在《夜泊》一诗中，诗人写道，“烟渚维舟夕，深更月际波。远林渔火乱，暗橹客船过”，对自己夜泊烟渚时看到的景象予以描绘。该诗动静结合，明暗交织，相映成趣。再如，张裕钊所作的《晚步溪上》：

镇日摧第西复东，晚来初喜夕阳红。
溪头久立忘归去，决眥青天送塞鸿。

因为看到了非常美丽的夕阳景色，诗人久久伫立欣赏，甚至忘记回家。该诗有着非常欢快、轻松的基调。

张裕钊在《雨霁》一诗中写道，“小雨靠微映落晖，桑阴罨霭麦苗肥。先生食饱倚门久，闲看村童骑犊归”，将雨后夜晚时分，乡村恬淡的景色展现在读者眼前，惬意又悠闲。

（三）张裕钊的诗歌创作手法

1.比喻手法

在创作诗歌的过程中，张裕钊经常运用比喻这一创作手法。例如，在《塞北花》一诗中，他写道：

塞北之花江南雪，两者一例易销歇。
今雪在北花在南，终能几日相恋贪。
本来抱质不牢固，生纵得地时难淹。
繁华烂漫徒为尔，大造终古自温岩。
君不见高冈松，君不见古井水。
无冬无夏长如此，物之生贵自立耳。

在该诗中，张裕钊用“塞北之花”比喻那些因与时流相顺应而暂时得势的人，尽管在世人眼中，这些人可谓风光无限，但一切都是短暂的，是“本来抱质不牢固，生纵得地时难淹”。在张裕钊的诗歌中，那些凭借自身力量取得事业成就之人，宛如“高冈松”。张裕钊通过“高冈松”和“塞北之花”这两种截然不同的物体，赞美、推崇那些能够凭借自身力量赢得事业成就的人。

再如，在《古意》这首诗中，张裕钊写道：“东家有女年十六，独坐空房蹙蛾眼。金鞭宝马谁家郎，往来蹀躞空游目。君知怜妾颜如花，君不念妾身如玉。蓝田寂寞玉烟荒，盘龙牢锁银屏曲。”诗人实际上是通过东家之女，表达自己对仕宦之途的态度。

2.运用典故

在创作诗歌的过程中，张裕钊还经常借助典故对自身思想情感进行表达。例如，在《赠方子白》中，张裕钊写道，“顾我真樗散，如君亦爨薪”，实际上就是借助“樗散”“爨薪”的典故，慨叹自己与友人的郁郁不得志。再如，在《当时》

这首诗中，张裕钊借助郭泰的典故反思自身。张裕钊在诗歌创作的用典过程中，更多地对人物典故进行借用。例如，在张裕钊的诗歌中，常常能看到陶渊明的“身影”，如《暝》中云“陶潜真达人，千载成孤往”、《夜坐》中云“饮酒思元亮，幽居类子云”等，实际上是借助陶渊明表达自身对宁静、淡泊、清幽的田园生活的向往。

第四节　许瑶光诗歌

一、许瑶光简介

许瑶光，字雪门，号复斋，晚号复叟，湖南善化（今长沙）人。清嘉庆二十二年（1817）生，光绪八年（1882）卒。道光二十九年（1849）拔贡。官浙江三十年，历任桐庐、淳安、常山、诸暨、宁海、仁和等县知县，有循声。同治三年（1864）起十八年间三任嘉兴府知府，政声卓著，以“循吏”载入《清史列传》。著有《雪门诗草》十六卷、《谈浙》四卷，总修《嘉兴府志》，均收录于《续修四库全书》。许瑶光被当时舆论誉为近世少有的贤太守，同时还是当时卓有成就的诗人，在嘉兴还有纪念他的“来许亭”。许瑶光作为爱民清官被传颂至今。

二、许瑶光诗歌著作

许瑶光的《雪门诗草》脍炙人口，至今仍为众多学者所研究。

《雪门诗草》十四卷，同治十三年（1874）镌，收道光二十年至同治十三年（1840—1874）古今体诗一千零七十九篇，一千八百五十九首。

《雪门诗草》十六卷，光绪二十四年（1898）刊，收道光二十年至光绪八年（1840—1882）古今体诗一千一百九十七篇，两千零八十五首。

《雪门诗草》分《悠游集》二卷、《蒿目集》四卷、《上元初集》八卷、《上元二集》二卷。

《悠游集》为咸丰二年（1852）赴浙江出任县令前“悠游自在”时期诗，多言志、读书、科试、纪行闻见。

《蒿目集》为同治三年（1864）任嘉兴府知府前，太平军与清军作战，百姓遭战乱流离，“蒿目时艰”时期，反映时局动荡、忧虑不安的诗。

《上元初集》为同治三年（1864）首任嘉守时作，多治理嘉兴、俸满入觐等时事咏叹诗。附《衍古谚谣》五十五首。古代历法称第一个甲子为“上元”，许瑶光同治三年（1864）甲子首任嘉守，故称。

《上元二集》为嘉兴二任、三任时作，多强国求富及罢官后居杭州的诗。

许瑶光还以其史学著作而知名，所撰《谈浙》四卷是中国近代史有关太平天国的重要史料。

《谈浙》四卷于同治十年（1871）成书，有光绪十四年（1888）刊本，从《谈咸丰三年设防宁国之始》至《谈同治元年四月中外官兵克复宁波府城连复各邑事略》等共二十篇，叙述太平军浙江战事始末。

三、许瑶光诗歌的成就与特点

（一）诗歌成就

许瑶光出身寒微，父兄靠种菜务农送他入学。他在长沙城南书院读书时，已有不少诗文被人称为上乘之作。他的《再论〈诗经〉》四十二首对《诗经》四十二篇诗的主题，以及历代对《诗经》的注解进行评论。有现代学者认为：“该组诗思想深刻、视野开阔、论述精深、别具匠心，对全面理解《诗经》有重要意义，而以组诗评《诗经》在许氏之外更是少见。”当代大家钱锺书提出，后世对《诗经》中《君子于役》的文学定位——曾不约而同地说它反映了当时重役之下人民生活的巨大痛苦“诚为迂拘”。他认为：“许瑶光《雪门诗草》卷一《再读〈诗经〉》四十二首第十四首云：‘鸡栖于桀下牛羊，饥渴萦怀对夕阳。已启唐人闺怨句，最难消遣是昏黄。’大是解人。”钱锺书高度评价许瑶光“已启唐人闺怨句”这一句，道出《君子于役》是中国最早的一首“闺怨”诗，正确论述了该诗在中国诗史上的开创性地位。

道光二十九年（1849）各省选拔贡生，许瑶光赴京师会考，主试者评他的卷子“惊才绝艳”。因诗中有过多放任敢讲之词句，最终虽得朝考第七名引见皇上，但仍被任用为浙江县令，未能留京做官。这是他人生道路上的一次挫折，打破了他谋求立足朝廷、有朝一日实现驱逐外夷的愿望。尽管遭受挫折，但许瑶光并没悲观消极，他的诗作开始走向现实，走向抒写人世遭遇和议论时事的广阔天地，他在各地留下了大量受人赞美的叙事论世、抒发情感的诗篇。

咸丰元年（1851）秋，许瑶光到浙江出任桐庐县知县。咸丰三年（1853），太平军进攻江西，他调省协助浙赣当地防备太平军，了解到双方交战的实况。自咸丰二年（1852）《闻长沙被围书愤》十六首详述太平天国起事经过，至同治三年（1864）《六月十八日克复金陵纪事》十六首太平天国战争结束，十二年间每一重要战役均记以诗，写了大量有关江南和浙江太平军战争的诗，反映了太平军从起义、发展到失败的全过程。其他各种《诗评》《诗话》等均举例称许瑶光的诗为“诗史”。

许瑶光反映战争造成百姓乱离的作品尤为人所称道。咸丰十年（1860），李秀成进攻诸暨，许瑶光在途中遇太平军骑兵，被长刀相劈受伤，回长沙养伤。咸丰十一年（1861），离长沙到安庆谒见曾国藩，后去衢州随左宗棠回浙江，途中见到国家连年战乱，民不聊生，一片凄凉。他以强烈的义愤、忧虑和批判的精神，写了大量痛感于战争的诗篇，揭示百姓遭受的深重灾难，写出流离难民的悲惨境况。许瑶光通过太平天国战争，丰富了诗材，激发了诗情，写出了许多内容充实、情深意切的诗文，形成一个创作新高潮。

同治三年（1864），许瑶光经左宗棠推荐，任嘉兴知府。许瑶光在治理嘉兴期间写了不少时事咏叹诗。这些诗篇不仅体现了许瑶光作为循吏的为官之道，还表达了他对百姓的深厚感情和良苦用心。

同治八年（1869），许瑶光选取嘉兴八个景点，聚之起名“南湖八景”，创作了《南湖烟雨》《东塔朝暾》《茶禅夕照》《杉闸风帆》《汉塘春桑》《禾墩秋稼》《韭溪明月》《瓶山积雪》八诗。这八首诗气势不凡，清新脱俗，朗朗上口，极具韵味，给人以赏心悦目的感觉。

同治十二年（1873），许瑶光秩满将进京向朝廷述职。嘉兴民众在烟雨楼旁建“来许亭”，盼望他再回嘉兴。许瑶光临别赠言，请建“鑑亭”，并撰书《鑑亭之铭》刻碑置于其内。“鑑”为“诫”，同“鉴”，是对人的一种劝告和对照。“亭”是正确处理的意思。许瑶光将孔子《论语》倡导的“知、仁、勇”的人格要求及自己的做人准则，发展为“知、仁、勇、达、洁”等“五鑑”和“三亭”，并赋予其现实意义。“五鑑”：一是做有道德品行的仁者；二是做聪明有见识的智者；三是做有胆量的勇者；四是做通达事理的达者；五是做操守清白、高尚纯洁的洁士。“三亭”则要正确处理各种矛盾；处理矛盾要刚柔相济；要正确看待世态炎凉。

《鑑亭之铭》构思巧妙，内容深刻，其积极的意义备受各方重视。

许瑶光曾亲见太平军在浙江的战事，他据见闻撰《谈浙》四卷，是记载太平军江南战事的重要史籍。他认为：“若广摘兼听，仍以己见断其是非，则浅语也。”由于抱这样慎重的态度，《谈浙》直言“经讳国恶”。书中议论纵横，记叙翔实，与清代正史有“同异之闲”，足补官书之阙，反证当时之真相。《谈浙》因此被史家广为引用。

（二）诗歌特点

1.诗主性灵，反对依傍宗派

许瑶光认为写诗要抒发人的真性情，句句应出自心灵，作诗缺乏真情实感会使人厌烦。他反对宋诗派“学人之诗”与“诗人之诗”合一的诗学主张。所谓“学人之诗”，就是以学问为诗，堆砌典故考据为诗，而诗中带着写景言情，则又与“诗人之诗”合一。他主张实践与学问并重，在实践中才能写出好诗。他在《论诗》三十二首诗篇中认为，如果重读书轻实践，一味与古人对话，这样的诗人是写不出深刻而有见解的诗的。

2.经世致用，援经议政

许瑶光受湖湘文化、今文经学和经世思潮影响，秉持儒家的诗学理念，强调探索经书致治的“微言大义”，学问必须有益于国事。他的诗歌具有关注民生、体恤民情、心系国事、感慨时局、以天下为己任的特点。他不袭古而自抒见解，独立思考，自行其道，具有思想解放、敢于直言、勇于探索的风格。

3.擅长古体，善于以诗叙事议论

许瑶光叙写战乱和反映现实多用古体诗或乐府诗，常用长诗撰写时事。许瑶光喜欢古体诗的雄健有力，并强调古体诗句的风度声韵。他的叙事古体诗知识面广，词汇丰富，善用成语典故，语言古朴明快。其作品风格与他做人一样，求真务实，不尚空谈；情感朴素而不虚浮，语言大都平易直达，为古体诗的实践做出了贡献。

4.诗境雄厚，工文辞而不屑雕琢

许瑶光认为自己在道光和咸丰初期的诗作是模山范水、吟风弄月而已，至咸丰中期，特别是调省协防赣鄂以后，开阔了眼界，丰富了诗材，这才写出了许多身之所历、目之所见、内容充实、见解深刻的诗篇。他的诗注重词采而不争工丽，题材广泛，语言平易晓畅，诗风更近白居易，但较白诗深沉。

5.言志抒情，近体诗歌不拘一格

许瑶光的纪游写景之作多淡雅有致。他写的咏物抒情诗多数是映射诗人身世遭逢、寄托诗人人生体验和感慨的咏怀诗。他的近体七律和七绝，具有工于比兴、

巧于用典等特点，读之饶有兴味。

许瑶光作诗不宗宋人，与时尚相异，然其读书治学，又不以当时的考据学家们唯寻章摘句是务。他推崇的是辨明义理，得其大端。他的诗歌与他经世济民、救焚拯溺的务实品格是一致的。

许瑶光是一位有能力、有政绩的地方官员，因以循名传世，反掩其诗名。许瑶光的作品真实地反映了太平天国时期的战争和百姓乱离，确立了他在清代诗坛的不朽地位。

第五章　资产阶级改良主义运动时期诗歌艺术发展

无论是唐宋调和派、同光体还是汉魏六朝派，他们的诗歌创作仍然被囿于天朝大国之内，在封闭的艺术环境中，步履维艰地对诗歌前途进行探索。由于缺乏崭新的艺术灵光的照耀，诗歌“返璞归真”和“踵事增华”的辩证运动，变得暮气沉沉。在此同时，那些曾经或者仍然生活在海外的诗人，在异质文化的新鲜刺激下，睁开探索世界的双目，拥有前所未有的开阔视野，几乎要触及太平洋彼岸。基于此，从人们被久久束缚、压抑的心底，升起了一种狂热的冲动与不可阻挡的激情。于是“诗界革命”的口号被提出，从而带动我国诗歌运动进入大变革时期。本章节主要分析了黄遵宪、康有为、梁启超等人的诗歌。

第一节　黄遵宪诗歌

一、黄遵宪简介

黄遵宪（1848—1905），字公度，广东嘉应（今梅州）人。光绪二年（1876）举人，入赀为道员。曾担任驻日使馆参赞、驻美国旧金山总领事、驻英使馆参赞、驻新加坡总领事等职务。归国后，于上海参加强学会，创办《时务报》，宣传变法思想。继而调任湖南按察使，大力赞助陈宝箴于湖南推行新政，创办时务学堂和南学会，宣扬民权，倡导维新。戊戌变法失败后，因受牵连而罢官回乡。著有《人境庐诗草》《日本杂事诗》等。

作为晚清诗坛的革新者，黄遵宪强烈意识到所处时代已与古时不同。他说：

“今之世异于古，今之人亦何必与古人同。”① 又说：“古人岂我欺，今昔奈势异。”（《感怀》其一）正因为此，就不能跟在古人后面亦步亦趋，必须变革。光绪十七年（1891），黄遵宪提出了自己的创作理念：“仆尝以为诗之外有事，诗之中有人。”② 这句话康雍时期赵执信曾经讲过，赵执信说此话是要彰显个人的秉性，而黄遵宪在这里则是强调时代特点，要将自己与古人区别开来。实际上早在二十一岁时，黄遵宪就表现出了对诗学界一味尊古的反感，提出了改造诗歌语言的主张：“我手写我口，古岂能拘牵。即今流俗语，我若登简编。五千年后人，惊为古斓斑。”这实在是一大胆的宣言。四十四岁时，作者进一步亮出了革新的纲领：“尝于胸中设一诗境：一曰，复古人比兴之体；一曰，以单行之神，运排偶之体；一曰，取《离骚》、乐府之神理而不袭其貌；一曰，用古文家伸缩离合之法以入诗。”③ 黄遵宪在这段话中强调用今天的语言改造原有的诗歌语言，即所谓“不袭其貌”，同时又要继承古人的艺术手法，对它们加以提炼和吸收。这种革新而兼顾继承的理论是具有远见卓识的。

二、黄遵宪的“新诗派”

黄遵宪自称所作诗为“新派诗”：“废君一月官书力，读我连篇新派诗”（《酬曾重伯编修》），黄遵宪其诗之“新”体现在以下三个方面：

（一）新事物

作者周游四海，将所见之新奇景物、风情一一写入诗中，给人耳目一新之感，此即“吟到中华以外天”（《奉命为美国三富兰西士果总领事留别日本诸君子》）。该方面的代表作有《八月十五夜太平洋舟中望月作歌》《锡兰岛卧佛》《伦敦大雾行》《感事三首》《登巴黎铁塔》《苏彝士河》《番客篇》等。这里引其中一首：

茫茫东海波连天，天边大月光团圆。送人夜夜照船尾，今夕倍放清光妍。一舟而外无寸地，上者青天下黑水。登程见月四回明，归舟已历三千里。大千世界共此月，世人不共中秋节。泰西纪历二千年，只作寻常数圆缺。舟师捧盘登舵楼，船与天汉同西流。虬髯高歌碧眼醉，异方乐只增人愁。此外同舟下床客，梦中暂免供人役。沈沈千蚁趋黑甜，交臂横肱睡狼藉。鱼龙悄悄夜三更，波平如镜风无声。一轮悬空一轮转，徘徊独作巡檐行。我随船去月随身，月不离我情倍亲。汪洋东海不知几万里，今夕之夕惟我与尔对影成三人。举头西指云深处，下有人家亿万

① 黄遵宪 . 清末民初文献丛刊人境庐诗草 [M]. 北京：朝华出版社，2018.
② 黄遵宪 . 清末民初文献丛刊人境庐诗草 [M]. 北京：朝华出版社，2018.
③ 黄遵宪 . 清末民初文献丛刊人境庐诗草 [M]. 北京：朝华出版社，2018.

户。几家儿女怨别离，几处楼台作歌舞？悲欢离合虽不同，四亿万众同秋中。岂知赤县神州地，美洲以西日本东。独有一客欹孤篷，此客出门今十载，月光渐照鬓毛改。观日曾到三神山，乘风意渡大瀛海。举头只见故乡月，月不同时地各别。即今吾家隔海遥相望，彼乍东升此西没。嗟我身世独转蓬，纵游所至如凿空。禹迹不到夏时变，我游所历殊未穷。九州脚底大球背，天胡置我于此中？异时汗漫安所抵，搔头我欲问苍穹。倚栏不寐心憧憧，月影渐变朝霞红，朦胧绕日生于东。

——《八月十五夜太平洋舟中望月作歌》

这首诗是作者于光绪二十一年（1895）从美国旧金山总领事任上解职归国途中舟行太平洋上所作。作品描绘了太平洋浩瀚壮阔的景观，同时刻画了异国船客的种种情态。这些情景体现在诗歌中，显然属新奇事物。实际上该类作品的意义还不止于此，作者又加入了现代科学视野下认识世界的内涵，如“九州脚底大球背，天胡置我于此中？异时汗漫安所抵，搔头我欲问苍穹”，还有《感事三首》里“即今美洲十数国，有地万里民千亿。世人已识地球圆，更探增冰南北极”等。另外，还包括对异域文化的认知，如“大千世界共此月，世人不共中秋节。泰西纪历二千年，只作寻常数圆缺”，《己亥杂诗》里又有“四百由旬道路长，忽逢此老怨津梁。沉沉睡过三千岁，可识西天有教皇”等。除了景物新、风情新之外，还包括时事新。比如《纪事》一作就描写了美国的总统竞选：“吹我合众笳，击我合众鼓，擎我合众花，书我合众簿。汝众勿喧哗，请听吾党语：人各有齿牙，人各有肺腑。聚众成国家，一身比尺土。所举勿参差，此乃众人父。”这些都属于传统诗歌没有的新事物，它们不是简单的“持撦新名词”，而是在观察新世界，展示新景观，实属中国诗歌走向世界的发端。至于上引这首诗的形式，很大程度上还是采取了传统手法。从结构上讲，借鉴唐代张若虚《春江花月夜》一诗；从语句上讲，又受到了李白的影响。这就是所谓“能熔铸新理想以入旧风格”。

（二）新思想、新观念

第二个新元素是新思想和新观念。宣传维新思想，是诗界革命的使命。像《锡兰岛卧佛》一诗，在刻画了锡兰（今斯里兰卡）开来南庙的如来佛卧像后，作者又批评了佛教对强敌一味忍让的态度说：“人间多虎豹，天上无凤凰。虎豹富筋力，故能恣强梁。凤凰太文彩，毛羽易摧伤。惟强乃秉权，强权如金刚。”实际上，这是在借批评佛教反思中华文明近代走向衰弱、被人欺凌的原因，明显具有维新变法的色彩。再如《纪事》一作，通过描写美国的总统竞选，肯定自由、平等观念：“吁嗟华盛顿，及今百年矣。自树独立旗，不复受压制。红黄黑白种，一律平等视。

人人得自由，万匆咸遂利。民智益发扬，国富乃倍蓰。”作品中揭露了美国两党政治的黑暗面，但同时对民主政治给予肯定。除了这一部分作品之外，更多的便是直接诉诸新思想的表达了。比如仿效龚自珍而作的《己亥杂诗》八十九首，实乃龚自珍变革思想的进一步发挥拓展，表现了黄遵宪的新思想。举两首：

滔滔海水日趋东，万法从新要大同。后二十年言定验，手书《心史》井函中。

——《己亥杂诗》四十七

一夫奋臂万人呼，欲废称臣等废奴。民贵遂忘皇帝贵，莫将让国比唐虞。

——《己亥杂诗》四十八

前一首诗后附有小注：“在日本时，与子峨星使言，中国必变从西法，其变法也，或如日本之自强，或如埃及之被逼，或如印度之受辖，或如波兰之瓜分，则吾不敢知，要之必变。将此藏之石函，三十年后，其言必验。”作者公开表达了自己的政治态度，认为中国要学习西方，走变法道路。后一首评述美国的总统选举，肯定了全民公选的进步意义。诗人特别指出，此与中国古代的禅让制属完全不同的体制，因为它属于人民自己的选择。黄遵宪还有一首题写插花的诗，借新加坡气候温热，莲、菊、桃诸花并开而同插，宣扬不同文化的共存共荣，诗中说，“如竞笳鼓调筝琶，蕃汉龟兹乐一律。如天雨花花满身，合仙佛魔同一室。如招海客通商船，黄白黑种同一国”，还表达了“传语天下万万花，但是同种均一家”（《以莲菊桃杂供瓶作歌》）的愿望。此显然是在提倡种族平等观念，也属于维新思想的发挥。

《人境庐诗草》里还有很多表现爱国情怀的作品，代表作有《冯将军歌》《悲平壤》《东沟行》《哀旅顺》《哭威海》《降将军歌》《台湾行》《渡辽将军歌》《聂将军歌》等，它们都是鸿篇巨制，记叙了自光绪十年（1884）以来多次中外战争，抒发作者由战争失败所导致的丧权辱国之恨，同时还歌颂了为国家浴血奋战、英勇捐躯的将军。另外，像《逐客篇》、《赠梁任父同年》六首、《书愤》五首、《支离》、《纪事》等作，或对流落海外受人欺侮的华工表示同情，或对国家形势前途表示忧虑，或对戊戌变法失败受迫害的仁人志士表示支持，均属爱国诗的范畴。所谓“寸寸河山寸寸金，瓜离分裂力谁任。杜鹃再拜忧天泪，精卫无穷填海心”（《赠梁任父同年》），它们更多地继承了中国传统的爱国主义精神，与前人的爱国诗篇一脉相承。不过，这些作品中也有一些新思想的成分，比如《东沟行》一作，在记叙了甲午海战的过程后，议论说：“人言船坚不如疾，有器无人终委敌。”指出战争失败的原因不在于船不坚，炮不利，而在于清政府及官吏的腐败无能、贪生怕死，实际上也就彰显了实行变法维新的必要。这部分作品属于“诗之外有事，诗之中有人”的典型。

（三）新语言、新体式

第三个新元素就是新语言、新体式。

此突出地体现在黄诗的语言上。黄遵宪曾经自诩“我手写我口，古岂能拘牵”，即运用当代口语入诗。这一点在他的早期作品中就表现出来了，比如作于十九岁的《送女弟》云：“阿爷有书来，言颇倾家赀。箱奁四五事，莫嫌嫁衣希。阿母开箧看，未看先长欷。吾家本富饶，频岁遭乱离。”如话家常。壮年出游海外后，此种倾向继续发展。像备受钱仲联赞赏的长篇巨作《拜曾祖母李太夫人墓》，就是《送女弟》的进一步发展。又如《海行杂感》里的：“是耶非耶其梦耶？风乘我我乘风耶？藤床簸魂睡新觉，此身飘飘天之涯。”走笔自由，不受束缚。如下一首：

一灯团坐话依依，帘幕深藏未掩扉。小女挽鬟争问事，阿娘不语又牵衣。日光定是举头近，海大何如两手围？欲展地球图指看，夜灯风幔落伊威。

——《小女》

此是作者于光绪十一年（1885）从美国返家后所作，叙写家中团聚的情景，语气自然亲切，通俗易懂，却又含意不尽。这就是所谓的“新派诗”。此种语言风格和“同光体”是大不相同的，乃作者“我手写我口”的具体实践。

黄遵宪的语言创新很大程度上是从民歌那里学来的。作者一直重视收集民歌，曾辑有岭南地区的“山歌”十五首，并在《山歌》的“题记”中云：“十五国风妙绝古今，正以妇人女子矢口而成，使学士大夫提笔为之，反不能尔。以人籁易为，天籁难学也。”民歌的语言完全是生活化的，活泼生动，情感真挚，给作者以极大启发。在日本期间，他就用民歌体创作了描写日本习俗“都踊”的《都踊歌》，该作通篇都用“荷荷”两叠字结句，如“呼我娃娃兮我哥哥，荷荷！柳梢月兮镜新磨，荷荷！鸡眠猫睡兮犬不呵，荷荷！待不来兮欢奈何，荷荷”。此类使用叠字及语气词的体式比较接近乐府诗，但并不是旧乐府的复制，乃属于“取《离骚》乐府之神理而不袭其貌”。

最有创意的还是作者为军队所作的《出军歌》《军中歌》《旋军歌》三组歌辞，以及《幼稚园上学歌》《小学校学生相和歌》等组诗。它们汇集民歌因素，将“我手写我口”发挥到了一种全新的境界，令人心神为之一振。如下两首：

四千余岁古国古，是我完全土。二十世纪谁为主，是我神明胄。君看黄龙万旗舞，鼓鼓鼓！

——《出军歌》

堂堂堂堂好男子，最好沙场死。艾炙眉头瓜喷鼻，谁实能逃死？死只一回毋浪死，死死死！

——《军中歌》

上引作品语言、体式全是新的，感情激昂，胸襟高远，运用叠字，朗朗上口，属黄遵宪“新派诗”的上乘之作。梁启超以为：“其（指《出军歌》《军中歌》《旋军歌》）精神之雄壮活泼沉浑深远不必论，即文藻亦二千年所未有也。诗界革命之能事至斯而极矣。吾为一言以蔽之曰：读此诗而不起舞者必非男子。”①可见该组诗在梁启超眼中的地位。

黄遵宪的《人境庐诗草》在诗学界获得了一致的推崇。黄遵宪的成就不仅高于同时旧派诗作家，而且还超越了同时新派诗作家。应该说，在晚清诗坛上，黄遵宪是一位巨子，他代表了中国诗歌未来的希望和方向。尽管其诗在形式上还保留着较多旧的传统，创变的幅度尚不够大，但处在晚清的时代背景下，创建至此已非常不易，足以成为诗歌发展的里程碑了。五四运动以后兴起的新诗创作无疑都是在黄遵宪的基础上继续发展的。

第二节　康有为、梁启超等人的诗歌

诗界革命派本是社会变革和维新思潮的产物，它的诗派成员往往积极投身于变法维新运动，其中有些人还是变法运动的核心成员。他们的诗歌创作一方面起到了鼓动变法、宣传维新的作用，另一方面也推动了诗歌本身的革新和演变。

一、康有为

康有为（1858—1927），原名祖诒，字广厦，号长素，又号更生，晚号天游化人，广东南海人。光绪十四年（1888）以布衣上书呼吁变法，继而在广州讲学，宣传维新。光绪二十一年（1895），在北京发动“公车上书”，要求政府拒签《马关条约》。光绪二十四年（1898）参与戊戌变法，成为政坛核心人物。变法失败后流亡海外。于海外组织保皇会，鼓吹君主立宪。晚年回国，又曾参与张勋复辟。著有《康南海先生诗集》。

① 梁启超．饮冰室诗话 [M]. 北京：朝华出版社，2017.

（一）康有为的诗学观

康有为在近代文学史中的成就主要集中在诗文领域，虽然他在文学理论方面并未形成完整的体系，但是他的部分观点具有进步意义。时至今日，他的史学理论同样对我们有一定的借鉴作用。

康有为在文学理论方面的观点主要集中于他的几篇序言之中，其中有《诗集自序》《人境庐诗草序》《日本杂事诗序》。除此之外，在康有为部分组诗中也蕴含着他的诗学观，如《与菽园论诗兼寄任公、孺博、曼宣》等。康有为的诗学观可以概括为以下几点：

1.时代性

“反映现实，为统治阶级服务”的诗歌观念由来已久，如《诗·大序》便有这样的诗歌观点，它指出《诗经》可以起到“经夫妇，成孝敬，厚人伦，美教化，移风俗”的作用，为此可以成为统治阶级的统治工具。康有为的诗歌观便继承了古人的诗歌理论，其诗歌观主要受龚自珍的影响较大，而龚自珍“经世致用”的文学观中，不仅强调诗歌要反映现实，还强调诗歌要为政治服务。康有为在《日本杂事诗序》中对诗经的作用进行了详细阐述，他认为《诗经》可以“述国政，陈风俗”，由此不难看出，康有为认同诗歌服务政治的观点。此外，从客观现实角度来看，这也是“诗界革命”的时代要求，想要改变诗坛的形式主义、拟古主义倾向，诗歌务必要反映现实。

在康有为看来，诗歌的形成缘于现实境遇与内心情感的碰撞，二者不可或缺。其在《诗集自序》中说道：“凡人情志郁于中，境遇交于外，境遇之交压也瑰异，则情志之郁积也深厚。”在他看来，“内心的情感”主阴，“现实境遇”主阳，只有阴阳交融才能创作出情感丰富、意境深远的诗作。在康有为的观点中，诗歌是“情”“境”具在之作，而非无病呻吟之作，当“情”与“境”都在的情况下，诗歌自然而成，这也是最真实的诗歌创作。康有为的诗歌创作便是在这种情形下进行的。另外，康有为在评价他人诗歌作品时，也是以“情”“境”作为评价标准，如在《人境庐诗草序》中，他对黄遵宪的诗歌进行评价，并指出黄遵宪的诗歌“上感国变，中伤种族，下哀民生，博以寰球之游历，浩渺肆恣，感激豪宕，情深而意远，益动于自然，而华严随现矣”。从上述话中我们不难发现，黄遵宪的诗歌是在情感与境遇碰撞下产生的，也正是这一原因，使他的诗歌水平达到了“华严”的境界。

2.元气说

除了上述的“情”“境”之外，康有为又提出“元气说”。其在《诗集自序》中写道：

夫有元气，则蒸而为热，轧而成响，磨而生光，合沓变化而成山川，跃裂而为火山流金，汇聚而为大海回波，块轧有芒，大块文章，岂故为之哉？亦不得已也。

康有为这段话的大致含义如下：世界的本源为元气，为此世界上所有的自然现象都是由元气汇聚而成，元其实是一个变化的形态，通过不同形式的变化和运动，形成了光、声、热、山川、河流等景观。诗文与河流、山川等景观一样，同样是由元气汇聚而成。

所以康有为的诗歌观认为，只要我们具有了深厚雄直的元气，便可以创作出千姿百态的诗文。此外，康有为对诗境进行了详细的总结，共计十三种，如幽雅、飞动、寂静、壮美等，这在无形中体现了诗境的多样性特点，在一定程度上也表明康有为不对“美”进行统一刻板的规定，认为诗文的风格自然而成，为此也应该是多姿多彩的。然而康有为在诗文创作中，更加倾向于壮美风格，所以他的诗文彰显出博大雄盛的气势，同时在积极高昂的旋律中蕴含着浪漫主义精神。

3.创新论

虽然康有为并未直接参与“诗界革命”，但是他对“诗界革命”是持肯定态度的。康有为对清末诗坛的形式主义、拟古主义十分反感，认为诗文创作脱离了实际。康有为在组诗《与菽园论诗兼寄任公、孺博、曼宣》中对清代诗歌进行了猛烈的批判：“一代人才孰绣丝？万千作者亿千诗。吟风弄月各自得，覆酱烧薪空尔悲。”在他看来，必须改变当前的诗歌创作现状，通过创新摆脱传统诗歌的束缚。此外，康有为在该诗中还写道“新世瑰奇异境生，更搜欧亚造新声”，从诗句中可以看出康有为对诗歌创新的态度。当前世界格局已经发生翻天覆地的变化，我们必须要跟上时代的脚步，向西方学习，而诗文中也要体现新思想、新境界，只有这样，创作出的诗歌才能堪称佳作，流芳百世。康有为的这种审美观点在当时具有十分重要的意义。

康有为的诗歌创新理论不仅体现在他的诗歌创作之中，同时他也将其作为评价他人诗歌的标准之一。例如在《人境庐诗草序》中，他这样评价黄遵宪的诗歌：

及久游英、美，以其自有中国之学，采欧美人之长，荟萃熔铸，而自得之，尤倜傥自负，横览举国，自以无比；而诗之精深华妙，异境日辟，如游海岛，仙山楼阁，瑶花缟鹤，无非珍奇矣。

康有为对黄遵宪诗歌的评价十分准确，同时也十分认可黄遵宪的诗歌，这主要是由于黄遵宪与康有为有相同的经历，且他们都主张在继承传统的基础上学习西方，同时进行诗歌内容、意境的创新。

康有为在追求诗歌创新的同时，并未完全抛弃传统文化。康有为十分推崇《诗经》、《楚辞》及汉唐诗，但是康有为并未采用模拟复古的方式，而是将传统诗文中的艺术技巧融入新诗创作之中，从而实现了在继承传统优秀文化基础上的创新。

（二）康有为的诗歌艺术特色

康有为的诗歌极具艺术魅力，他的诗歌中的情感奔放雄健、气势汪洋恣肆、形象瑰丽新奇。他对古典诗歌的继承远至屈原，近至杜甫、龚自珍，为此他的诗歌充满现实主义浪漫风格，同时也充满忧国忧民的情感。康有为的诗歌不仅吸收了传统诗歌的优点，而且在此基础上进行了创新，进而形成了独特的诗歌艺术风格。

1.境界壮美，风格雄健

康有为是清末政治家，他的一生都在为变法改革而奋斗。特别是在戊戌变法之前，康有为对变法改革运动充满了激情，立志要在政治舞台上做出一番事业。虽然经历戊戌变法失败，但是他并未丧失信心，而是游历世界各国，开阔眼界，提升心境，也正是受其自身心性改变的影响，他的诗歌在整体上呈现出壮美、雄健的艺术特色。如《登万里长城》：

秦时楼堞汉家营，匹马高秋抚旧城。
鞭石千峰上云汉，连天万里压幽并。
东穷碧海群山立，西带黄河落日明。
且勿却胡论功绩，英雄造事令人惊！

该诗首句从历史角度下笔，增加了诗歌的厚重感，而后借助对万里长城雄伟壮阔以及长城内外壮丽山河的描述，体现了诗人的民族自豪感。从整体上来看，康有为这首诗的语言刚劲有力，给人带来一种恢宏的意境。

在不同的时期，康有为诗歌中的情感也有所不同。在变法上书期间，康有为的诗歌多含雄壮悲怆之情，给人一种豪情横溢的感觉。例如康有为在《出都留别诸公》五首中描述了变法失败的心情，该诗中有很多精彩的诗句，其中“沧海惊波百怪横，唐衢痛哭万人惊”描述了公车上书引发的社会效应，“怀抱芳馨兰一握，纵横宙合雾千重”则是表明了他的高洁志向，“抚剑长号归去也，千山风雨啸青锋”讲述了因变法失败不得不离京的悲壮，“百年感怆伊川发，万里苍茫属故国”流露出他对清王朝命运的担忧。总而言之，《出都留别诸公》五首中蕴含着丰富的情感，同时诗歌的语言瑰丽，全诗充满了浪漫主义色彩。

康有为一生创作了诸多海外诗，其中有很多描写海外壮阔景象的诗篇，下面这首《观苏拉派亚火山歌》是他对苏拉派亚火山景象的描述：

山巅呀豁开圆口，郁郁青烟冲牛斗。
之而天阏遮天黝，黑龙金鳞时俯首。
天柱欲折地轴朽，地中金积喷薄久。
豆登三山俎二酉，彤幢绛纛围其薮。

在这首诗中，康有为运用了很多的色彩词来描写苏拉派亚火山，如“遮天黝”“黑龙金鳞”“彤幢绛纛”等，通过运用这些表示色彩的词来彰显火山喷发时的绚丽景象。该诗的语言极为华丽，并采用比喻的修辞方式彰显岩浆迸发的壮丽景观。

康有为也有诸多关于描写人文景观的诗歌，如《正月十五登大吉岭山顶》：

大吉山巅踏月行，百盘磴道顶长平。
引攀霄汉青天近，隐见须弥白雪横。
烟雾重冥山四合，楼台千万火微明。
神坛白塔风幡动，独立苍茫问太清。

这首诗主要描述了诗人夜晚登上大吉岭后看到的广阔景象，灯光、神坛白塔以及神幡等佛教事物在雪峰、烟雾等自然景观的衬托下变得更加神秘、壮观。而诗中“霄汉”“横”“重冥”“四合”“苍茫”等词的运用，彰显出该诗的雄壮风格。

总之，在康有为的海外诗中，有很多描写壮丽景观的诗句，如《九月二十二重泛大西洋》描写了大西洋的广阔，“潏潏荡荡泛洪波，万里杳杳无坡陀”，又如《纽约楼阁高二三十层，初到惊睹，冠大地矣》中的诗句描写了纽约高楼的雄伟，“铁构巍巍云表腾，纽约楼阁欲飞升”。

2.想象奇特，语言瑰丽

康有为在诗歌创作中，往往喜欢用奇特的想象力和灵动的语言来表现其笔下的事物，从而给人营造一个瑰丽的形象。

康有为的诗歌创作吸收了中国古典诗歌的精华，采用比兴的修辞手法来抒发自身情感，抑或是运用更为形象的事物进行比喻，从而增强诗歌的想象力。例如

《庐山谣》一诗，在诗中，诗人将庐山比作天上吹来的莲花，莲花随风飘动，花瓣散落在四处，最终形成了千百座山峰。将山峰比喻成花的方法十分奇特，通过这种比喻方式来形容庐山和莲花一样秀丽。此外，诗中莲花飘散是动态的，这也形象地描绘了庐山群峰散布的状态。

另外，康有为在描写桂林山峰景象时，也表现得十分奇特。

峰峦奇耸百万亿，海之涛涌云之铺。
群山奔走争占地，不开原野供官租。
彝鼎琳琅陈几席，丈室岂有小隙乎？
方员纵横间尖曲，如植杖笏覆瓶盂。
晓日穿云射峰影，诸天旌盖落清都。
沙漠大将列部伍，帐屯队列拥万夫。
广殿设朝班杖立，裳冕剑佩相磨抚。
灵山大会天龙鬼，狮象夜叉集众徒。

——《将至桂林，望诸石峰》

从诗中可以发现，康有为运用天马行空的想象来形容桂林山峰的奇特形态。首先将所有的山峰形容为波涛，与云海一起起伏；然后运用拟人的手法来描写山峰的数量，与此同时将山峰比喻成彝鼎，以此刻画桂林山峰群峰林立的特点。此外，诗中用瓶子来形容山峰的形状，还将山峰比喻为沙漠中的部队、大殿上的官员等。总之，《将至桂林，望诸石峰》一诗中充满了比喻，并将桂林山峰的景象表现得淋漓尽致。

康有为在诗歌创作中除了用比喻来展现自己的想象力，还采用虚实结合的手法展现自己丰富的想象力，并在此基础上来表达思想感情。例如，《三月乘汽车过落机山顶，大雪封山，雪月交辉，光明照映，如在天上》：

落机铁路绕巉岩，大雪长封矗蔚蓝。
身世直登太平顶，峰峦直走美洲南。
光明混合廖天一，孤影真同明月三。
此是玉京瑶岛路，欲为天问试寥参。

这首诗的前四句为写实，主要描述了落机山（今落基山）顶的景象；在第五句和第六句中，逐渐由实转虚；最后两句则完全写虚。诗人想象着山顶是通向仙境的道路，而自己想要去探索那未知的世界。这种虚实结合的写作手法，不仅将落机山顶的景观描写得美轮美奂，同时也借助景色描写表达了自己的政治思想。

正如上文所讲，康有为在诗歌创作中十分善于使用表示颜色的词语，如《冶秋词》十四首之一中“绿杨低拂隔红墙，紫燕呢喃傍杏梁”。康有为通过这些绚丽多彩的诗句增加了诗歌的生气，同时也造就了瑰丽的形象。

从某种意义上来讲，康有为的这种诗歌艺术特色源自龚自珍。例如，龚自珍的《西郊落花歌》：

如钱塘潮夜澎湃，如昆阳战晨披靡，如八万四千天女洗脸罢，齐向此地倾胭脂。奇龙怪凤爱漂泊，琴高之鲤何反欲上天为？玉皇宫中空若洗，三十六界无一青蛾眉。

从龚自珍的这首诗歌中可以看出，诗人采用了大量的比喻修辞手法，并以此来形容落花、枝干、地面，整首诗展现出丰富的想象力，同时诗句也十分生动形象。龚自珍还采用了神话故事的方式，增加了落花景致的神异色彩。由此可以看出，龚自珍在诗歌创作中十分善于运用想象、比喻的手法，使诗歌中充满了各种神奇色彩的语言。而康有为的诗歌中也有这些特征，并且康有为将龚自珍的诗句加以演化，如《出都留别诸公》中“高峰突出诸山妒，上帝无言百鬼狞”便是模仿龚自珍《夜坐》中的“一山突起丘陵妒，万籁无言帝坐灵”，这在一定程度上也表明康有为继承了龚自珍的诗风。

3.善于用典，意蕴丰厚

康有为在诗歌创作时善于用典，以此来提升诗歌的艺术表现力和感染力。诗人只有具有丰富的文学素材积累，才能在诗歌创作时灵活运用典故。康有为自幼饱读诗书，各种诗句、典故了然于胸，他可以很好地将典故与诗句融合在一起。康有为在评价历史、借古抒情时往往喜欢使用典故，如《秋登越王台》：

秋风立马越王台，混混蛇龙最可哀。
十七史从何说起，三千劫几历轮回。
腐儒心事呼天问，大地山河跨海来。
临睨飞云横八表，岂无倚剑叹雄才！

这首诗写于诗人登广州越王台，诗人在诗中借古讽今，抒发自身宏伟的政治抱负。康有为在这首诗中共用三处典故：一是“混混蛇龙”，这一句出自苏轼《荆州》中“百年豪杰尽，扰扰见鱼虾”，指代历史上的圣贤与小人龙蛇混杂；二是“十七史从何说起”，这一句出自文天祥与元代丞相孛罗的对话，“一部十七史，从何处说起”，用来表示事情太多，不知从何说起；三是“呼天问”，这一句出自屈原《楚辞》中的《天问》，用来形容自己与屈原一样，满腹心事，心生感慨。

另外，康有为也经常使用典故来抒发自己的内心情感，以此表明自己的心迹。

例如，《己丑上书不达，出都》(其一)：

落魄空为梁父吟，英雄穷暮感黄金。

长安乞食谁人识，只许朱公知季心。

这首诗作于公车上书之后，此时康有为对清政府充满了失望，同时对国家的未来也产生了悲观情绪，为此在离京之际作下此诗。康有为在这首诗中多处用典，通过典故来表达他当时的心态。其中，第一句中“梁父吟”是乐府楚调曲名，诗人以诸葛亮躬耕南亩，怀才不遇的典故来表达自己不被重用的心情。第二句中“黄金”借用的是苏秦游说秦王的典故，在《战国策·秦策》中记载“黄金百斤尽，资用乏绝，去秦而归”，而康有为此时与苏秦的境况相似，均有穷困迟暮之感。第三句中的“乞食”指的是伍子胥在吴市乞讨的典故，诗人以此来表达自己才华得不到认可的心情。第四句中的“朱公”指的是西汉时期的游侠朱家，而“季”则指的是季布。季布曾是项羽手下的一员大将，遭到汉高祖刘邦的追捕，而朱家曾帮助季布摆脱追捕，并将其介绍给汉高祖刘邦，拜为郎中。此处康有为将自己比喻成季布，将其好友梁铁君比喻成朱家。

从某种意义上来讲，在诗歌创作中使用典故，不仅可以激发联想，同时还可以起到创新意境的作用。康有为在描写景致时用典，以此来创造奇特的意境。例如《携同璧游挪威北冰洋那岌岛颠，夜半观日将下没而忽升》诗中，康有为在描写北极附近极昼景致时，便借助了典故，“哀尔虞渊将坠徂，鲁阳挥戈志何愚”，诗句中的“虞渊”指的是神话中的日入之处，而“鲁阳挥戈”则出自《淮南子》卷六《览冥训》，指的是鲁阳公“援戈而抣之，日为之反三舍”的故事。此句中的“志何愚”意思是，如果在北极极昼的环境下，太阳根本不会落山，那么鲁阳公的做法就显然成为多余的了。另外，“羲和无功后羿诛”也运用了典故，其一是“羲和”，他是古代的太阳神，每天负责指挥太阳东升西落，但是在极昼环境下，太阳是不可能落山的，所以就有了“羲和无功”；其二是“后羿”，后羿是上古时期射杀太阳的英雄，但是如果在极昼环境下，后羿是不可能完成射落太阳的任务，所以会被诛杀，即“后羿诛”。康有为用典故来描写北极极昼的自然景象，从整体上为诗歌增添了些许神秘色彩。

康有为通过用典的方式，将诗歌中深刻的含义蕴含在典故之中，从而使诗歌变得简洁精炼且具有丰富的内涵。例如康有为在《送张十六翰林延秋先生还京》中运用典故来表达自己与张鼎华的友谊，并借助典故来形容张鼎华的人品。“文采周南太史公，每因问讯向西风。谬逢倒屣知王粲，敢论忘年友孔融”，康有为首先运用太史公司马谈滞留周南的故事来形容张鼎华居粤中，得不到重用，进而抒发自己对好友不得志的悲愤之情，此外又以蔡邕和王粲、孔融和祢衡之间的友情来描述张鼎华不拘小节、待人真诚的品质。在这短短的诗句中，康有为表达了丰富的含义，由此可以看出他在诗歌创作中用典如神。

4.形式创新，新声异境

虽然“诗界革命”并非康有为提出的，但是他一直在探索诗歌改革路径。康有为作为维新派的领袖，他一生之中接受了很多先进的文化思想。从诗人的角度来讲，康有为认为诗歌创作应当反映现实。为此他的诗歌无论是在形式上，还是在内容上都有一定的创新，具有明显的时代特色。

从康有为的诗歌形式上来看，它具有以文为诗的特点，这一观点是由唐代诗人韩愈提出的。以文为诗就是实现诗歌的散文化，这可谓是诗歌艺术的重要发展，不仅使诗歌保留了诗的优美，同时也使诗歌的行文流畅，实现诗文合一。例如康有为为了纪念戊戌六君子而作的《六哀诗》，整首诗采用铺叙的手法来描写戊戌六君子的生平、思想、行为，同时中间也插入议论，这种写作手法不仅有助于情感的表达，同时表达了戊戌六君子之间的深厚友谊。

随着时间的推移，以文为诗在康有为的诗中表现得更加明显。康有为在海外流亡期间，其心境、眼界都有了大幅度提升，同时他的诗境也更加宏大，并创作出许多的长篇诗歌，有的五六百字，有的上千字。这些长篇诗歌中的句式长短不一，跳出格律的樊笼，形成自由的体式。

康有为在诗歌创作中融入了许多新思想、新事物，也正是这一原因，他的诗歌呈现出“新声”“异境”的艺术特色。

在康有为的诗歌中我们经常会看到许多新名词，如“文明”“文化”“民主”“维新”等。这些词语都是近代诞生的，将这些词应用在诗歌之中，会给人带来耳目一新的感觉。此外，康有为在诗歌创作中还引入了一些新奇的意象，为传统诗歌注入了新的活力。如《夜跨轮船》：

浩浩天风吹大瀛，平生意气爱纵横。
花枝无那曾同照，海舰翻愁动远征。
了绝色空难作达，消磨豪气是多情。
如丝春梦知何续，赢得凄凉对月明。

从思想情感上来看，这首诗是诗歌中经常出现的抒情诗，表达了作者怀才不遇的苦闷之情，但是康有为的这首诗却流露着近代化的影子。诗人将“轮船”引入诗中，描写即将出航的轮船搅动了自己内心的愁绪，于是深夜登船，望向远处茫茫的大海，不知未来前进的方向。康有为将新事物——“轮船”与自己的情感融合在一起，显得是那么自然和谐。

自康有为远赴国外之后，其诗中的意境有了明显的变化，尤其是新意境逐渐增多，如《自柏林汽车过萨逊及来因河旁诸邦》：

过都越国汽车飞，萨逊来因瞬息移。
国土经过无量数，战场吊尽古来稀。
明明月照山河壮，渺渺烟霏楼阁微。
遥想千年封建乱，竞争进化是耶非？

这首诗是一首怀古诗，是康有为在德国旅途中途经古战场有感而发，他联想到古代封建历史、战乱，一时间感慨这种竞争进化是否正确。康有为之所以可以感受“国土经过无量数”，还要归功于新的交通工具——汽车的出现。康有为将诗歌中怀古的主题与近代化的事物结合起来，为诗歌创作增添了新的活力。

康有为在国外时接触了很多的新事物，所以此时期他的诗歌意境与传统诗歌意境有明显的不同，这在无形中拓宽了诗歌的表现范围。例如他的诗歌中有描写火山喷发的，有描写北极极昼景象的，有描写冰山景象的，还有描述宏伟巨舰的，这些对于当时国内的诗人而言是十分新奇的，为此康有为的诗歌也成为国人了解国外的途径。

作为思想进步的中国人，康有为在诗歌创作中融入了诸多新思想，如《干城学校歌》，这首诗宣传重视武备精神；又如诗歌《游微赊喇路易十四故宫》，这首诗主要批判了封建制度，推崇西方民主；再如《游苏格兰京噫颠堡，见创汽机者华忒像，感颂神功，不可忘也》，该诗肯定了先进科学技术的作用。这在一定程度上也反映了康有为诗歌为政治、现实服务的诗学观。

总而言之，康有为在近代诗坛具有举足轻重的地位，他的诗歌对后代诗歌的发展产生了深远的影响。与此同时，康有为不仅拓展了诗歌的意境，还在一定程度上推动了诗歌的革新。

二、梁启超

梁启超（1873—1929），字卓如，号任公，别号沧江，又号饮冰室主人，广东新会（今江门市新会区）人。光绪十五年（1889）举人。从学于康有为。光绪二十一年（1895）参加“公车上书”，并加入强学会，任书记员。后在上海担任《时务报》总撰述，宣传维新变法，又于湖南长沙任时务学堂总教习。戊戌变法失败后流亡日本。在日本期间组织政闻社，创办《清议报》《新民丛报》，鼓吹君主立宪。

辛亥革命后回国，一度担任北洋政府司法总长和财政总长。晚年在清华研究院任教。其著作编为《饮冰室合集》。

梁启超是近代维新变法的核心人物，与康有为并称“康梁”。在宣传变法、发动舆论方面，梁启超发挥的作用最大。同时他也是文学革命的领袖，先后发起文界革命、小说界革命、诗界革命和戏剧改良运动，并创办了《新小说》。这些对于宣传维新变法、推动中国文学的转型都有重要意义。

（一）自我抒怀之诗

我国自古就有“诗言志”“诗缘情”的文学传统，为此，梁启超最初对诗歌的认识也跳不出这两种观点。梁启超在《饮冰室诗话》中就明确表达了他的诗歌观念，“余向不能为诗，自戊戌东徂以来，始强学耳……以为吾之为此，本以陶写吾心，若强而苦之，则又何取，故不为也”。在梁启超看来，“陶写吾心”，抒发自己的情志是创作诗歌最根本的出发点。

戊戌变法失败之后，梁启超过起了逃亡的生活。在这期间，他见识了太平洋的惊涛骇浪，也去过美洲、日本、澳洲等地。正是这一段的经历，使其情感得以丰富，同时文思也变得愈发敏捷。在这期间，他创作了许多的诗歌，他的这些诗歌皆因情而生。例如在1898年创作的《去国行》中“割慈忍泪出国门，掉头不顾吾其东”，表达了诗人深深的愁怨；又如1899年创作的诗歌《壮别》二十六首中的“诗思惟忧国，乡心不到家”，表达了诗人以身许国的慷慨；再如1899年创作的诗歌《二十世纪太平洋歌》，“吾闻海国民族思想高尚以活泼，吾欲我同胞兮御风以翔，吾欲我同胞兮破浪以飏”，表达了他对祖国未来的期许。除此之外，梁启超于1901年创作的《志未酬》、1901年创作的《自励》二首、1908年创作的《戊申初度》二首等诗歌中都流露出丰富的情感。

以上诗歌主要创作于维新事业最低迷的时期，这种富含情感的诗歌在一定程度上为我们展现了梁启超的另一面。透过诗歌自我抒情的情感表达，我们可以感受梁启超的责任感以及坚韧不拔的意志力。此外，在他的诗歌中我们也能感受到心系天下、忧国忧民的爱国情怀。

（二）爱国御侮之诗

自戊戌变法失败之后，梁启超开始了流亡海外的生活，此时，他对国家的情感变得十分复杂。从政权角度来讲，当时的清政府已经陷入十分糟糕的境地。戊戌政变之后，又相继爆发了义和团运动、八国联军侵华等一系列事件，随后又被迫与西方列强签订不平等条约。1990 年，梁启超在经历“武力勤王”失败之后，对当前的时局更加担忧，在满腔悲愤的情况下写了一系列诗歌，如《刘荆州》《次韵酬星洲寓公见怀》等。在诗中，梁启超表达了对当前时局的不满，同时也痛斥张之洞等当局者，表达了对维新事业的痛惜。

从文化角度来讲，梁启超始终保持着一颗爱国之心，为此，他的诗中也充满了爱国之情。例如，1902 年梁启超创作的《爱国歌四章》，此诗节奏明快，并采用了反复吟唱的方式来表达诗人的爱国之情。“泱泱哉！吾中华。……物产腴沃甲大地，天府雄国言非夸。……结我团体，振我精神，二十世纪新世界，雄飞宇内畴与伦！可爱哉！吾国民。可爱哉！吾国民。”此外，梁启超于 1904 年创作的《黄帝歌四章》也对文化中国进行歌颂，该诗主要采用的是长短错落有致的散文化方式，如：“绳绳我祖名轩辕，血胤多豪俊。秦皇、汉武、唐太宗，寰宇威棱震。至今白人说黄祸，闻者颜为变。嗟我子孙发扬蹈厉乃祖之光荣！”

除此之外，梁启超也深刻认识到诗歌音乐具有较高的教化价值。在他看来，我国的诗歌创作存在“文弱”“靡曼”等方面的不足，这与国运升降有直接的关系，所以梁启超诗歌创作的方向转向军歌，同时将其与音乐结合在一起，如 1905 年创作的《从军乐十二章》便是此类诗歌的代表作之一。从整体上而言，梁启超十分重视军歌创作，他在《饮冰室诗话》中十分推崇黄遵宪的《军中歌》《旋军歌》《出军歌》，这在一定程度上佐证了他对军歌的重视。从某种意义上来讲，这已经完全超出了“陶写吾心”的范畴，与其诗界革命中的启蒙新民目标十分接近。

（三）怀人酬唱之诗

孔子很早就提出了“诗可以群”的观点，这在《论语·阳货》中是有记载的。其中“群”主要指的是诗歌的交际功能，同时也是儒家文化教育的主要目的之一。梁启超逐渐认识到“改良群治”的作用，这也是梁启超发起文学革命的一个主要原因。

无论是在诗歌创作中，还是诗歌理论方面，都可以体现梁启超的“群治”理念。梁启超的部分作品属于怀人酬唱之作，如《上海遇雪寄蕙仙》、《寄内》四首表达了梁启超对妻子的思念;《寄怀仲策弟美洲》二首抒发的则是对仲弟启勋的想念;《先王父教谕二十周忌，率妇子遥祭，礼成泣赋》二首表达了他对祖父的思念。怀人之诗在梁启超诗歌中占有一定的比例，但是占比最大的主要是他与门人师友之间的唱和之作。在 1894 年至 1897 年之间，诗歌成为梁启超与夏曾佑、谭嗣同等人一起交流的主要方式，此后梁启超在海外交游甚广，所以诗歌的唱和功能日益凸显。例如梁启超于1901年创作的《赠别郑秋蕃，兼谢惠画》，运用“我昔倡议诗界当革命，狂论颇颔作者颐。吾舌有神笔有鬼，道远莫致徒自嗤。君今革命先画界，术无与并功不訾”的诗句来表达自己与郑秋蕃的情谊。

此外，梁启超还有其他方面的诗歌：一是与友人之间的联句诗，如《与江孝通联句》；二是与海外同志的赠别诗，如《澳洲归舟赠小畔四郎》《大学同学录题词四十韵》《送徐良游学美洲》。除此之外，梁启超还有部分唱和之作，这些诗歌作品都在一定程度上体现了他的“群治”倾向，这和《饮冰室诗话》中的诗歌创作理论指导是同步的。从某种意义上来讲，梁启超的诗歌理论与诗歌创作相得益彰，这也使其吸引了一大批与之有共同政治主张的青年才俊，这些人中有的和梁启超一样，既是政治家，又是文人，他们共同构成了维新派的中坚力量，为中国社会的进步与发展起到了推动作用。

（四）游历写景之诗

从某种意义上来讲，梁启超的流亡生活充满悲剧色彩，同时对他而言也算一种精神文化上的苦旅。但是值得庆幸的是，梁启超始终保持着自己最初的政治理想。也正是这一原因，这一时期他的诗歌创作具有浓厚的政治色彩。1899年，梁启超在日本所创作的诗歌中蕴含着维新运动失败后的失意以及流亡海外的索寞之情，如《游箱根浴温泉作》中的诗句“阳阿晞短发，神瀵驻华颜。忽起觚棱思，乡心到玉关”，句句流露出内心的惆怅之情。1903年，梁启超受保皇派的邀请，到北美洲进行为期八个月的考察。在此期间，他游历美国的各大城市，并写下了许多诗歌，如《游华盛顿纪功碑》《由先丝拿打至纽柯连道中口占》《游芝加高华盛顿公园》等等。梁启超不仅在这些诗歌中运用了大量的新语句，诗中也呈现出一些新意境，尽显异域风情。无论其诗歌风格如何变化，其中总是蕴含着对国家政治命运的关怀。

梁启超自美国考察回到日本之后，也创作了一部分游历诗，如《游日本京都岛津制作所，赠所主岛津源藏》。在这首诗中，梁启超描述了参观京都岛津制作所的感受：“百品部居不杂厕，动植矿力电声光。有如置我七宝地，所触尽璆玕琳琅。……”“朅来日本十二年，所与接构目辄瞠。当世若数善述巧，此邦无与抗颜行。”诗句表明日本之所以强大的原因，即重视工艺。“……后不师古斫大横，学非所用汉汔唐。俞精俞虚竞南宋，及今风气空言张。艺事摈不与士齿，有若羸股肱出乡”，反映了梁启超对中国文明由盛转衰的痛惜。由此可以看出，梁启超的写景诗不单单是为了写景，其中依然蕴含着他对国家命运的关注，具有一定的文化反省和启蒙新民的教育作用。

1918年，梁启超与蒋百里、丁文江等人远赴欧洲。他们期望通过欧洲之行，可以开拓自身眼界，学习西方文明，以此为国分忧。在这个时期，梁启超写下了许多的诗歌，如《夜宿坎第湖》《苏彝士河》《太平洋遇风》《楞伽岛》等。这些诗歌记录了梁启超从锡兰横穿印度洋，抵达伦敦一路上的风景。这些诗歌同样是梁启超诗歌中的佳作。

梁启超的诗歌创作内容主要包含三个层面：一是“陶写吾心”，即通过诗歌抒发自己内心的情感；二是“诗可以群”，即与师友门人交流思想；三是“精神教育”，即对民众进行启蒙教育。这三个层面相互联系，又相互独立。梁启超所创作的诗歌，是对旧诗词在内容创作方面的改革，具有一定的现实意义。此外，梁启超的诗歌作为近代文化转型时期的创作实践，不仅体现了他的诗学观，同时也在无形中丰富了“自新新民”的思想。

三、谭嗣同

谭嗣同是我国近代史上杰出的思想家、政治家，也是维新派的代表人物之一。他在一生之中创作了许多诗歌佳作，这些诗歌也是维新变法活动的缩影。

谭嗣同吸取了唐代诸贤和六朝诗歌的营养，在学习和创作的过程中形成了自己的诗歌艺术特色。从谭嗣同留下的二百余首诗歌和他的学习成长过程中，可以发现他的诗学思想以及诗歌艺术特色受前人的影响较大，对其产生影响的人物有屈原、杜甫、陶渊明、孟浩然以及王夫之等。谭嗣同也受同时代刘人熙、欧阳中鹄等人的影响，形成了他自己的诗歌艺术风格。

（一）慷慨豪迈，刚健遒劲

谭嗣同的诗歌尽显慷慨豪迈、刚健遒劲之风，极具浪漫主义特色。尤其是他的山水诗，充满青年诗人的豪迈胸襟。例如，《潼关》《晨登衡岳祝融峰》等诗歌壮丽宏观、气象万千，有一种冲决罗网的时代精神。

谭嗣同在游历时受祖国大好河山的触动，如黄河、秦岭、潼关、陇山等，激发了内心深处的爱国之情，所以他的写景诗往往给人一种激情澎湃的感觉。而这又在一定程度上鞭策着谭嗣同，使其报国壮志奔腾涌跃，使其诗歌表现出一种洒脱自然的风格。谭嗣同的山水诗不仅借助山水抒发情志，同时也是对消极遁世、寄情山水的反叛。从某种意义上来讲，他的人生经历以及政治抱负决定了他的诗歌气势恢宏、酣畅淋漓。如：

崤函罗半壁，秦晋界长河。
为趁斜阳渡，高吟击楫歌。

——《出潼关渡河》

有约闻鸡同起舞，镫前转恨漏声迟。

——《和仙槎除夕感怀四篇并序》其四

终南巨刃摩天起，怪底关中战伐多。

——《陕西道中二篇》

从以上的诗句中我们可以看出谭嗣同的诗歌美学风格——遒劲雄健、慷慨激昂。这与谭嗣同的性格密不可分。康有为和梁启超都曾指出，谭嗣同诗歌美学与其个人气质有关，即“诗如其人，人如其诗”。

《莽苍苍斋诗》《秋雨年华之馆从胜书》《赠入塞人》《陇山》《潼关》《秦岭》等都是“慷慨豪迈，刚健遒劲”美学风格的印证。由于谭嗣同具有独立不倚的精神品格，所以在当时那个时局动乱的年代，他依然可以按照自己的意愿自由创作诗歌，抒发内心的情感。为此，谭嗣同的诗歌尽显其才华、个性、人生阅历，在他的诗歌中我们可以清晰地看到他的世界观。

（二）想象丰富，语言绮丽

谭嗣同在一定程度上继承了屈原、李白等圣贤的浪漫主义诗歌风格，特别是对近代龚自珍的继承。钱仲联认为：“谭复生诗，代表当时浪漫风气，仿佛似龚定盦。”[①] 钱仲联的这句话表明，谭嗣同对龚自珍的浪漫主义文学潮流进行了进一步的拓展，也正是在这种背景下，谭嗣同作的诗歌极具想象力，并且语言绮丽。谭嗣同很早就开始学习诗歌，加之其自身的才华，在很早便可以独立作诗。谭嗣同曾在多个名师的门下学习，最终形成了他独特的诗歌创作风格。例如《怪石歌七古》，这首诗主要描述的是谭嗣同在陕西商山遇到一块怪石，然后对这块石头的由来、形象进行了描述，并借此抒发自身情感。具体如下：

疑是战士披甲胄，又疑河朔横行寇。
若非山魑出世宙，定类木客鼻嗅嗅。
北溟大鸟濡其味，南华真人短其脰。
或者骅骝逸内厩，昆明石鲸逃禁囿。
不然天竺亡灵鹫，月黑深林啸猿狖。

在这首诗中，我们可以看出谭嗣同在诗歌创作中极具想象力，诗中使用了数

① 张寅彭. 民国诗话丛编（六）[M]. 上海：上海书店出版社，2002.

十种不同的形象来比喻这块怪石。他用披甲胄的战士、河朔大盗、山鬼、木精、北溟大鸟、南华真人、皇宫内厩跑出的骏马、汉武帝昆明池中逃出的石鲸、天竺国飞来的灵鹫、黑夜森林中长啸的猿猴来形容这块怪石。通过比喻，谭嗣同不仅描述了怪石的形象，同时还赋予了怪石鲜活的生命力，使其披上神秘的色彩。在诗中，谭嗣同不仅对怪石的形象进行了描述，同时也对其岁月、气质进行描述，这在很大程度上是受韩愈《南山诗》的影响，所以这首诗不仅具有赋家铺张雕绘之工，同时也具有画家写意传神的妙处。

谭嗣同在写景诗中往往会选择那些奇特的景物，并以此来体现其豪迈雄健的气魄。而这种诗歌创作方式，需要建立在丰富的想象力和高超的炼字锻句的功夫之上。例如《崆峒》这首诗：

斗星高被众峰吞，莽荡山河剑气昏。
隔断尘寰云似海，划开天路岭为门。
松拿霄汉来龙斗，石负苔衣挟兽奔。
四望桃花红满谷，不应仍问武陵源。

在一个桃花开满山谷的春天，黎明之际，诗人登上崆峒山顶，此时满天的星斗逐渐退去，仿佛被高耸入云的山峰吞没一般。放眼望去，大好河山近在眼前。在这首诗中，诗人通过描写崆峒山的高、险、雄、奇来表达自己的人格、理想抱负等。山川成了诗人的代言人。“斗星高被众峰吞”描述了高悬于天际的斗星要被崆峒各个山峰吞没，“吞”字不仅呈现出动感和力度，同时也体现了崆峒山的高峻雄伟。“莽荡山河剑气昏”为用典，相传在三国后期斗、牛二宿之间有一团紫气，吴亡之后张华便派人在丰城挖出两把剑，剑被挖掘出来之后，斗、牛二宿之间的紫气也随之消失，原来那团紫气是这两把剑的剑气。崆峒山脚下是大地山河，而尽头则是昏昏欲坠的剑气。如果山河在横向上越是深远，那么崆峒山则越是高峻，剑气越是昏昏，那么崆峒山则越显昭昭。由此可以看出，谭嗣同这首诗的前两句运用对比衬托的方式来描写崆峒山高峻的妙处。“剑气”指的是帝王之气，为此“莽荡山河剑气昏”的矛头指向十分明显。颔联“隔断尘寰云似海，划开天路岭为门”中运用了两个极富想象力的动词——“隔断”“划开”。虽然从表面上看，诗句描写的是云海与山峰，但是诗人借助壮丽的山河景观表达了自身开拓进取的志向。在颈联中诗人借助青松巨石与天斗、与地斗，不畏天威，这无疑是诗人的自我写照。尾联“四望桃花红满谷，不应仍问武陵源”，表明了自己的志向。虽然崆峒山桃花开满整个山谷，此等美景令人流连忘返，但当下时局动荡、内忧外患，诗人的志向并非隐居山林。这首诗不仅表达了诗人反对消极遁世的态度，冲决罗网的精神，同时也体现了诗人丰富的想象力及诗词用语的绮丽。

谭嗣同的诗歌具有“想象奇幻丰富、语言概括凝练”的特点，这不仅在其上述诗歌作品中有所体现，同样在其他诗歌中也有所表现。如：

秋气悬孤树，河声下万滩。

——《憩园雨五律》其一

肠断依稀旧游处，虫声满地此招魂。

——《哭武陵陈星五焕奎七绝》其三

桐待凤鸣心不死，泽因龙起腹难坚。

——《和仙槎除夕感怀四篇并序》其一

在谭嗣同的这几首诗歌中，字里行间流露着丰富的想象力，且诗歌语言简练。此外，谭嗣同在《西域引》中对边疆战士进行了如下描述：“冻鼓咽断貔狱跃，堕指裂肤金甲薄。”这些诗句在一定程度上印证了谭嗣同诗歌创作中丰富的想象力。谭嗣同的诗歌表现出雄丽豪放，这一特色在他的田园边塞诗和山水纪行诗中尤为明显，如《陇山》《出潼关渡河》等。

另外，谭嗣同的诗歌也讲究对仗工整，同时富含韵律感。这与他从小受的教育有关，经过长期的学习练就了扎实的基本功。如：

扁舟卧听瘦龙吼，幽花潜向诗鬼哭。

——《蜕园》

柳外家山陶令宅，梦中秋色李陵台。

——《赠入塞人》

败枥铜声瘦，危崖铁色高。

——《老马》

万山迎落日，一鸟堕孤烟。

——《病起》

对仗在我国诗歌创作中具有十分重要的作用，被称之为诗歌创作最具魅力的格律元素。此外，对仗不仅提升了诗歌的结构形式美，同时也赋予了诗歌一定的声律音乐美、气势美，进而提升诗歌内容的表现力。从某种意义上来讲，对仗是律诗中的闪光点，它可以反映诗人锻句炼字的功底。

谭嗣同的诗歌也具有清新质朴的特点，这在《秋日郊外》《兰州庄严寺》中均有体现。除此之外，谭嗣同部分民歌风格的诗歌的语言也体现出质朴的特点，如《罂粟米囊谣》《儿缆船》《六盘山转饷谣》等。再如：

小楼人影倚高空，目尽疏林夕照中。

为问西风竟何著，轻轻吹上雁来红。

——《甘肃布政使署憩园秋日七绝》

棠梨树下鸟呼风，桃李蹊边白复红。

一百里间春似海，孤城掩映万花中。

——《邠州七绝》

在《甘肃布政使署憩园秋日七绝》中，诗人主要描写了登楼远眺，看到林木都在夕阳的照射下，秋风已经给雁来红涂上了一层淡淡的红色。《邠州七绝》则描写了自兰州赶往京城参加科举，路经陕西邠州时见到的春光明媚的景象。谭嗣同这种类型的诗歌又如春雨秋蝉，沁人心脾。

（三）中西合璧，艰涩怪诞

在《仁学界说》中，谭嗣同对自己的学术渊源进行了明确的阐述：

凡为仁学者，于佛书当通《华严》及心宗、相宗之书；于西书当通《新约》及算学、格致、社会学之书；于中国书当通《易》《春秋公羊传》《论语》《礼记》《孟子》《庄子》《墨子》《史记》，及陶渊明、周茂叔、张横渠、陆子静、王阳明、王船山、黄梨洲之书。

虽然上述文字主要是针对谭嗣同的哲学著作《仁学》而写，但是从字里行间亦可探究其治学门径。谭嗣同自幼发奋学习，博览群书，在诗歌创作时经常使用典故。例如《咏史七篇》《秦岭》《残岬》《阻风洞庭湖赠李君时敏》等。

中原击楫几何时，廊庙伊谁发杀机。

岂有党人危社稷，竟教清议付诸夷。

令名寿考原难并，郭太申屠匪所思。

忍绝读书真种子，先生如此我安归。

——《阻风洞庭湖赠李君时敏》（其二）

第一句中“击楫”的典故出自《晋书·祖逖传》。东晋时期有一名将祖逖，他于建兴六年（228）率领部队渡江北上讨伐苻秦，在中流敲击船桨发下誓言，“祖逖不能清中原而复济者，有如大江”，以此表达他收复中原的决心。谭嗣同则用这个典故表达自己报效祖国的志愿。诗中的“郭太”指郭泰，东汉时期人物，敢于直言进谏，不畏强权；“申屠”指申屠嘉，西汉文帝时期官居御史大夫，拜丞相，此人刚直不阿。谭嗣同通过用典来表明维新变法活动期间，清朝政府不采纳维新派的主张建议，所以他要像祖逖、郭泰、申屠嘉那样为国尽忠，为民族崛起而奋斗。

1894年之后，在内忧外患以及新思潮的影响下，谭嗣同的诗歌创作发生了巨大变化，开始着力于“新诗”创作。

中日甲午战争之后，为了挽救民族危亡，谭嗣同等人踏上新学之诗的创作之路，并将诗歌作为宣传维新派政治思想的工具。在这一时期，谭嗣同创作了许多诗歌，如《金陵听说法诗》四首、《赠梁卓如诗》四首等。

而为上首普观察，承佛威神说颂言。
一任血田卖人子，独从性海救灵魂。
纲伦梏以喀私德，法会极于巴力门。
大地山河今领取，庵摩罗果掌中论。

——《金陵听说法诗》(其三)

大成大辟大雄氏，据乱昇平及太平。
五始当王讫麟获，三言不识乃鸡鸣。
人天帝网光中见，来去云孙脚下行。
漫共龙蛙争寸土，从知教主亚洲生。

——《赠梁卓如诗》(其一)

虽然这两首诗属于新诗，但是在当时并非佳作，主要是由于诗歌晦涩难懂，难以发挥其教化作用。但是这两首诗也有其发光点，即将西洋名词、典故、佛家语等新名词融入其中。这种新诗采用了传统诗歌的格律，同时融入了一些外国名词和佛家语，这无疑破坏了中国古典诗歌的意境和韵味，这也正是新诗不成功的原因之一。但是我们并不能全盘否定它，它在一定程度上表明新的诗学观的诞生。新诗创作的主要目的是为维新变法服务，这背离了文学发展的规律，为此也注定了它的失败。新诗引用了大量的新名词，这给传统诗歌带来了巨大的冲击，也在一定程度上表明中国诗歌由封闭走向开放。这种新的诗歌创作在中国诗歌发展史上具有十分重要的意义，是对中国旧诗的一种自觉变革。

正是在这种环境下，谭嗣同的新诗形成了“中西合璧，艰涩怪诞”的艺术风格，也就是在扎根国学的基础上，通过用典来抒发自己的情感，同时又在诗歌创作中融入西洋名词、西方事物、佛家语等。谭嗣同的这种新诗风格是晚清古典诗歌发展的必然结果，也是诗人大胆进行诗歌创新的结果。从另一个角度来看，谭嗣同新诗“中西合璧，艰涩怪诞”的艺术风格也体现了他学贯中西，学识深厚。但是，诗歌语言晦涩难懂，从艺术角度来看，它是失败的。

四、柳亚子

柳亚子（1887—1958），原名慰高，改名人权，字亚庐，号亚子，江苏吴江人。少年时入同里金天羽所办的自治学社，爱读梁启超的文字，拥护维新变法。后入上海爱国学社，投身民主革命。后加入同盟会，创办《复报》，致力于宣传革命思想。与陈去病、高旭创建南社，遂成为南社的领袖与灵魂。辛亥革命后，曾短暂担任南京临时政府总统府秘书，不久辞去。著有《磨剑室诗词集》。

作为拥有革命思想的文学家，柳亚子对当时的文坛十分不满，曾经作有《论诗六绝句》。其中批评王闿运说："少闻曲笔湘军志，老负虚名太史公。古色斑斓真意少，吾先无取是王翁。"又指斥宋诗派诸家以及樊增祥、易顺鼎云："郑陈枯寂无生趣，樊易淫哇乱正声。一笑嗣宗广武语，而今竖子尽成名。"他尤其反对"同光体"，以为同光体作家多是清廷官员，只会曲学阿世。由此出发，他反对所有宗法宋诗的倾向，这其实是用政治标准来评判文学现象，以偏概全，有失公允。

让柳亚子佩服的是诗界革命派，尤其是黄遵宪、梁启超、丘逢甲、金天羽诸人。他在《论诗六绝句》里说："时流竞说黄公度，英气终输仓海君。战血台澎心未死，寒笳残角海东云。"作者喜好的就是那种英武雄壮、挟有风云之气的诗。

早年时，柳亚子的创作明显追随新派诗人，喜欢用新思想、新名词直接入诗。比如：

嫁夫嫁得英吉利，娶妇娶得意大里。
人生有情当如此，岂独温柔乡里死。
一点烟士披里纯，愿为同胞流血矣。
请将儿女同衾情，移作英雄殉国体。

——《读史界兔尘录感赋》

此类作品的确可称之为新派诗，不过用韵语阐发思想，堆砌音译的外文词汇，艺术水平并不高。

柳亚子真正擅长的是旧体诗，尤其是七言律绝句。这些作品情文并茂，受到社会各界的赞誉。这里列举两首：

漫说天飞六月霜，珠沉玉碎不须伤。
已拼侠骨成孤注，赢得英名震万方。
碧血摧残酬祖国，怒潮呜咽怨钱塘。

于祠岳庙中间路，留取荒坟葬女郎。

——《吊鉴湖秋女士》

悲歌慷慨千秋血，文采风流一世宗。

我亦年华垂二九，头颅如许负英雄。

——《题夏内史集》之六

柳亚子的诗慷慨悲壮，音韵铿锵，富有气势，其中确有学习唐诗的地方，但不是刻意模仿。另外，他的七言绝句也有学习龚自珍处，所谓“我亦当年龚定盦”。在反叛精神和豪情奇意方面，二人确实相似。但柳诗缺少龚自珍诗中的象征性意象，柳诗以直抒胸臆为主。

五、高旭

高旭（1877—1925），字天梅，号剑公、钝剑、慧云，江苏金山（今属上海）人。与叔父高燮、弟高增皆以诗文著名，人称“一门三俊”。他早年受康有为、梁启超影响，拥护变法维新。继而读章太炎、邹容等人的著作，转向革命。与叔父和兄弟三人创立觉民社，发行《觉民》杂志，宣传革命思想。后东渡日本留学，在东京加入同盟会，担任江苏分会会长。回国后于上海创立健行公学，从事革命活动。后又和陈去病、柳亚子创建南社。辛亥革命后，被推选为众议院议员。著有《天梅遗草》《浮海词》《愿无尽楼诗话》。

高旭在南社中属于倾向革新的作家，观念较其他社员更激进一些。他对传统的诗学理念采取了自创新意的解说。高旭把诗界革命视为文学复古的最高境界，好比为诗界革命披上了一件“正统”的外衣。

在诗歌创作方面，高旭也是紧随诗界革命派，勇于探索。他的诗和柳亚子不同，擅长长篇歌行体，语言散化，还掺入不少新思想和新词汇，酣畅淋漓，颇有解放诗体的意味。

高旭还创作了一些歌词，用来谱曲传唱，它们贴近生活语言，通俗活泼，摆脱束缚，读起来朗朗上口，如《新少年歌》《女青年唱歌》《中华学堂唱歌四章》等。这里录其中两章以示：

光，光，光，神州男儿要放一线光。海风起矣海云扬。热血吹不凉，相将图自强。赫赫威名震四方，须使白皙人种惊心拜倒黄中黄。

——《中华学堂唱歌四章》之一

中，中，中，吾曹寄身南洋群岛中。差喜此间气象雄，骨格何矜重。巴枯民族神明种，天生原不同。快快兴起，仍为世界明日主人翁。

——《中华学堂唱歌四章》之三

这些歌词可以视作白话诗，已经走出文言的疆界了。虽然词意浅显，但从宣传启蒙的意义上说，它们仍属于优秀的诗篇。

不过，高旭的作品存在粗硬的缺陷，虽奔放恣肆有余，但打磨提炼不够，且议论过多。钱仲联说其“诗艺水平不高”，整体不如柳亚子、陈去病。

六、苏曼殊

苏曼殊（1884—1918），初名戬，字子穀，后改名玄瑛，广东香山（今中山）人。生于日本，六岁回到原籍。十五岁赴日留学，接触到革命党人，加入青年会，并参加了拒俄义勇队。回国后，在苏州、长沙等地教书，期间又在上海《国民日日报》做翻译。因家世不幸，曾经两度出家。1911 年参加南社。三十五岁以盛年病逝于上海。著有《燕子龛诗》《断鸿零雁记》等。

苏曼殊和其他作家一样怀有炽热的爱国激情，关心国家、民族的命运，但同时又自忧自怜，“工愁善病”。他的作品正是这两方面情感的表达。试看下面两首：

蹈海鲁连不帝秦，茫茫烟水着浮身。
国民孤愤英雄泪，洒上鲛绡赠故人。

——《以诗留别汤国顿》之一

海天龙战血玄黄，披发长歌览大荒。
易水萧萧人去也，一天明月白如霜。

——《以诗留别汤国顿》之二

苏曼殊现存数十首作品绝大多数都是七言绝句，属于旧体诗。这些作品受到龚自珍的影响，自我形象较多地出现在诗中。龚、苏两人皆善于运用意象，龚诗的意象多使用象征手法，情理兼容；苏诗则纯以抒情为主，音韵琳琅，艺术上有自己的特点和个性。

如下面两首：

碧玉莫愁身世贱，同乡仙子独销魂。
袈裟点点疑樱瓣，半是脂痕半泪痕。

——《本事诗十首》之八

春雨楼头尺八箫，何时归看浙江潮。

芒鞋破钵无人识，踏过樱花第几桥？

——《本事诗十首》之九

苏曼殊的诗抒情性极强，而又凄婉伤感，在晚清可算独树一帜。他不是大声呐喊，纵横议论，而是用优美的意象来构建自己的情感世界。应该说他的诗比龚自珍更富柔性美，属于带有近代审美意味的旧体诗。

参考文献

[1] 多洛肯，侯彪 . 清代蒙古族女性诗人诗歌艺术审美脞说 [J]. 阴山学刊，2022，35（03）：1–8，121.

[2] 王维 . 龚自珍诗歌的二律背反现象及其成因 [J]. 西安文理学院学报（社会科学版），2022，25（01）：5–12.

[3] 鲁梦宇 . 清诗清注研究 [D]. 西安：西北大学，2021.

[4] 梁慧婷 . 清代鲍照诗歌接受研究 [D]. 桂林：广西师范大学，2021.

[5] 文旭 . 清代“毗陵七子”对苏轼诗学的接受研究 [D]. 长沙：湖南师范大学，2021.

[6] 任海燕 . 明末清初遗民诗人邢昉研究 [D]. 西安：西北师范大学，2021.

[7] 程景牧 . 清代诗学的脱化意识 [J]. 中国文学批评，2021（02）：139–146.

[8] 毛宣国 . 作为清代诗学价值观基础的“温柔敦厚”诗教观 [J]. 中国文学研究，2021（02）：122–130.

[9] 张茜 . 清代山东诗文作家研究 [D]. 上海：上海师范大学，2021.

[10] 何诗海 . 清代“诗文相通”说 [J]. 浙江大学学报（人文社会科学版），2021，51（01）：187–199.

[11] 罗时进 . 基于典型事件的清代诗史建构 [J]. 江海学刊，2020（06）：204–212，255.

[12] 孙克诚 . 明末清初崂山隐逸文化研究 [D]. 济南：山东师范大学，2020.

[13] 多洛肯，侯彪 . 清代蒙古族女性诗人汉语诗歌创作叙论 [J]. 内蒙古大学学报（哲学社会科学版），2020，52（05）：5–15.

[14] 苏静 . 清代论词绝句研究 [D]. 长春：吉林大学，2020.

[15] 韩丽霞 . 论清代北方诗派在中国诗歌史上的地位和价值 [J]. 满族研究，2020（02）：102–108.

[16] 陈蓉 . 清代巴蜀文人张鹏翮诗歌研究 [D]. 重庆：重庆工商大学，2020.
[17] 吕露 . 清初宣城派诗人高咏研究 [D]. 长沙：湖南师范大学，2020.
[18] 闫荣娜 . 清中叶民俗诗歌研究 [D]. 苏州：苏州大学，2020.
[19] 熊倩 . 清代粥厂诗歌研究 [D]. 苏州：苏州大学，2020.
[20] 岳媛 . 查慎行扈从诗研究 [D]. 呼和浩特：内蒙古大学，2020.
[21] 董欣 . 清康乾时期关中诗歌研究 [D]. 银川：北方民族大学，2020.
[22] 蒋寅 . 钱锺书清代诗学评论刍议 [J]. 复旦学报（社会科学版），2020，62（02）：101–110.
[23] 吴永萍 . 清代女性诗话研究 [D]. 兰州：兰州大学，2019.
[24] 刘新敖 . 时空观念与清代诗学的演进 [D]. 长沙：湖南师范大学，2019.
[25] 卢高媛 . 清代诗人集会专题研究 [D]. 杭州：浙江大学，2019.
[26] 姚燕 . 陈廷敬与康熙诗坛 [D]. 芜湖：安徽师范大学，2019.
[27] 张杭 . 清嘉庆五年出使琉球诗歌研究 [D]. 温州：温州大学，2019.
[28] 张金明 . 清代诗人查慎行研究述评 [J]. 燕山大学学报（哲学社会科学版），2011，12（04）：109–115.
[29] 王小舒 . 清诗在诗歌史上的定位 [J]. 厦门教育学院学报，2010，12（02）：23–30.
[30] 汤晓青 . 清代文坛的一支生力军——读《清代满族作家诗词选》[J]. 民族文学研究，1988（01）：82–86.